DUMONT

Ein festliches Dinner im Herrenhaus zu Mapleton: Sir Eustace Vernon hat all seine Liebsten eingeladen, um mit ihnen Weihnachten zu feiern. Doch der Abend entwickelt sich anders als gedacht. Eine geheime Nachricht in seinem Knallbonbon bestürzt ihn dermaßen, dass er die Tafel verlassen muss. Die heitere Gesellschaft lässt sich von der Abwesenheit ihres Gastgebers nicht erschüttern und setzt munter die Feierlichkeiten fort, die in einer Partie Bridge gipfeln. Bis auf einmal ein markerschütternder Schrei den Feierlichkeiten ein jähes Ende setzt. Wenig später wird der Butler Purvis tot aufgefunden, offenkundig vergiftet – und der Sir Eustace Vernon ist wie vom Erdboden verschwunden. Anthony Bathurst von Scotland Yard wird zur Ermittlung hinzugezogen und stellt bald fest: In dem altehrwürdigen Prachtbau ist nichts, wie es scheint …

Brian Flynn (1885-1958) hat über fünfzig Kriminalromane veröffentlicht, die meisten davon um die Ermittlerfigur Anthony Bathurst. Als Zeitgenosse von Agatha Christie ist er einer der Vertreter des Goldenen Zeitalters des britischen Detektivromans.

Barbara Först studierte Anglistik, Romanistik und Ethnologie und übersetzt seit über zwanzig Jahren aus dem Englischen. Zu den von ihr ins Deutsche übertragenen Autor*innen zählen u. a. Richard Russo, Patricia Wentworth, Philippa Gregory, Kerstin March, Francis Duncan und Jill McGown.

BRIAN FLYNN

Die Morde von Mapleton

KRIMINALROMAN

Aus dem Englischen
von Barbara Först

DUMONT

KAPITEL 1

Der Beginn des Schreckens

Sir Eustace Vernon straffte seine Schultern und erhob sein Glas. »Lassen Sie uns noch einmal anstoßen, Ladies und Gentlemen, bevor die Damen uns verlassen! Ein Toast, den wir zu Weihnachten, wie ich meine, stets ausbringen sollten.« Er sprach sehr feierlich, und nach und nach stellten die Gäste das Plaudern ein und schauten erwartungsvoll über die lange, hell erleuchtete Tafel auf ihren Gastgeber. Denn Sir Eustace war ein Mann, der hohes Ansehen genoss. »Ich möchte Sie alle bitten«, begann er in gemessenem Ton, »Ihre Gläser zu erheben und auf die ›leeren Stühle‹ anzustoßen. Auf jene Lieben, die einst unter uns weilten, nun jedoch ›das Zeitliche gesegnet‹ haben, denn das wird uns allen eines Tages widerfahren.« Ein Chor ernst klingender Stimmen schwebte auf ihn zu und erwiderte seinen Trinkspruch. »Ich danke Ihnen, Ladies und Gentlemen.« Sir Eustace nahm Platz. Auf seinem stattlichen Gesicht zeichnete sich jedoch eine leichte Beunruhigung ab. Das Tischgespräch lebte wieder auf, doch die Gedanken des einen oder anderen schienen nicht bei der Sache zu sein.

»Was hat dein Onkel nur in letzter Zeit?«, fragte ein charmanter junger Mann seine bezaubernde Tischdame.

Das Mädchen warf ihm mit großen Augen einen fragenden Blick zu. »Was willst du damit sagen, Terry? Hast du vielleicht ...?«

»Etwas bemerkt?«, fiel er ihm ins Wort. »Jawohl, das habe ich. Und zwar deutlich! Außerdem irre ich mich wohl kaum, wenn ich annehme, dass auch dir etwas aufgefallen ist.«

Helen Ashley warf einen verstohlenen Blick auf die Gäste, die neben ihnen an der langen Tafel saßen, dann fasste sie Terence Desmond am Arm. »Du hast wirklich recht, Terry, ich *habe* etwas bemerkt! Etwas setzt meinem Onkel schon seit geraumer Zeit zu – falls du das Gleiche meinst wie ich. Aber sag: Was genau hast du wahrgenommen? Beschreibe es.«

Desmond wollte eben antworten, als er eine gedämpfte Stimme an seiner Seite vernahm. »Ja, danke, Purvis. Ich nehme noch einen Schluck.« Mit geziemender Würde füllte der Butler das Glas des jungen Mannes.

»Für mich bitte nicht mehr, Purvis«, sagte Helen Ashley. »Was wolltest du sagen, Terence? Verzeih, wenn ich zu sehr insistiere – aber die Wahrheit ist, dass ich mir große Sorgen um Onkel Eustace mache.«

»Lass mich nachdenken. Wie lange bin ich jetzt hier, Helen?«

»Nicht mal eine Woche. Aber lange genug ...«

»Dass mir so einiges auffallen könnte und ich genug Zeit hätte, um mich bei Sir Eustace gründlich in die Nesseln zu setzen, nicht wahr?«, erwiderte er augenzwinkernd. Helens Blick blieb ernst. Desmond fuhr fort: »Ich glaube, dass er *Angst* hat, Helen; dieser Eindruck beherrscht mich schon die ganze Woche über. Zu sagen, ihn ›quälen Sorgen‹, würde seinem Zustand nicht einmal annähernd gerecht. Es ist viel schlimmer und vermutlich auch etwas ganz anderes als das. Ich habe Angst häufig gesehen, in den unterschiedlichsten Formen und Ausprägungen, zu häufig, um sie nicht zu erkennen, wenn sie sich mir offenbart. Dein Onkel fürchtet sich vor etwas«, fasste er zusammen, »daran habe ich keinen Zweifel.«

»Ich glaube, du hast recht«, stimmte Helen Ashley zu, »du hast die Situation genau so beschrieben, wie ich sie wahrnehme. Und es greift auch meine Nerven an, das ist das Schlimmste daran.« Sie schaute zum Kopf der Tafel, wo Sir Eustace in ein angeregtes Gespräch mit seiner Tischdame vertieft war.

»Ich bin nun alt genug, Mrs Trentham«, hörten sie ihn sagen, »um Weihnachten voll und ganz zu genießen. Nur die Jugend langweilt sich während der Festtage. Zweifellos geht es Ihnen auch so.«

»Mir ist in Vernon House noch nie langweilig gewesen«, erwiderte die Dame. »Sie sind ein viel zu aufmerksamer Gastgeber, um so etwas wie Überdruss aufkommen zu lassen. Ich finde es wirklich bedauerlich, dass Vernon House keine Hausherrin hat.« Das sagte sie mit einem Lächeln, das zugleich züchtig und herausfordernd war. Sir Eustace zwirbelte seinen grauen Schnurrbart und erwiderte das Lächeln.

»Dieser Mangel könnte durchaus behoben werden, Ruby. Es ist nie zu spät, um –«

Einem Dienstmädchen glitt das Tablett aus den Händen; scheppernd fiel es zu Boden. Sir Eustace verstummte mitten im Satz, sein Mund zuckte, sein Gesicht war aschfahl geworden. »Mein Gott!«, rief er. »Was war das?« Dann wurde ihm bewusst, dass Mrs Trentham ihn neugierig musterte. »Meine Nerven sind seit der Grippe angegriffen«, versuchte Sir Eustace sich wenig überzeugend zu rechtfertigen. »Jeder unerwartete Lärm treibt sein übles Spiel mit mir und wirft mich glatt um. Ich fürchte, es klingt albern ...« Er hielt inne und musterte seine Tischdame, um die Wirkung seiner Worte zu prüfen. Doch in Ruby Trenthams Augen las er Verständnis.

»Aber gar nicht«, widersprach sie. »Ich glaube, den meisten Finanziers ergeht es ebenso: Morris zum Beispiel ist das reinste Nervenbündel, und er kann sich nicht einmal mit einer kürzlich überstandenen Krankheit rechtfertigen. Wenn er ein gutes Geschäft an der Börse macht oder ein lukratives Angebot erhält, zittert er immer wie ein kleines Vögelchen, nicht wahr, Morris?« Damit wandte sie ihr schönes Antlitz ihrem übergewichtigen und wohlhabend wirkenden Ehemann zu.

»Wenn du es so hinstellst, meine Liebe, dann muss ich dir wohl zustimmen. Wie du mir ja beigebracht hast«, äußerte er mit leicht angesäuerter Stimme.

Obwohl Trentham zu den Männern gehörte, die förmlich danach lechzen, dass ihre Frauen von allen bewundert werden, sollte sich diese Bewunderung doch innerhalb gewisser Grenzen bewegen. Es wurde sogar gemunkelt, dass er Sir Eustace Vernons Interesse an seiner schönen Gemahlin mit merklichem und wachsendem Missfallen betrachte.

»Ich konnte nicht umhin, Ihr Gespräch zu belauschen, Sir Eustace«, mischte sich ein hochgewachsener, glatt rasierter Mann ins Gespräch, der Trentham gegenübersaß, »besonders deswegen, weil es zufällig in meinen persönlichen Arbeitsbereich fällt. Sie haben durchaus recht. Die Grippe treibt ihr böses Spiel mit den Menschen, lässt so manches andere Übel wie einen Scherz wirken – und das Nervensystem des Kranken ist einer ihrer bevorzugten Jagdgründe. Ist sie erst einmal dort eingedrungen, lässt sie den Teufel los.« So sprach Dr. Lionel Carrington, Sir Eustace Vernons medizinischer Beistand, zu dem der Hausherr großes Vertrauen gefasst hatte.

»Da haben Sie's, Trentham: Carrington eilt mir zu Hilfe! Er kennt mich. Er versteht mich.«

Der Arzt schmunzelte zustimmend, doch in diesem Moment ergriff bereits ein anderer Gast das Wort.

»Sie sind viel zu bescheiden, Sir Eustace. Sie unterschätzen sich und verkennen die Strapazen, denen Sie ausgesetzt waren. Man muss nicht lange nach den Ursachen für Ihre Unpässlichkeit suchen. Warum sprechen Sie von ›Grippe‹? Haben Sie schon die Nacht des elften Januar vergessen? Sicherlich nicht! Was Sie getan haben, wird für immer in den Herzen der Menschen von Mapleton weiterleben.«

Die Stimme des Mannes zitterte vor Erregung und klang

beinahe wie die eines fanatischen Eiferers. Dr. Carrington drehte sich zur Seite und schaute seinen Nachbarn fragend an. Der sprang auf.

»Ladies und Gentlemen!«, rief der Geistliche Father Jewell voller Dramatik und mit einer Stimme, die vor Rührung bebte. »Ich möchte noch einen Toast ausbringen, bevor die Tafel aufgehoben wird. Lassen Sie uns auf die Gesundheit der Kinder anstoßen – der Männer und Frauen von morgen –, denen Sir Eustace Vernon das Leben rettete!«

Wie ein eiskaltes Messer schnitt seine kultivierte, scharfe Stimme durch die Länge der gedeckten Tafel. Die Gäste jedoch reagierten begeistert und prosteten ihm zu. Major Prendergast hatte sein Glas am Stiel gefasst und schwenkte es über den Tisch.

»Hört, hört«, dröhnte er beifällig, »Sir Eustace Vernon! Sir Eustace Vernon! Einer der tapfersten Männer, die ich kenne.«

Diana Prendergast, ein Inbegriff der Lieblichkeit mit blitzenden Augensternen, legte ihrem Mann die Hand auf den Arm. »Sei still«, befahl sie. »Sir Eustace will etwas sagen. Hör zu!«

Die anderen Gäste waren zu der gleichen Erkenntnis gekommen. Das Murmeln erstarb und sie sanken schweigend zurück in ihre Stühle. Sir Eustace erhob sich. Während er dort stand, am Kopf der Tafel, wurde Terry Desmond mehr denn je bewusst, wie sehr sein Gastgeber gealtert war. Unbarmherzig leuchtete sein kahler Kopf unter den grellen Lampen, und seine Schultern wirkten erschlafft.

Seine Augen hinter dem Zwicker blitzten jedoch so lebhaft wie eh und je. Mut und Furchtlosigkeit standen darin zu lesen, Eigenschaften, die Sir Eustace in die Lage versetzt hatten, immer wieder die Fassade eines brennenden Hauses zu erklimmen, um ein Dutzend hilfloser Kinder zu retten. Da die Feuerwehr zu einem anderen Brand gerufen worden war, hatten die Kleinen keine andere Chance als Sir Eustace gehabt. Für seine heroische Tat und sein großes Engagement für die Gemeinde Mapleton war ihm daher am Geburtstag des Königs der Rang eines Baronets verliehen worden. Das hatte den übrigen Stadträten und Ratsherren reichlich Bauchschmerzen beschert, vom Bürgermeister und den ehemaligen Bürgermeistern ganz zu schweigen!

»Father Jewell misst einer ganz gewöhnlichen Tat zu viel Bedeutung bei«, begann Sir Eustace. »Ich habe nur meine Pflicht getan, so wie sie jeder aufrechte Engländer unter ähnlichen Umständen tun würde – und bin dafür belohnt worden. Eines besonderen Lobes bedarf es nicht mehr.«

Der Bürgermeister von Mapleton – Alderman Alfred Venables – wurde allmählich ungehalten. Selbst bei einem Weihnachtsessen schien es ein Ding der Unmöglichkeit zu sein, dem übermächtigen Schatten zu entgehen, den Vernons Adelsrang warf. Mr Venables brummte seiner Frau etwas zu und starrte finster auf die imposante Gestalt seines Gastgebers.

»Mein Lohn«, fuhr Sir Eustace fort, »besteht nicht in der Ehrung, die mein König mir gewährte. Verstehen Sie mich bitte nicht falsch.« Unvermittelt hielt er inne, und in der nachfolgenden Stille war Alderman Venables' verächtliches Schnauben nicht zu überhören.

Helen schaute entrüstet zu dem Bürgermeister hinüber. Emily Venables fing ihren Blick auf und erwiderte ihn herausfordernd und kühl. Für einen Moment war die Höflichkeit der Gastfreundschaft außer Kraft gesetzt.

Sir Eustace fuhr fort: »Meinen Lohn habe ich in den Augen des ersten kleinen Mädchens erblickt, das ich in Sicherheit bringen konnte. Und mehr will ich dazu nicht sagen.« Er setzte sich und nahm den roten, in Kreppapier gewickelten Knallbonbon auf, der neben seinem Teller lag. Die Gäste nahmen dies als Erlaubnis, nun ebenfalls ihre Bonbons aufzureißen, und bald knallte es fröhlich rund um die lange Tafel. Doch dann, urplötzlich, nahm Sir Eustace' Gesicht die Farbe von Zigarrenasche an, und in seinen Augen stand eine unerklärliche Angst. Seine Tischnachbarn bemerkten es. Sir Eustace erhob sich halb von seinem Stuhl und sank dann wieder zurück, als wüsste er nicht, was er tun sollte. Sein Blick suchte Purvis. Der Butler fing ihn auf und eilte sogleich herbei. Sir Eustace bedeutete ihm, sich vorzubeugen, und flüsterte ihm etwas zu. Purvis nickte zum Zeichen, dass er verstanden hatte, und verließ ruhigen Schrittes den weitläufigen Saal. Sir Eustace wartete, bis der Butler verschwunden war, dann erhob er sich erneut. Er schwankte ein wenig, und seine Stimme zitterte leicht. Nur mühsam brachte er die Worte heraus.

»Ladies und Gentlemen! Ich wäre Ihnen sehr verbunden, wenn die Damen sich sogleich zurückziehen und die Herren ihnen nach angemessener Zeit Gesellschaft leisten würden. Ich sehe mich leider gezwungen, Sie kurzfristig zu verlassen, werde aber hoffentlich bald wieder zu Ihnen stoßen. Bitte nehmen Sie meine aufrichtige Entschuldigung für diese Unhöflichkeit an. Ich kann Ihnen jedoch versichern, dass deren Ursache sich meinem Einfluss entzieht. Ich würde viel darum geben, es ungeschehen zu machen. Ich habe gerade eine sehr böse Nachricht erhalten.«

Die erschrockenen Blicke seiner Gäste folgten ihm, als er durch den Saal schritt. Sir Eustace war so aufgewühlt, dass er offenbar nicht mehr wusste, was er tat. Denn er hatte von der Tafel zwei rote Knallbonbons mitgenommen und hielt sie nun in der Hand. Als er die Tür passierte, sah Ruby Trentham, dass es sich um seinen Kracher handelte und um den, der für sie bestimmt gewesen war.

KAPITEL 2

Hammond schreit

Geraume Zeit später und nach reiflicher Überlegung äußerte Dr. Carrington, dass er bereits in jenem Moment die grimmige Präsenz der Tragödie gespürt habe. Wie genau er zu dieser Überzeugung gelangt war, konnte er allerdings nicht erklären. An dem Abend selbst hatte er scheinbar kein Wort davon verlauten lassen. Keiner der anderen konnte sich daran erinnern, was ja zu gewissen Schlüssen verleitet. Jedenfalls zogen die Damen sich zurück, wie Sir Eustace es angeregt, ja geradezu verlangt hatte. Ungefähr eine halbe Stunde später – genauer gesagt: um neun Uhr fünfunddreißig – erhoben sich auch die Herren von der Tafel und gesellten sich zu den Damen. Terence Desmond ging voraus in den üppig möblierten Salon, und die anderen folgten ihm. Inzwischen hatte sich jedoch etwas Undefinierbares in der Atmosphäre des Hauses verdichtet; wie ein Leichentuch hing es über der Gesellschaft und sorgte dafür, dass nahezu alle Versuche, die Stimmung zu heben, zum Scheitern verurteilt waren. Die Unterhaltung plätscherte ziellos dahin. Zwei Stunden verstrichen in quälender Langsamkeit. Nach einer Weile fanden sich einige der Gäste zu einer Partie Bridge zusammen, das Ehepaar Venables, Morris Trentham und Diana Prendergast. Helen Ashley, Ruby Trentham, Major Prendergast und Father Jewell begaben sich in das angrenzende Musikzimmer, während Desmond und Carrington ins Billardzimmer abwanderten, um, wie Ersterer es ausdrückte, »die Kugeln ein bisschen herumzustoßen«, denn beide Herren waren passionierte Spieler. An dieser Stelle der Geschichte sei vielleicht angemerkt, dass der Salon sich direkt neben dem Musikzimmer befand, und daran schloss sich der Billardraum an.

»Was möchtest du tun, Ruby?«, fragte Helen, während sie sich vor dem Klavier niederließ. »Du wirkst ein wenig verloren. Wenn du bei mir bleibst, singe ich dir gerne etwas vor. Sag mir nur, was du hören möchtest.«

»Danke – aber ich habe leichtes Kopfweh. Ich merke schon seit einer Weile, dass es kommt. Wenn es dir nichts ausmacht, schaue ich lieber den Jungs im Billardzimmer zu.«

Ruby Trentham war so blass, dass man ihr die Kopfschmerzen ohne Weiteres abnehmen konnte. Sie wandte sich zum Gehen und ließ Helen am Klavier allein.

Somit war die Bühne in Vernon House an jenem Weihnachtsabend um Viertel vor zwölf für die Inszenierung eines der sonderbarsten Kriminalfälle bereitet, den ein Ermittler jemals zu enträtseln hatte.

Unvermittelt fiel Helen Ashleys Blick auf die goldbronzierte Kaminuhr. »Meine Güte, Terry!«, rief sie aus. »Sieh nur, wie spät es ist! Was in aller Welt kann Onkel Eustace nur so lange aufgehalten haben? Wenn er nicht um Punkt zwölf wieder bei uns ist, gehe ich ihn suchen.«

Terence machte ein ernstes Gesicht. »Das ist wirklich höchst ungewöhnlich – er ist bereits seit drei Stunden fort. Ich mache mir schon seit einer ganzen Weile Sorgen. Weiß der Himmel, was für Nachrichten er erhalten hat – und noch dazu am Weihnachtsabend! Wenn du dich auf die Suche begibst, Helen, dann komme ich mit.«

Venables kam durch das Zimmer auf die beiden zu. »Mrs Venables und ich werden Sie nun leider verlassen müssen, Miss Ashley. Schon in der nächsten halben Stunde, wie ich fürchte. Ich habe meinen Wagen für halb eins bestellt. Falls Ihr Onkel vorher nicht auftauchen sollte, bestellen Sie ihm doch bitte beste Grüße und erklären Sie ihm die Situation, wären Sie so nett? Es bekommt Mrs Venables nicht, allzu spät noch unterwegs zu sein. Die kalte Nachtluft und ihr Asthma …«

Genau in diesem Augenblick, als Alderman Venables seinen historischen Beitrag beisteuerte, erscholl ein markerschütternder Schrei in Vernon House. Es war ein Schrei der Angst – und mehr als nur gewöhnlicher Angst: Panik sprach aus ihm und darüber hinaus das schiere Entsetzen! Er schien, von der Halle aus gesehen, von der gleichen Seite des Hauses zu kommen, wenn auch mehr zur Rückfront hin. »Großer Gott!«, rief Morris Trentham. »Was in aller Welt hat das zu bedeuten? Das war ja eine Frau!«

Ohne ein weiteres Wort setzten sich die Leute in Bewegung und eilten durch die Halle. Nun war Stille eingetreten.

Wer auch immer da geschrien hatte, besaß nicht die Energie, eine derartige Lautäußerung zu wiederholen. Der Suchtrupp verharrte, ungewiss, welche Richtung er nehmen sollte, sowie in Unkenntnis über das genaue Ziel. Lionel Carrington drehte sich um und wandte sich an Father Jewell.

»Woher ist bloß dieser Schrei gekommen, Father?«, fragte er nervös. »Haben Sie eine Ahnung?«

Hilflos schüttelte der Geistliche den Kopf. Um seine Erregung zu lindern, presste er beide Hände auf die Brust.

Ruhig schaltete sich Helen Ashley ein. »Ich glaube, er ist aus dem Arbeitszimmer meines Onkels gekommen.« Obwohl sie äußerlich gefasst schien, bebte ihre Stimme. »Ganz sicher aus der Richtung.« Sie bemühte sich um eine genauere Beschreibung. »Das Zimmer rechts am Ende des Korridors. Es führt auf den Garten hinaus.«

»Der Meinung bin ich auch, Helen!«, rief Terence Desmond. »Kommen Sie – beeilen wir uns!«

Prendergast und er überholten die anderen und langten als Erste vor der Tür an. Die war jedoch verschlossen und außen steckte kein Schlüssel.

»Wir müssen sie rammen«, entschied Major Prendergast, als die Übrigen keuchend zu ihnen aufschlossen. »Gehen Sie ein wenig beiseite, meine Damen, bitte. Das hier ist Männersache.«

Die Herren warfen sich mit ihrem ganzen Gewicht gegen die Tür. »Ich weiß einen besseren Weg hinein!«, rief Desmond unvermittelt. Er machte auf dem Absatz kehrt und lief zurück, durch den Salon, das Musikzimmer und das Billardzimmer bis in den Garten. Helen Ashley sah ihm mit weit aufgerissenen Augen nach, Angst im Blick. Eine ganze Weile hielt die Tür stand und trotzte sämtlichen Anstrengungen. Sosehr die Männer sich auch abmühten, sie wich und wankte nicht – bis sie endlich gerade mal einen Zoll breit nachgab. Schmerzhaft gering schien der Erfolg, bei umso größerer Ungeduld. Doch urplötzlich gab die Tür dem Ansturm nach. Als sie im Zimmer standen, kam ihnen auch schon Terence Desmond entgegen, der den Weg durch die Türen zum Garten genommen hatte. Helen Ashley bemerkte den stummen Vorwurf in seinem angstbleichen Gesicht, als sie zugleich mit den Männern in den Raum stürzte – im Widerspruch zu dem klaren Befehl, der kurz zuvor von Major Prendergast ausgegeben worden war. Doch Helen hatte ihm unmöglich Folge leisten können. Auf dem Teppich, gerade vor den Gartentüren, lag der Körper einer Frau, reglos, wie tot.

»Es ist Hammond!«, rief Helen. »Eine der Küchenmägde! Was ist mit ihr? Was tut sie hier?«

Dr. Carrington schritt rasch auf den hingesunkenen Körper zu und kniete neben der jungen Frau nieder, um eine erste Untersuchung vorzunehmen. Die Gäste versammelten sich in einem Halbkreis und blickten erwartungsvoll, aber auch von übler Vorahnung erfüllt, auf die Szene. Dann verkündete Carrington etwas, das alle überraschte: »Sie ist lediglich ohnmächtig. Hat jemand vielleicht Riechsalz dabei? Und wäre jemand so nett, ihr ein Glas Wasser zu holen?«

Diana Prendergast, die sich im Hintergrund gehalten hatte, kam der Bitte des Arztes unverzüglich nach. Binnen weniger Augenblicke kehrte etwas Farbe in die Wangen des Mädchens zurück. Dann schlug es die Augen auf, in denen noch das Grauen über sein Erlebnis stand, was auch immer es gewesen sein mochte.

»Kommen Sie, Hammond«, sagte Carrington besänftigend. »Was hat denn das alles zu bedeuten? Reißen Sie sich zusammen und erzählen Sie.« Während er sprach, half er dem zitternden Mädchen auf die Beine und setzte es in einen Sessel. Hammond durchlief ein Schauder. Angstvoll sah sie sich im Zimmer um.

»Die Hand!«, rief sie aus. »Die eisige Hand!« Wieder durchfuhr sie ein Beben. »Das vergesse ich im Leben nicht. Es war schrecklich!« Sie klammerte sich an Dr. Carringtons Arm. »Lassen Sie nicht zu, dass sie mich wieder anfasst, Sir«, flehte sie. »Ich könnt's nicht ertragen.«

»Schon gut, mein Kind«, sprach der Arzt begütigend, »haben Sie keine Furcht. Beruhigen Sie sich, fassen Sie sich. Erzählen Sie uns, was Ihnen solche Angst gemacht hat. Je eher Sie es uns sagen, desto rascher können wir Ihnen helfen. Nun denn – was ist geschehen?« Er sah ihr forschend ins Gesicht.

»Ich will's ja gern sagen«, erwiderte Hammond, die sich nun ein wenig gefasst hatte. »Ich bin vom Garten reingekommen ...«

Sofort wurde sie unterbrochen. »Was haben Sie zu dieser nächtlichen Stunde im Garten gemacht, Hammond?«

Helen Ashleys gebieterischer Ton hallte durch das Zimmer; sie stellte damit genau die Frage, die ihnen allen durch den Kopf gegangen war.

»Ich bin im Zwinger gewesen, Miss Helen.« Ruhig blickte Hammond ihre Herrin an. »Boris, dem Wolfshund, geht's ja nicht gut, und er bekommt seit drei Tagen Spezialfutter. Aus dem einen oder andern Grund – Stevens hat ihn nicht rechtzeitig füttern können – hat er mich heute Abend gebeten, das für ihn zu übernehmen. Ich hatte es eine Weile vergessen, aber vor Kurzem war es mir wieder eingefallen.«

»Weiter«, drängte Helen Ashley.

»Wie ich auf den Gartenweg komme, stelle ich erstaunt fest, dass die Gartentüren vom Arbeitszimmer sperrangelweit offen stehen. Der Mond schien ja, und da konnte ich sie ganz deutlich sehen. Es war fast wie am Tag. Ich fand das ganz schön merkwürdig, also bin ich drauf zugegangen. Ich wollte bloß nachsehen, ob alles in Ordnung war, oder dafür sorgen, wenn Sie so wollen. Im Zimmer war's dunkel, das elektrische Licht war nicht an, und da bin ich erst vor den Türen stehen geblieben und hab gelauscht. Plötzlich glaube ich, ein komisches Rascheln zu hören – aus dieser Richtung.« Hammond zeigte auf die linke Zimmerecke, wo eine schwere Portiere an einer Messingstange hing und die Türöffnung zum Nachbarzimmer verdeckte. Alle Augen blickten automatisch zu dem Vorhang, während Hammond mit ihrer Erzählung fortfuhr. »Ich spähe also in die Dunkelheit – es war fast schwarz in der Ecke da –, obwohl ich am liebsten davongerannt wäre. Plötzlich springt eine grauenhafte Gestalt auf mich zu, sie hält was Glänzendes in der Hand. Ich glaub, das war ein riesiges Messer. Es hat so geblitzt in der Dunkelheit. Und dann kommt so eine eiskalte Hand, und eisige Finger drücken auf mein Gesicht – und da hab ich vor Schreck aufgeschrien!«

»Ja, das haben wir gehört«, sagte Dr. Carrington trocken. »Geschrien haben Sie, das kann man wohl sagen.«

»Aber wer war es, Hammond? Haben Sie irgendeinen Verdacht?«, fragte Desmond.

Verwirrt schüttelte die Küchenmagd den Kopf.

»War es überhaupt jemand, den Sie kannten?«, fragte Morris Trentham mit leisem Vorwurf in der Stimme.

»Ich kannte die Person nicht«, sagte Hammond unsicher. »Es war ja nicht genug Zeit dafür. Ich kann nur eins über sie sagen.«

»Was denn?«, hakte Major Prendergast nach. »Jede noch so unbedeutende Kleinigkeit kann uns weiterhelfen. Was ist Ihnen aufgefallen?«

»Es war eine *Frau*«, erwiderte Hammond.

»Warum glauben Sie das?«, fragte Desmond.

»Ich glaube es nicht – ich weiß es«, antwortete das Küchenmädchen. »Ich weiß es«, wiederholte sie, »weil sie an mir vorbeigelaufen ist, im Dunkeln, und da hat mich ihr Kleid oder ihr Rock gestreift.«

Noch während Hammond sprach, begannen die Uhren im Haus, in der Kirche und in den anderen Gebäuden der Nachbarschaft die volle Stunde zu schlagen. Sie waren nicht ganz synchron – manche tönten ein paar Sekunden zu früh, andere zu spät –, aber alle verkündeten das Gleiche: Mitternacht!

KAPITEL 3

Die Fortsetzung des Schreckens

»Würden Sie bitte mal herkommen, meine Herren?«, fragte Helen Ashley mit versagender Stimme. Sie stand vor dem Schreibtisch ihres Onkels, das Gesicht verzerrt, bleich wie der Tod. Die anderen eilten zu ihr, Dr. Carrington voraus. »Sehen Sie«, fuhr sie fast tonlos fort. »Sehen Sie! Was ist das für ein Fleck, da, auf dem Löschblock?« Sie deutete auf die weiße Schreibunterlage, die auf Sir Eustace Vernons Schreibtisch lag. Alle Blicke richteten sich darauf. Father Jewell tat einen erschrockenen Ausruf. Auf dem weißen Löschblatt war ein winziger dunkelroter Fleck zu erkennen, kein Tintenfleck, das war allen sofort klar. Wie eine kalte Hand legte sich Entsetzen um die Herzen.

»Sieht mir ganz nach Blut aus«, urteilte Dr. Carrington. »Nur die Ruhe, Miss Ashley! Sie dürfen keine voreiligen Schlüsse ziehen. Selbst jetzt mag noch alles in Ordnung sein. Nehmen Sie nicht gleich das Schlimmste an – nur aufgrund dieses Flecks.« Er warf einen scharfen Blick auf Helen Ashley, als befürchtete er, sie könne die Fassung verlieren.

»Mein Onkel«, murmelte sie lediglich. »Mein Onkel. Ich habe Angst.«

Die Dezemberkälte drang durch die offenen Gartentüren und verstärkte den Eindruck der schaurigen Entdeckung. Die Wirkung auf die Gäste war höchst unterschiedlich. Major Prendergast und seine Frau versuchten, eine Haltung anzunehmen, die man am besten als »aristokratische Unnahbarkeit« bezeichnen kann: Sie schienen den anderen demonstrieren zu wollen, dass das Wort »Angst« nicht zu ihrem Vokabular zählte. Alfred und Emily Venables hingegen – plebejisch und geldstolz – unternahmen keinerlei Anstrengungen, ihre Unruhe zu verbergen. Mrs Venables' künstliche Zähne klapperten vernehmlich, und wäre der Hinweis auf eine düstere, grausige Tragödie nicht so deutlich gewesen, wäre Terence Desmond wohl in Lachen ausgebrochen – ein Lachen, das ihm durchaus angemessen erschien. Wenn ihre Zunge nicht schnattert, dann tun's ihre Zähne, dachte er zynisch. In seiner Miene jedoch spiegelte sich Besorgnis, die vor allem Helen Ashley galt. Immer wieder glitt sein Blick zu ihr. Helen dagegen schien sich resigniert einer höheren Macht überantwortet zu haben. Diese Macht war ganz plötzlich in ihr Leben eingedrungen und hatte sie vorerst in einen Zustand eigenartiger Passivität versetzt. Er würde vorübergehen, das wusste sie, doch noch war der Zeitpunkt nicht gekommen.

Schmallippig stand der asketisch wirkende Father Jewell neben Dr. Carrington; seine schwarze Soutane fügte den Vorgängen einen Hauch des Makabren hinzu. Die harten, strengen Linien seines Gesichts verrieten nichts über seine Empfindungen, aber in seinen tief liegenden, fast eingesunkenen Augen lauerte die Wachsamkeit. Ein Funke sprühte in ihnen, der sich jederzeit zu einem Feuer entwickeln konnte.

Die Trenthams hielten sich ein wenig abseits, am Rande des Geschehens. Die blasierte Selbstgefälligkeit Morris Trenthams war zweifellos erschüttert worden, wie sein feistes und dennoch faltiges Gesicht nur zu deutlich verriet. Ruby hatte die Augen weit aufgerissen, und hätte man in diesem Moment die französische Methode der »Herzschlagaufzeichnung« bei ihr angewandt, so hätte das Gerät einen alarmierenden Zustand angezeigt. Dr. Carrington als Arzt schien dagegen anzukämpfen, von seinen Gefühlen als Mitmensch überwältigt zu werden. Terence, der ihn scharf beobachtete, vermerkte mit Bewunderung, wie hart der Mann seinen Kiefer anspannte. Major Prendergast zündete sich eine Zigarre an, um seine Nerven zu beruhigen. Carrington wandte sich noch einmal an Hammond, die inzwischen ihre Ruhe und Fassung wiedererlangt hatte, und zwar so gründlich, dass sie von allen Anwesenden am gelassensten wirkte.

»Sie sind ganz sicher, dass nur *ein* Mensch aus dem Zimmer gekommen ist, nachdem Sie vom Garten eingetreten waren?«

Hammond nickte zuversichtlich. »Soweit man sich im Dunkeln, wo ich mich ja befand, sicher sein *kann*, Sir. Stockduster war es in der Ecke da.« Und wieder zeigte sie auf den schweren Vorhang vor dem Durchgang zum Nebenzimmer.

»Was meinen Sie, Dr. Carrington«, schaltete sich Major Prendergast ein, »sollen wir nachschauen, was sich dort verbirgt? Ist das nicht unsere Pflicht?« Er nickte in die Richtung, in die Hammonds ausgestreckter Finger wies.

»Ich denke schon. Ich glaube, das sind wir Miss Ashley schuldig. Ich gehe doch recht in der Annahme, Miss Ashley, dass sich hinter dieser Portiere die Bibliothek Ihres Onkels befindet?« Helen nickte stumm. »Sie haben nichts dagegen, wenn der Major und ich ...?« Fragend hob er die Augenbrauen.

»Überhaupt nicht, Doktor«, lautete ihre leise Antwort. »Es ist mir bewusst, dass es nötig ist. Falls es Ihnen aber nichts ausmacht, würde ich lieber hierbleiben, bis ...«

»Selbstverständlich, Miss Ashley. Das verstehe ich nur zu gut.«

Carrington gab Terence Desmond ein Zeichen, der jungen Frau im Notfall beizustehen, denn er fürchtete die Entdeckung, welche die nächsten Minuten bringen würden. Desmond ließ sich das nicht zweimal sagen, und bevor der Arzt und der Major das Nebenzimmer betreten konnten, stand er bereits an Helens Seite. Major Prendergast zog den Vorhang beiseite, und die beiden Männer verschwanden in dem kleineren Raum. Einen Augenblick lang herrschte unheilvolles Schweigen. Dann steckte der Arzt den Kopf aus dem Zimmer.

»Würden Sie bitte für einen Moment hereinkommen,

Miss Ashley?« Besorgt versuchte sie in seiner Miene zu lesen, was sie dort erwarten mochte, bevor sie seiner Aufforderung Folge leistete. Carrington bemerkte ihre Angst. »Es ist nichts Schlimmes«, versicherte er. »Hier ist nichts, vor dem Sie sich fürchten müssten. Ich möchte nur, dass Sie uns in einer bestimmten Sache helfen.«

Mit leichten, schnellen Schritten ging Helen auf den Arzt zu und verschwand hinter ihm in der Bibliothek. Alle außer Desmond versammelten sich vor der Portiere.

»Schauen Sie mal hier, Miss Ashley«, sagte Dr. Carrington, »was hat das zu bedeuten?« Der Safe in der Wand stand offen, der Schlüssel – einer von vielen an einem Schlüsselbund – steckte im Schloss. »Sie wussten natürlich, dass sich in dieser Wand ein Safe befindet?«, fragte der Major.

»Natürlich, Major Prendergast. Ich habe ihn schon viele Male gesehen.«

Sämtliche Schubladen in dem Safe waren verschlossen.

»Wenn Sie ihn jetzt anschauen – meinen Sie, es könnte etwas daraus entwendet worden sein, Miss Ashley?«

Helen schüttelte den Kopf, wenn auch zweifelnd. »Ich weiß nicht, was mein Onkel hier hinter Schloss und Riegel aufbewahrt«, erklärte sie. »Ich habe nicht die leiseste Ahnung. Oberflächlich betrachtet scheint es mir aber nicht so, als hätte sich jemand am Inhalt zu schaffen gemacht. Soweit ich das beurteilen kann.« Wieder schüttelte sie den Kopf, nun doch von stärkerem Zweifel befallen. »Aber wo *ist* mein Onkel?«, murmelte sie. »Er könnte es Ihnen sagen; für mich sieht hier alles aus wie immer.«

Major Prendergast rüttelte an den Griffen der Schubladen, die in den Tresor eingepasst waren. Alle waren gesichert. »Merkwürdig«, brummte er. »Die Safetür steht weit offen, außerdem steckt der Schlüssel – sieht ganz so aus, als wäre jemand hier gewesen, der dann überrascht worden ist und keine Zeit mehr hatte, sein Vorhaben auszuführen. Sind Sie nicht auch dieser Meinung, Doktor?«

Carrington machte eine zustimmende Handbewegung. »Es sieht auf jeden Fall danach aus.« Dann aber schien auch er von Zweifeln befallen zu werden und schüttelte düster vorahnend den Kopf. »Aber ich werde einfach nicht schlau daraus! Wer war die Person im Zimmer, die Hammond solche Angst eingejagt hat? Was hatte sie hier zu suchen? Und wo steckt unser Gastgeber?«

Ein schriller Ausruf von Terence Desmond aus dem Nebenraum ließ alle aufhorchen.

»Doktor! Major Prendergast! Kommen Sie bitte schnell her!«

Desmond klang so aufgeregt, dass die beiden Männer sogleich zu ihm eilten. In seiner Hand hielt er ein weißes Blatt Briefpapier. »Lesen Sie!« Er drückte es Dr. Carrington in die Hand und ging wieder zu Helen, baute sich beschützend an ihrer Seite auf. Desmond wusste: Was nun kam, würde für sie eine größere Prüfung bedeuten als alles bisher Geschehene. »Ich habe das Blatt dort unten auf dem Teppich gefunden, es hatte sich um das Tischbein gerollt.« Er legte den Arm um die Taille der jungen Frau. Der Major spähte über die Schulter des Arztes und versuchte, die

Nachricht zu lesen. Für einen kurzen Moment herrschte angespanntes Schweigen, nur unterbrochen von dem vernehmlichen Atmen der Menschen im Raum.

»Was steht drin?«, rief Trentham mit einem Mal. »Zum Donnerwetter, Doktor, stehen Sie nicht einfach so da – erlösen Sie uns aus der Ungewissheit!«

»Es sind schlechte Nachrichten, Miss Ashley … Meinen Sie nicht, dass Sie lieber …?«

Helen wirkte nervös, aber entschlossen. »Es wäre besser, es zu erfahren, Dr. Carrington. Alles ist leichter zu ertragen als diese Ungewissheit. Was steht in dem Brief?«

»Ich verstehe einfach nicht, was hier vorgeht. Ich werde nicht schlau daraus. Oberflächlich betrachtet ist dieser Brief absurd – unfassbar. Besonders für diejenigen unter uns, die Sir Eustace gut kennen. Doch ich werde ihn vorlesen.« Das Schreiben, das dem Arzt so viele Bedenken verursachte, war nicht sonderlich lang. Die Zuhörer drängten sich zusammen, wie es Menschen in kollektiver Sorge instinktiv tun.

Vernon House,
Rodding,
am Weihnachtsabend

Meine liebe Helen, liebe Freunde!
Heute Abend ist ein unerwartetes Ereignis in mein Leben getreten, dem ich mich nicht stellen kann. Ich wähle daher eine Ausflucht, die man vielleicht »feige« nennen könnte. Dies jedoch ist Ansichtssache. Jeden-

falls werde ich den Weg wählen, der mir ein rasches, schmerzloses Ende beschert.

Lebt wohl, meine Freunde – und Euch allen ein frohes neues Jahr.

Eustace Vernon

Wieder war es einen Augenblick lang totenstill im Raum. Dann löste sich Helen Ashley aus Desmonds Arm, streckte die Hand zu Dr. Carrington aus und sagte mit leiser, gepresster Stimme: »Darf ich den Brief sehen – bitte?«

Der Arzt gab ihr das Schreiben, wobei er sie forschend musterte. Während Helen las, schien sie sich an einen letzten Funken Hoffnung zu klammern. Dann jedoch schüttelte sie langsam den Kopf, denn der Funke war erloschen. »Es ist die Handschrift meines Onkels«, räumte sie ein. »Ich hatte geglaubt, der Brief sei vielleicht …«

Venables stellte sich neben sie und schaute auf den Brief. »Kein Zweifel, Miss Ashley«, ergänzte er. »Ich habe seine Schrift viel zu oft gesehen, um sie nicht zu erkennen.«

Father Jewell schaltete sich ein. »Wenn Sir Eustace Vernon von eigener Hand gestorben ist«, merkwürdigerweise legte er beide Hände auf die Brust, als zeugte er dieser Handlung in gewisser Weise Respekt, »und das anzunehmen, ist ja nur vernünftig, da wir den Blutfleck auf der Löschunterlage gefunden haben … wo ist dann die Leiche?«

»Genau das habe ich mich auch gerade gefragt«, sagte der Major.

Desmond ergriff das Wort. »Was sind wir doch für Idioten, dass wir hier noch herumstehen und reden! Vielleicht ist sein Versuch fehlgeschlagen, und er liegt verletzt irgendwo auf dem Grundstück!«

Prendergast wandte sich an seine Frau. »Diana, bring die Damen bitte in ein anderes Zimmer. Wir Männer müssen uns auf die Suche begeben. Der arme Vernon liegt vielleicht irgendwo dort draußen und braucht unsere Hilfe. Desmond hat zweifellos recht.«

Diana Prendergast legte ihren rechten Arm um Helen und bedeutete Ruby Trentham und Mrs Venables, ihnen zu folgen. »Kommen Sie, meine Liebe«, sagte sie teilnahmsvoll. »Kommen Sie mit uns. Vielleicht finden die Männer ihn, und alles klärt sich auf. Machen Sie sich nicht zu viele Sorgen.«

»Danke, Mrs Prendergast. Sie meinen es gut. Aber ich werde schon nicht zusammenbrechen, keine Angst. Dafür geht mir zu vieles im Kopf herum.«

»Soll ich Ihnen etwas bringen, Miss?«, fragte Hammond beflissen.

Bevor Helen antworten konnte, ergriff Terence Desmond das Wort. »Wir stellen also sofort einen Suchtrupp zusammen. Übernehmen Sie das Kommando, Major? Hammond, sagen Sie Stevens, er möchte uns sechs von den Dutzend Laternen geben, die im alten Stall hängen, wären Sie so nett? Hat jemand eine Taschenlampe zur Hand?«

»Ich«, meldete Major Prendergast unverzüglich. »Habe ich immer dabei zu dieser Jahreszeit und in diesem Teil des

Landes. Wäre reinweg verloren ohne das Ding. Wenn wir die Laternen bekommen, hält jeder ungefähr ein Dutzend Schritte Abstand zu seinem Nebenmann, und dann rücken wir in möglichst geschlossener Phalanx vor. Wenn jemand etwas entdeckt –« Er verstummte abrupt, denn zum zweiten Mal in dieser Nacht erschütterte ein Schrei die Stille von Vernon House. Er schien jedoch von einem anderen, entfernteren Teil des Hauses zu kommen.

»Du meine Güte!«, stieß Prendergast hervor. »Was in aller Welt geht heute in diesem Haus vor?«

Einige wirkten wie gelähmt vor Angst. Die Ereignisse hatten ihnen allen Mut geraubt.

»Ein äußerst frohes Weihnachten«, brummte Alderman Venables mit grimmiger Ironie. Helen achtete nicht darauf, sondern packte Desmond ungestüm am Ärmel.

»Das ist aus dem Dienstbotentrakt gekommen, Terry«, sagte sie erregt. »Ich nehme an, jemand hat den armen Onkel Eustace gefunden.« Nervös griff sie sich an die Kehle.

»Sehr wahrscheinlich, Miss Ashley«, äußerte Dr. Carrington eifriger, als der Situation angemessen war. »Ich sollte besser sofort nachschauen. Möglicherweise werde ich gebraucht. Vielleicht ist es noch nicht zu spät …«

»Hier entlang, Doktor«, sagte Desmond entschlossen, »folgen Sie mir.«

Carrington und Desmond stürmten davon, Major Prendergast und Father Jewell folgten ihnen auf dem Fuße. Morris Trentham wandte sich an Alderman Venables. »Sie bleiben mit den Damen hier, Venables. Mir scheint, an diesem höllischen Ort sollte heute Nacht niemand allein sein. Die Damen brauchen unseren Schutz. Ich schließe mich den Gentlemen an.«

Carrington und Desmond mussten nicht weit laufen, um eine eindeutige Botschaft zu erhalten. Eben hatten sie die Biegung des langen Korridors passiert, der zum Dienstbotentrakt führte, als sie beinahe mit einer jungen Frau zusammengestoßen wären, die atemlos auf sie zustürzte. Ihre Lippen waren ebenso bleich wie ihr Gesicht, und die Angst sprang ihr förmlich aus den Augen. Es war eine Dienstmagd, und es war nicht zu übersehen, dass sie etwas Grauenhaftes erlebt hatte. Desmond erkannte die junge Frau: Sie war das Serviermädchen, das beim Dinner das Tablett hatte fallen lassen. Auch kannte er sie von früheren Besuchen in Vernon House. Ihr Name war Palmer, was ihm in dem Moment einfiel, als sie sie in ihrem rasenden Lauf stoppten.

»Waren Sie das, die so geschrien hat, Palmer?«, fragte er gebieterisch.

Das Mädchen schwankte und wäre den beiden Männern beinahe in die Arme gesunken.

»Halt!«, befahl Carrington. »Ganz ruhig. Was ist denn los, Mädchen? Was hat dir solche Angst gemacht?«

Palmer ballte die Fäuste; dann deutete ihr zitternder Zeigefinger in die Richtung, wo sich Desmonds Wissen nach die Anrichte befand, aus der der Butler vor dem Servieren die Speisen holte.

»Purvis!«, rief sie. »Da drin … Gehen Sie bitte rein, sofort!«

Die Männer benötigten keine weitere Aufforderung. Die Tür stand offen. Auf einem Stuhl neben dem kleinen Tisch saß Purvis, mit dunkelviolettem, aufgedunsenem Gesicht. Carrington verlor keine Zeit. Er rüttelte an den Schultern der zusammengesunkenen Gestalt, deren Muskeln vollkommen schlaff schienen. Der Arzt zog die Lider hoch und begutachtete Purvis' Pupillen, die klein wie Stecknadelköpfe waren. Er suchte den Puls, horchte nach dem Herzschlag, tastete Gesicht, Hals und Arme ab. Alles fühlte sich gleich an: kalt wie Stein. Dr. Carrington schaute sich nach den anderen um und schüttelte den Kopf.

»Tot«, lautete sein Urteil. »Vergiftet!«

»Wie?«, blaffte Prendergast. Aufregung und Anspannung der letzten Stunden hatten auch sein Nervenkostüm angegriffen.

»Chloral, würde ich meinen«, erwiderte der Arzt. »Später werde ich es genau bestimmen. Aber die Symptome – die Muskelerschlaffung und der Zustand seiner Augen – deuten auf eine Chloralhydratvergiftung.« Sein Blick fiel auf den Tisch, die anderen folgten der Augenbewegung und sahen sogleich, was seine Aufmerksamkeit erregt hatte. Es handelte sich um ein Glas, das in der Gastronomie als »Pony« bezeichnet wird: ein sehr kleines Bier- oder Schnapsglas. Carrington nahm es in die Hand und roch daran. »Whisky, denke ich. Die Kristalle des Chloralhydrats haben einen äußerst stechenden Geruch und Geschmack, und ein kräftiger Whisky könnte benutzt worden sein, um diesen zu verdecken. Eine ganz merkwürdige Geschichte, nicht wahr, meine Herren? Alle diese Vorfälle! Wir werden uns an die Polizei wenden müssen, wir dürfen, wie ich fürchte, nicht länger damit warten.«

»Was meinen Sie, Doktor«, fragte Father Jewell, während er angesichts der Leiche andächtig das Kreuzzeichen schlug, »war es Selbstmord?«

»Mit ziemlicher Wahrscheinlichkeit, Father. Wir haben keinen Grund, etwas anderes anzunehmen, soweit ich das beurteilen kann. Es wäre jedoch das Beste, wenn die Polizei die Leiche an Ort und Stelle in Augenschein nähme. Desmond, würden Sie bitte mit Mapleton telefonieren? Richten Sie Inspector Craig aus, dass Dr. Carrington ihn unverzüglich in Vernon House sprechen muss. Sagen Sie ihm, ein plötzlicher Todesfall erfordere seine Anwesenheit, da die Begleitumstände mehr als dubios sind. Wir hingegen sollten uns wieder der Suche nach Sir Eustace widmen. Sagen Sie ihm – Craig, meine ich – noch nichts von Sir Eustace, lassen Sie uns damit noch warten, bis er vor Ort ist. Dann wird die Situation einfacher zu erklären sein, vielleicht wissen wir bis dahin auch schon Näheres. Es ist eine vertrackte Angelegenheit! Man weiß einfach nicht, was das beste Vorgehen wäre. Aber eine Sache hat auf jeden Fall Vorrang: Wir müssen alles daransetzen, den armen Vernon zu finden. Kommen Sie, Major!«

Terence Desmond nickte zustimmend, rief dann aber überrascht aus: »Was ist denn das?« Er deutete auf die Innentasche des Fracks, den der Butler trug. Dort schaute etwas Rotes heraus. Father Jewell beugte sich vor, senkte seine

Finger in die Tasche und zog den Gegenstand heraus, der Desmonds Aufmerksamkeit erregt hatte – es war ein Knallbonbon.

»Merkwürdig«, äußerte der Major, »so etwas in seiner Tasche herumzutragen.«

Der katholische Priester war jedoch bereits dabei, ein Ende des roten Knallbonbons zu untersuchen. Gebannt schauten die anderen zu. Aus dem gekräuselten Ende zog er ein Blatt gewöhnliches Briefpapier und entfaltete es. Nur ein paar Worte standen darauf. Die Männer reckten sich über Father Jewells gebeugte Schulter, um sie zu lesen. Der Text lautete: *»Noch eine Stunde zu leben: Du bezahlst Deine Schuld – heute Nacht!«* Besorgt schaute der Geistliche die anderen Männer an. »Das ist kein Selbstmord, Gentlemen, wie Dr. Carrington vermutete. Es ist Mord! Kaltblütiger Mord! Je eher wir die Polizei hier haben und Sir Eustace Vernon finden, desto besser!« Seine dunklen Augen loderten vor Vehemenz, aber Desmond sah, dass er dabei zitterte.

KAPITEL 4

Ein Schock nach dem anderen

»Father Jewell hat zweifellos recht«, sagte der Major. »Es führt kein Weg daran vorbei. Desmond – das Revier in Mapleton. Wir anderen versuchen, Vernon so rasch wie möglich zu finden. Carrington?«

»Ja. Machen wir es so, wie Sie vorgeschlagen haben. Unter den gegebenen Umständen – aufgrund der neuen Sachlage – werde ich bei dem Leichnam bleiben, bis Inspector Craig eintrifft. Das ist meiner beruflichen Position angemessener, verstehen Sie.«

Desmond tat mit einem Nicken sein Einverständnis kund. »Dann rufe ich jetzt an. Bin in zwei Minuten wieder bei Ihnen, Major. Wenn Sie die Laternen haben, stecken Sie bitte auch eine für mich an und warten auf mich. Zwei Minuten sollten für ein Telefonat reichen. Nur gehen Sie nicht ohne mich los.«

»Schön!«, rief Prendergast mit schneidender Stimme. »Wir lassen also den Doktor hier, wie er es gewünscht hat, und erwarten Sie dann an der Gartentür des Arbeitszimmers.«

»Mir gefällt das alles überhaupt nicht, Major«, brummte Trentham, als die drei Männer den Dienstbotentrakt verließen. Nervös schaute er sich um. »Mich schaudert's – und nicht vor Kälte. Wenn ich an die Leiche des Butlers denke und daran, wie Vernons Arbeitszimmer ausgesehen hat … leer … der Safe offen … die Tür zum Garten ebenso … dieser Fleck auf der Löschunterlage und die beiden Dienstmädchen, die vor Schreck geschrien haben … dann gefriert mir das Blut in den Adern. Wenn ich vorher gewusst hätte, was ich jetzt weiß, dann wäre ich nie –«

Major Prendergast machte dem Selbstvorwurf rasch ein Ende. »Jetzt reißen Sie sich mal zusammen, Trentham. Es ist für uns alle schrecklich. Denken Sie um Himmels willen daran, dass es unsere vordringliche Aufgabe ist, Vernon zu finden. Mit ›Zittern und Zagen‹ werden wir ihn ganz gewiss nicht aufspüren. Dazu braucht es Taten!«

Die Damen standen immer noch zusammengedrängt im Arbeitszimmer unter dem etwas zweifelhaften Schutz Alderman Venables'. Stevens, der Chauffeur, wartete schon mit den einsatzbereiten Laternen. Auch Desmond tauchte bereits wieder auf. Fragend blickte er zum Major, der sofort verstand.

»Purvis hat eine Art Absence erlitten«, verkündete Prendergast. »Doktor Carrington kümmert sich um ihn, während wir uns auf die Suche nach Sir Eustace konzentrieren. Diana! Würdest du bitte die Damen in den Salon bringen? Sobald wir mit Bestimmtheit wissen, was geschehen ist, kommen wir zu Ihnen, Miss Ashley.« Helen neigte leicht den Kopf; sie hatte verstanden. »Vorwärts, Gentlemen! Sie auch, Stevens, ja? Sie können sich ebenfalls nützlich machen.«

Ruhigen Schrittes verließ der Suchtrupp das Haus. Als sie im Park waren, rief der vorausgehende Prendergast: »Geben Sie sofort Meldung, wenn Ihnen etwas Ungewöhnliches auffällt!«

Sie hatten kaum das Haus verlassen, als Terence Desmond von einem Gefühl der Unwirklichkeit ergriffen wurde. Ihm schien, als wären seit dem Dinner erst wenige Minuten vergangen, und als hätte er seine wirkliche körperliche Existenz hinter sich gelassen und spielte nun die Rolle einer Fantasiegestalt in einem grotesken Weihnachtsmärchen. Gleichzeitig waren seine Sinne geschärft und aufs Äußerste angespannt, und während er mit seiner Laterne den Boden vor sich und im Kreis um sich herum beleuchtete, war er entschlossen, nichts zu übersehen, das ihnen bei der Suche behilflich sein könnte. Der Mond stand hoch am Himmel und erleichterte sein Vorhaben, wenn er denn hinter einer Wolke hervorschaute. Es war sehr still. Das einzige Geräusch, das an Desmonds Ohren drang, waren die gelegentlichen Fußstapfen der anderen. Er konnte sie zu beiden Seiten als langsam vorrückende Lichtreihe ausmachen, die Wirkung war gespenstisch. Doch kein Ruf ertönte, der eine Entdeckung verkündete, kein Laut durchbrach die kalte Dezembernacht. Es muss bald Morgen sein, dachte er und rechnete nach, obwohl man sich einen »Morgen« unter diesen Bedingungen kaum vorstellen kann. Plötzlich kam ihm ein

Gedicht von Keats in den Sinn, und zu seinem Erstaunen ertappte er sich dabei, dass er die Zeilen laut rezitierte:

»In nächtigen Winterstunden,
O du glückseliger Baum,
Ist deinem Zweig entschwunden
Sein grüner Sommertraum …«

Mitten in der zweiten Strophe verstummte er, denn ein Gegenstand rechts von ihm, der im Lichtkreis der schaukelnden Laterne aufgetaucht war, hatte seine Aufmerksamkeit erregt. Desmond bückte sich und hob ihn auf. Zu seinem Erstaunen handelte es sich um ein Stück hart gepressten Tabaks. Er steckte es in die Tasche seiner Anzughose, spürte aber bald, dass der Klumpen aufgrund seiner Größe und Härte unangenehm drückte und seine Bewegungsfreiheit behinderte, also steckte er ihn in seine Brusttasche. Bald war er an der äußeren Umfassungsmauer des Gartens angelangt, die an der Rodding Road entlangführte, und drehte sich um, damit er seine Suche ein paar Yards neben der Fährte fortsetzen konnte, die er zuvor verfolgt hatte. Doch es war vergebens. Keine Spur von Sir Eustace Vernon. Nach und nach stellten sich die übrigen Mitglieder des Suchtrupps ein. Lediglich Trentham hatte etwas Erwähnenswertes zu melden.

»Das Garagentor steht offen. Außerdem befindet sich Sir Eustace' Wagen nicht in der Garage. Mein Auto ist da und noch ein zweites, das ich für das des Majors halte, wenn ich mir natürlich auch nicht sicher bin. Aber Sir Eustace' Automobil ist auf jeden Fall fort.«

»Sind Sie sich dessen ganz sicher?«, fragte Father Jewell.

Morris Trentham nickte. »So sicher, wie ich nur sein kann. Ich kenne doch Vernons Wagen, es ist ein Wolseley, Saloon de Luxe. Ich bin schon viele Male mit ihm darin gefahren.«

»Vielleicht hat er ja selbst den Wagen genommen. Möglicherweise, um sich damit …« Prendergast verstummte abrupt, doch jeder ergänzte für sich im Stillen den verräterischen Satz. In diesem Augenblick erinnerte sich Desmond an seinen Fund, der ihm sogleich eine neue Theorie eingab.

»Vielleicht ist jemand anders mit dem Wagen weggefahren«, gab er zu bedenken.

»Was wollen Sie damit sagen?«, fragte Father Jewell. »Wer hätte denn –?«

Desmond fiel ihm ins Wort. »Mir ist da so eine Idee gekommen … Bloß eine Idee, mehr nicht«, gab er zu. »Stevens!«, rief er den Chauffeur.

»Ja, Mr Desmond?«

Terence zog die dunkle Tabakplatte aus der Tasche und hielt sie zur Begutachtung in die Höhe. »Kennen Sie jemanden hier, der diese Art Tabak raucht?«

Stevens schüttelte den Kopf.

»Wohl nicht zufällig Sie selbst?«, fuhr Desmond fort.

»Aber im Leben nicht, Sir! Für mich nur Gaspers. ›Harten‹ hab ich nicht mehr gesehen, seit – wobei mir einfällt,

Sir … obwohl, ich weiß es nicht mehr so genau …« Er brach ab, offenkundig unentschlossen.

»Was wollen Sie sagen, Stevens? Raus mit der Sprache!«

»Nun, Sir, Hammond, die Küchenmagd, geht mit einem Matrosen, das weiß ich. Und Seeleute mögen so ’n Zeugs ja wohl. Daran hatte ich gedacht.«

»Ist das so, ja? Wie heißt der Bursche denn, wissen Sie das?«

Stevens schüttelte den Kopf. »Da fragen Sie mich zu viel, Sir. Aber er ist aus Mapleton, so viel kann ich sagen. Ist gerade auf Heimaturlaub. Ich könnte fragen …«

»Was haben Sie denn da, Desmond?«, unterbrach Major Prendergast.

Desmond reichte ihm seinen Fund. »Den habe ich drüben auf dem Rasen gefunden, ungefähr dreißig Yards von hier. Ich denke, es kann noch nicht lange her sein, dass dieser Tabak dort verloren wurde. Er ist nämlich verhältnismäßig trocken, während das Gras nass ist.«

»Ungewöhnlich«, bemerkte Prendergast. »Behalten Sie ihn. Man kann ja nie wissen. Ich würde sagen, wir gehen jetzt ins Haus, falls die Polizei inzwischen da ist. Was der Fall sein sollte. Was meinen Sie?«

Father Jewell stimmte eifrig zu. »Ich glaube nicht, dass wir hier draußen noch sonderlich viel ausrichten können.« Die anderen waren derselben Meinung.

Als sie durch die Gartentüren wieder ins Arbeitszimmer traten, kam ihnen Helen Ashley entgegen. Desmond schüttelte den Kopf, noch bevor sie ihre Frage gestellt hatte. »Es gibt keinen Grund, mit dem Schlimmsten zu rechnen – *noch* nicht«, betonte er. »Wir haben nichts gefunden, was darauf hindeuten würde, dass etwas nicht in Ordnung ist. Es könnte aber sein, dass dein Onkel mit dem Wagen weggefahren ist.«

»Aber warum?«, fragte Helen.

»Sein Automobil steht nicht in der Garage, das sagt zumindest Trentham, und das Garagentor steht offen. Daraus schließen wir, dass die böse Nachricht, die er beim Dinner erwähnt hat, ihn möglicherweise zu einer spontanen Reise verleitete. Ich persönlich hege keinen Zweifel, dass es sich so verhält. Wenn man die Fakten bedenkt, so wie wir sie vorgefunden haben«, setzte er wenig überzeugend hinzu.

Helen wandte ihm ihr besorgtes Gesicht zu. »Ich kann mir nicht vorstellen, dass Onkel Eustace so etwas tun würde. Ich glaube es keinen Augenblick lang – außerdem ist da doch sein Abschiedsbrief. Welche plausible Erklärung hast du dafür? Und dann dieser Schreck mit Purvis.« Sie sah ihn streng an. »Terence, du sagst mir nicht die Wahrheit. Ist Purvis tot? Sag es mir … Ich bin kein Kind, das man mit Märchen abspeisen kann. Sag es mir, Terence! Bitte halte die Wahrheit nicht vor mir zurück. Mein Onkel wird vermisst, daher ist es wichtig, dass ich alles erfahre. Ist Purvis tot?«

Hilflos schaute Desmond in die Runde, ob ihm nicht einer der Herren zu Hilfe kommen würde. Doch keiner rührte sich. Also nahm er die Verantwortung auf sich. Es führte kein Weg daran vorbei.

»Purvis ist tot«, bestätigte er sachlich und ohne Umschweife. »Dr. Carrington ist bei ihm geblieben, und wir haben die Polizei in Mapleton alarmiert. Unter diesen Umständen blieb uns nichts anderes übrig. Wir haben dir vorher nichts davon gesagt, weil wir vermeiden wollten, dass sich die anderen Damen aufregen.«

»Ich wusste es«, sagte Helen schlicht, »ich war mir sicher.«

»Warum?«

»Ich weiß nicht … Irgendetwas hat es mir gesagt, ich weiß auch nicht, was. Nenn es ›Instinkt‹, wenn du willst, oder halte mich für eine Hellseherin.« Sie lachte hysterisch, und diese ungewohnte Gefühlsäußerung veranlasste den jungen Mann, sie mit tiefem Mitgefühl anzusehen.

»Ist der Inspector schon da?«, wollte er dann wissen.

»Als ich die anderen Damen verließ, war er noch nicht gekommen. Wir sollten nachsehen.«

Doch Major Prendergast kam ihr zuvor. Als Helen Ashley sich anschickte, das Zimmer zu verlassen, kam er ihr bereits aus der Halle entgegen.

»Inspector Craig aus Mapleton ist soeben eingetroffen«, verkündete er. Dann schien er nicht mehr zu wissen, was er sagen sollte, denn er fand die Situation, milde gesagt, peinlich. Helen wartete, dass er fortfuhr. »Soll ich ihm sagen, was … oder soll das lieber Desmond übernehmen, oder wollen Sie selbst …?«

»Erklären, was mit meinem Onkel geschehen ist? Ich glaube, das Beste wird sein, wenn wir Inspector Craig alles offen berichten. Alles, was wir wissen, und alles, was wir unternommen haben, und zwar in der exakten zeitlichen Reihenfolge. Das sollte so gründlich und gewissenhaft wie möglich besorgt werden. Wenn Sie so freundlich wären, das zu übernehmen – es wäre mir eine große Hilfe.«

Prendergast nickte und erntete nach einem fragenden Blick auf die anderen ebenfalls Zustimmung.

Der Inspector stand in der Halle; bei ihm war Dr. Tempest, der Polizeiarzt. Beide verfluchten das grausame Schicksal, das sie ausgerechnet am Weihnachtsabend zu einem Kriminalfall verschlagen hatte. Craig war aus dem Schoß seiner Familie und vom prasselnden Kamin herbeizitiert worden, und Dr. Tempest kam von einer höchst spannenden Bridge-Gesellschaft im Hause Colonel Rideouts, der auf halbem Weg zwischen Mapleton und Rodding wohnte. Unschlüssig standen sie in der Halle, nachdem die verängstigte Palmer sie ins Haus gelassen hatte. Der Tod des Butlers, wie noch zu sehen sein wird, hatte die mustergültige Ordnung in Vernon House ernstlich durcheinandergebracht.

»Wie hat die telefonische Benachrichtigung gelautet, Inspector? Verdacht auf Mord?«

Craig senkte die Stimme. »So wird es vermutet, Dr. Tempest. Der Anrufer hat seinen Namen mit Desmond angegeben. Ich habe das Gespräch nicht selbst angenommen, wie Sie wissen. Dieser Desmond sagte nicht, wer der Ermordete sei, sondern fragte lediglich, ob wir sofort kommen könnten. Zumindest ist es mir so ausgerichtet worden.«

Der Polizeiarzt wollte gerade antworten, als er vier Männer herannahen sah. »Bitte schön, Inspector. Nun werden wir ja endlich erfahren, worum es geht.«

Prendergast verlor keine Zeit. So knapp wie möglich berichtete er dem Inspector alles, was vorgefallen war. Dann fügte er noch eine eigene Erklärung hinzu: »Miss Ashley und die anderen Damen halten sich im Salon auf, Inspector. Ich bin Major Prendergast und auf Miss Ashleys ausdrückliche Bitte ihr Wortführer. Ich hoffe, es wird nicht nötig sein, die Damen aufzuregen. Wir alle sind sehr beunruhigt, und für sie muss es besonders bestürzend und aufreibend sein.«

»Ich verstehe. Falls ich nicht dazu gezwungen bin, werde ich die Damen gar nicht belästigen. Bringen Sie mich jetzt zu Purvis. Ihrem Bericht entnehme ich, dass Dr. Carrington noch bei der Leiche ist?«

»Das ist richtig, Inspector.«

Zum zweiten Mal seit dem Dinner legten sie den Weg zur Butler-Anrichte zurück. Dr. Carrington stand in Gedanken versunken in der Tür. Als er sah, *wer* da den Korridor entlangkam, zog er kurz an seiner Unterlippe, als zweifelte er an einem vorher gefassten Entschluss. Es war deutlich zu erkennen, dass etwas ihn stark bekümmerte. Doch offensichtlich gelangte er zu einer befriedigenden Lösung, denn nachdem die Männer eingetreten waren, zog er leise die Tür hinter ihnen zu. Bevor Craig oder Dr. Tempest etwas fragen konnten, übernahm Carrington das Kommando. Er sah sich dazu genötigt, denn wenn er es nicht täte, würde er seine Pflichten als Arzt vernachlässigen. Er sprach ruhig, aber ohne Umschweife.

»Bevor Sie, Dr. Tempest, die Leiche untersuchen und Sie, Inspector, anfangen, Fragen zu stellen, muss ich Ihnen etwas sehr Wichtiges mitteilen, etwas Wichtiges und zugleich Erschreckendes. Ich habe es eben erst herausgefunden. Bei dieser Leiche handelt es sich *um eine Frau!*«

KAPITEL 5

Sir Eustace wird gefunden

»Was in aller Welt wollen Sie damit sagen?«, stieß Desmond hervor. Unglauben blitzte aus seinen Augen. »Das kann nicht sein – ich kenne Purvis seit Jahren.«

»Auch ich habe ihn gekannt«, gab Carrington kühl zurück, »so lange wie Sie, nehme ich an. Doch das ändert nichts an der Tatsache. Sie haben ebenso nach dem Augenschein geurteilt wie ich. Der Mensch, den sowohl Sie und ich als auch Sir Eustace Vernon und der Rest der Welt als Purvis kannten, war eine Frau. Wir sind getäuscht worden. Das ist alles.«

»Sehr merkwürdig«, brummte Craig. »Und wenn man es zu den vielen sonderbaren Vorfällen in Vernon House hinzunimmt, über die Major Prendergast berichtet hat, erscheint es mir höchst auffällig. Dennoch …« Er überlegte einen Moment, dann wandte er sich an den Polizeiarzt. »Würden Sie jetzt bitte einen Blick auf die Leiche werfen, Dr. Tempest?«

Doch Tempest war den Worten des Inspectors bereits zuvorgekommen und hatte sich über den zusammengesunkenen Körper gebeugt. Carrington trat an seine Seite und flüsterte seinem Kollegen etwas zu. Tempest schaute auf und nickte entschlossen. »Das war es, was mich stutzig gemacht hat«, sagte Carrington. Darauf erfolgte ein weiteres Nicken und eine Beratschlagung der beiden Mediziner. Craig nahm den roten Knallbonbon vom Tisch und untersuchte die bedrohliche Nachricht, die an ihn geheftet war. »Ich frage mich, ob hier wohl jemand die Handschrift erkennen kann«, äußerte er. »Ich behalte diesen Brief für weitere Ermittlungen.« Er schob ihn in seine Tasche. »Nun, Doktor, wie lautet Ihr Urteil?«, wandte er sich an Tempest. Der Arzt schaute ihn ernst an.

»Ich bin mit Dr. Carrington einer Meinung. Diese Frau ist zweifellos vergiftet worden. Seiner Ansicht nach mit Chloralhydrat. Im Augenblick sehe ich keinen Anlass für eine abweichende Meinung.«

Craig runzelte die Stirn. »Es könnte trotz allem Selbstmord sein, Doktor.«

»Das wäre durchaus möglich«, stimmte der Polizeiarzt zu, »wir dürfen aber nicht den Drohbrief vergessen, der in dem Knallbonbon steckte. Man darf doch annehmen, dass so eine Botschaft an den Menschen gerichtet ist, bei dem sie gefunden wird. Und das wiederum deutet eindeutig auf Mord: Mord aus Rache, würde ich meinen.«

Wieder runzelte Craig die Stirn. »Dann muss ich, so leid es mir tut, meine Herren, doch mit Sir Eustace Vernons Nichte Miss Ashley sprechen. Sie ist, soweit mir bekannt ist, die einzige Person, die hier im Haus wohnt, abgesehen von den Dienstboten. Das Geheimnis um das Geschlecht des Butlers muss untersucht werden. Denn das alles ist doch sehr schleierhaft. Und Sie alle können mir versichern, dass Sir Eustace nicht aufzufinden ist – dass er sich nicht an einem Ort verbirgt, den Sie möglicherweise übersehen haben?«

Prendergast verneinte dies sofort. Desmond schaltete sich ein. »Miss Ashley wird Ihnen nichts über Purvis sagen können, Inspector, da bin ich ganz sicher. Ich bin ein alter Freund von ihr, und ich bin überzeugt, ihr ist nie in den Sinn gekommen, dass Purvis ein anderer sein könnte, als er – als *sie*, um genauer zu sein – vorgegeben hat. Ich würde mein ganzes Vermögen darauf verwetten, das zwar nicht besonders groß ist, für mich aber viel bedeutet.«

»Ich zweifle nicht im Geringsten daran, dass Sie recht haben, Mr –« Craig stutzte.

»Desmond«, sagte Terence.

»Desmond! Entschuldigen Sie bitte, wenn ich Sie korrigiere, aber Ihre Meinung beruht lediglich auf Mutmaßungen. Es scheint sich hier um die besondere Art Geheimnis zu handeln, über das nahestehende Menschen, die Eingeweihten, lieber Stillschweigen bewahren. Nur weil die Dame Ihnen nichts über Purvis anvertraut hat, bedeutet das noch lange nicht, dass –«

Ungeduldig und deutlich gereizt unterbrach Desmond den Inspector. »Ich besitze Miss Ashleys volles Vertrauen, und das sollte Ihnen genügen. Wenn Sie sie aber unbedingt sprechen müssen … dann nur zu! Ich bitte lediglich darum, dass Sie sie sanft behandeln, denn ich nehme an, dass sie inzwischen wie erschlagen ist.« Damit drehte er sich auf dem Absatz um und ging hinüber auf die andere Seite des Zimmers zu Father Jewell.

»Ich weiß schon, was ich zu tun habe«, gab Inspector Craig brüsk zurück. »Zunächst einmal werden wir in das Zimmer gehen, in das Sie, wie ich hörte, als Erstes gerufen wurden. In diesem Raum – würden Sie das bitte Miss Ashley ausrichten? – möchte ich ihr ein paar Fragen stellen, und zwar so bald wie möglich. Vielleicht wären Sie so nett, sie jetzt herzuholen, Mr Desmond?« Craig ging an die Tür und schaute nachdenklich auf das Schloss. »Wir sperren hier zu«, verkündete er und ließ seinen Worten die Tat folgen, »ich werde später wiederkommen. Auf geht's, Gentlemen!« Damit steckte Craig den Schlüssel in seine Tasche.

Helen Ashley willigte ein, dem Inspector für eine Befragung zur Verfügung zu stehen. Ein nicht allzu aufmerksamer Beobachter hätte Desmonds Befürchtungen vielleicht als unbegründet abgetan, denn nach außen erschien Helen vollkommen gefasst. Innerlich jedoch spürte sie eine quälende Anspannung, die ihr einen dumpfen, ziehenden Schmerz in der Brust verursachte. Der Inspector verlor keine Zeit.

»Ich bin Inspector Craig vom Polizeirevier Mapleton«, stellte er sich knapp und wenig höflich vor, was jedoch in der allgemeinen Aufregung nicht weiter auffiel. »Es tut mir leid, Sie belästigen zu müssen, Miss Ashley, doch da Ihr Onkel, Sir Eustace Vernon, sich nicht im Haus befindet – auf die näheren Umstände dazu werde ich später eingehen müssen –, bleibt mir keine andere Wahl, als Ihnen ein paar Fragen zu stellen.« Mit seinem Blick schien er ihr Einverständnis zu erheischen. Helen neigte leicht den Kopf, und diese Geste schien den Beamten leicht aus der Fassung zu bringen, doch er fing sich rasch wieder und fuhr fort. »Sie haben wohl schon gehört, dass Purvis, der Butler Ihres Onkels, tot in dem Raum aufgefunden wurde, in dem er sich für gewöhnlich aufhielt, dem Raum, der als ›Anrichte‹ bezeichnet wird. Die beiden Ärzte Dr. Carrington und Dr. Tempest sind sich einig, dass der Tod durch Vergiftung eingetreten ist. Bislang wissen wir jedoch noch nicht, wie das Gift verabreicht wurde oder durch wen.« Er machte eine kleine Pause und musterte die junge Frau argwöhnisch, doch Helen ließ durch keinerlei Anzeichen erkennen, dass sie etwas darüber wissen könnte. Craig fuhr fort: »Des Weiteren haben sie noch etwas festgestellt, das, gelinde gesagt, merkwürdig und, äh, vielleicht unangenehm ist. Purvis war eine Frau!« Diese Information schleuderte er ihr geradezu entgegen.

Helen öffnete verwundert den Mund und schnappte nach Luft. »Eine Frau?«

Craig bestätigte es mit einem Nicken. »Sie können mir ruhig glauben. Es besteht nicht der Hauch eines Zweifels, nicht wahr, Doktor?«, wandte er sich an den Polizeiarzt.

»Es ist wahr, Miss Ashley«, bestätigte Dr. Tempest. »Was Inspector Craig gesagt hat, entspricht vollkommen den Tatsachen. Der Butler Purvis, den Sie als Mann gekannt haben, war in Wirklichkeit eine Frau.«

Helen schaute verwundert von einem Mann zum anderen, während sie darum kämpfte, die Beherrschung zu bewahren. Schließlich – nach langem Kampf, so schien es – kapitulierte sie und wandte sich Hilfe suchend an Desmond und Father Jewell, die neben ihr standen. »Purvis … eine Frau«, wiederholte sie tonlos. »Ich verstehe einfach nicht …«

»Das haben Sie also nicht im Entferntesten geahnt?«, fragte der Inspector streng.

Bevor Helen antworten konnte, machte Desmond seinem Unmut Luft. »Herrgott, Inspector, man muss nicht besonders klug sein, um zu erkennen, dass Helen die Wahrheit sagt! Sie wollen doch nicht unterstellen –«

»Nur die Ruhe, Mr Desmond – bitte. Und vielleicht darf ich Sie darauf hinweisen, dass *ich* diese Ermittlung leite und nicht Sie. Wenn ich Ihre Hilfe brauche, werde ich schon darum bitten. Miss Ashley?«

»Was Sie mir soeben mitgeteilt haben, ist *verblüffend*, Inspector. Ich kann es immer noch nicht wirklich glauben. Mehr kann ich dazu nicht sagen.«

»Verstehe. Nun in Bezug auf die andere Angelegenheit, Miss Ashley. Der Brief, der mir übergeben wurde – er wurde in diesem Zimmer gefunden, wie ich hörte. Sie hegen keine Zweifel, dass Ihr Onkel der Verfasser ist.«

»Soweit ich das beurteilen kann: keine.«

»Gut! Und dies ist der Fleck auf der Löschunterlage, den Major Prendergast erwähnte?« Craig ging auf den Schreibtisch zu. Im gleichen Augenblick wurde die Tür geöffnet, und Alderman Venables, Bürgermeister von Mapleton, betrat das Arbeitszimmer. Als er sah, was der Inspector so aufmerksam betrachtete, wurde sein kränklich-gelbes Gesicht noch eine Nuance bleicher. Trentham hielt warnend die Hand hoch, um Venables zum Schweigen zu ermahnen. Der würdige Alderman schien nur zu gerne zu gehorchen. Auf Zehenspitzen schlich er durch das Zimmer bis zu der Portiere, die vor dem Durchgang zur Bibliothek hing und von dem Major beiseitegezogen worden war. Prendergast behielt Craig im Auge, während dieser nachdenklich den winzigen roten Fleck betrachtete.

»Hm!«, brummte Craig. »Würden Sie sich bitte darum kümmern, Dr. Tempest?« Dann schien ihm ein neuer Gedanke zu kommen. »Der Safe, den Sie erwähnten, Gentlemen … Er befindet sich dort im Zimmer?« Prendergast bestätigte dies mit einem Nicken, und der Inspector begab sich in die Bibliothek, wobei er Venables geschickt auswich. Desmond und der Major folgten ihm, während die anderen sich nicht von der Stelle rührten.

»Hm«, machte der Inspector wieder. »Aber gestohlen wurde nichts, wie?«

»Miss Ashley glaubt es nicht, Inspector. Für mich sieht die Sache so aus, als wäre Sir Eustace – vorausgesetzt, dass er es war, der den Safe öffnete – plötzlich gestört worden, sodass er die Tür offen stehen und den Schlüssel im Schloss stecken ließ.«

»Das wäre möglich«, gab Craig zurück.

»Eher wahrscheinlich, meinen Sie nicht?«, hielt Desmond dagegen.

Craig sah ihn scharf an. »Ich habe gelernt, dem äußeren Anschein zu misstrauen, Mr Desmond, und richte meine Aufmerksamkeit lieber auf das Mögliche.«

Ein leises Lächeln umspielte Desmonds Lippen, während er dem Inspector ins Arbeitszimmer folgte. »Würde mich nicht wundern, wenn er am Ende mich verhaftet«, murmelte er vor sich hin, »dieser dumme, überhebliche Esel.«

Die schneidende Stimme des Inspectors setzte seinem Selbstgespräch ein vorzeitiges Ende. »Der Park wurde durchsucht, sagten Sie? Gründlich durchkämmt und nicht mal eben kurz mit den Augen überflogen?«

»Durchaus, Inspector«, erwiderte Prendergast. »Wir haben einen Suchtrupp gebildet und jeden Zollbreit Boden so gründlich wie möglich abgesucht, jedoch keine Spur von Sir Eustace gefunden. Allerdings ist ja, wie wir Ihnen eben – oder vielmehr, wie ich Ihnen eben sagte, Sir Eustace' Automobil aus der Garage verschwunden.«

»Hat der Chauffeur den Wagen genommen?«

»Nein, nein. Tatsächlich ist er beinahe die ganze Zeit über bei uns gewesen und hat den Suchtrupp nach Kräften unterstützt.«

»Wo hält er sich jetzt auf?«

»Ganz in der Nähe, Inspector. Wenn Sie ihn sprechen wollen, kann ich ihn gerne holen.« Prendergast wollte sich in Bewegung setzen, doch Craig hielt ihn zurück.

»Sie brauchen sich vorerst nicht die Mühe zu machen, Sir. Den Chauffeur kann ich später noch vernehmen. Aber es ist doch eine äußerst vertrackte Geschichte, da werden

Sie mir zustimmen, Gentlemen. Jedenfalls, Miss Ashley: Ich möchte gern ein paar Worte mit Ihren beiden Dienstmädchen reden, die Alarm geschlagen haben. Wie waren doch gleich ihre Namen?«

»Hammond und Palmer«, erwiderte Helen. »Ich werde nach ihnen läuten.«

Als sie durchs Zimmer ging, um ihr Vorhaben in die Tat umzusetzen, ereignete sich eine jener merkwürdigen Koinzidenzen, die das Leben bereithält. Draußen kam jemand gelaufen, und dann tauchte die Magd Palmer im Türrahmen auf, wo die aufgebrochene Tür in ihren Angeln hing.

»Palmer!«, rief Helen aus, doch zu mehr kam sie nicht, da Palmer selbst mit Neuigkeiten aufzuwarten hatte, die keinen Aufschub duldeten.

»Inspector Craig wird am Telefon in der Halle verlangt, Miss«, platzte sie heraus. »Und ich soll ausrichten, dass es furchtbar wichtig ist. Da muss ein wirklich ›hohes Tier‹ dran sein, das merkt man an der Art, wie er seine Befehle gibt.«

Craig wirkte überrascht.

»Würden Sie bitte hierbleiben, Doktor?«, sagte er zu Tempest. »Ich werde hören, wer da am Telefon ist und worum es geht. Was ich aber nicht begreife … wer um alles in der Welt sollte mich hier anrufen?«

Während er fort war, fiel Helen Ashley ein, dass die Damen immer noch im Salon versammelt waren. »Ich gehe zu ihnen, Terry«, sagte sie. »Gott weiß, welche Ängste sie ausstehen. Du findest mich im Salon, wenn du mich brauchst oder falls der Inspector noch mehr Fragen stellen will.«

Damit schlüpfte sie aus dem Zimmer, während Dr. Tempest ihr forschend nachschaute. Drei Minuten später war Craig zurück. Er wirkte ernst und schien sich seiner Verantwortung stärker denn je bewusst zu sein. Suchend sah er sich im Zimmer um.

»Miss Ashley ist in den Salon gegangen«, erklärte Desmond unaufgefordert.

»Das ist schon in Ordnung«, sagte Craig leise. »Ich habe soeben erfahren, dass Sir Eustace Vernons Leiche auf den Bahngleisen kurz vor Dyke's Crossing gefunden wurde. Er muss sich von hier aus geradewegs dorthin begeben und vor einen fahrenden Zug geworfen haben.« Er ließ den Anwesenden für einen Moment Zeit, die furchtbare Nachricht zu verarbeiten. »Eine schlimme Sache, Gentlemen«, fuhr er dann fort, »doch was mich am meisten befremdet, ist die Identität meines Informanten. Es war kein anderer als Sir Austin Kemble, der Polizeipräsident. Wie der ins Spiel kommt, kapiere ich einfach nicht. Aber der Fall wird nun offiziell eine Angelegenheit für Scotland Yard.« Aufmerksam betrachtete er die Gesichter, während er diese ominöse Entwicklung verkündete.

KAPITEL 6

Mr Bathurst nimmt eine Abkürzung

An dem Abend, als die soeben geschilderten Vorfälle stattfanden, nahm Sir Austin Kemble gemütlich neben Mr Anthony Bathurst Platz und bereitete sich mit einem Seufzen, das sowohl ein gewisses Maß an Unbehagen als auch an Zufriedenheit erkennen ließ, auf die Fahrt von fünfundvierzig Meilen vor, die sie nach London bringen würde.

»Zu lästig, dass wir nicht über Nacht bleiben können, Bathurst«, bemerkte er, »und verdammt anständig von Ihnen, mich mitzunehmen. Aber morgen habe ich eine Menge Arbeit im Yard zu erledigen, die ich nicht versäumen und schon gar nicht delegieren darf.«

Mr Bathurst bekundete mit einem Brummen sein Einverständnis, während seine starken Zähne auf dem Pfeifenstiel herumkauten. Da die Straße vor ihnen vollkommen frei war, brachte er seinen Wagen auf Hochtouren.

»Sie haben da einen oder zwei hässliche Fälle auf dem Tisch, nicht wahr?«, sagte er.

Sir Austin verzog das Gesicht. Er mochte es nicht, allzu offenkundig an Dinge erinnert zu werden, die ihm große Sorge bereiteten. Zu diesem Zeitpunkt gab es zwei Fälle, die alle anderen in den Schatten stellten. Einer war der sonderbare Mord an einem Sängerknaben in Clerkenwell, der am Adventssonntag nach der Abendandacht auf seinem Heimweg erdrosselt worden war; der andere war die mysteriöse Ermordung eines Konditors in Nunhead. In beiden Fällen schien der Täter davongekommen zu sein, ohne eine greifbare Spur hinterlassen zu haben; eine weitere Übereinstimmung war, dass beide Opfer zuletzt im Gespräch mit einer hochgewachsenen, dunkelhäutigen Frau gesehen worden waren. Die Beamten, die mit den Ermittlungen befasst waren, werteten diesen Umstand durchaus nicht als Zufall.

»Ein paar wirklich scheußliche Fälle«, bestätigte Sir Austin, nachdem seine Stirn wieder einigermaßen geglättet war.

»Clerkenwell und Nunhead?«

»Ja. Es kann gar kein Zweifel bestehen, dass man in beiden Fällen versucht, uns hinters Licht zu führen. Ich hätte große Lust, Sie zur Mitarbeit zu bewegen, Bathurst.« Fragend richtete er seinen Blick auf Anthony.

Mr Bathurst lächelte, um seine Ablehnung ein wenig zu mildern. »Zu viel zu tun, Sir. Fälle im Übermaß würden mich krank machen. Ein Fall hin und wieder tut mir hingegen ganz gut.« Geschickt nahm er eine gefährliche Kurve. »Ich werde die Abkürzung über die Landstraße fahren und weiter unten die Bahngleise überqueren.«

»Wissen Sie noch, wo wir vor genau einem Jahr waren, Bathurst?«

»Ich weiß es noch sehr gut, Sir. Tatsächlich habe ich mich heute Abend beim Dinner daran erinnert. Als unsere Gastgeberin lachte, gemahnte sie mich unwiderstehlich an Lady Fullgarney.«

Sein Beifahrer kicherte leise. »Ihre meisterhafte Ermittlung im Pfauenaugen-Fall hat wohl schwere Verwüstungen im Herzen der Dame angerichtet, mein Junge. Nun ja. Wen wundert's? Sie haben eben ein Händchen für die Frauen, Bathurst! Haben Sie eigentlich in der Zwischenzeit welche von den Leuten wiedergesehen?«

»Im Juni in Ascot. Am letzten Tag der Rennen, glaube ich.« Bathurst überlegte kurz. »Ja, so war es. Ich bin in sie hineingerannt, als gerade die Pferde für die Wokingham-Wetten angezeigt wurden. Und dann habe ich sie gegen Ende Juli wiedergetroffen, im Lord's-Stadion beim Rugby-Match gegen Marlborough; sie waren vorher beim Goodwood-Rennen gewesen. Ein junger Neffe von Sir Matthew war für das Turnier aufgestellt. Übrigens ein wirklich guter Spieler – hat sein Wicket exzellent verteidigt. Am Bankfeiertag im August hat er mit seinem Schulteam von den Lords' Schools gegen die anderen Schülermannschaften gespielt.«

»Ist er ein Fullgarney?«

»Nein. Ich glaube, er ist der Sohn von Sir Matthews Schwester … heißt Conway Beresford – Hallo? Was ist denn da vorne los?!« Er trat ohne Vorwarnung auf die Bremse.

»Was gibt's, Bathurst?«, erkundigte sich Sir Austin.

»Bahnübergang, Sir. Und die Schranken sind geschlossen. Da wartet noch ein anderer Wagen.« Bathurst war nur wenige Yards hinter ihm zum Stehen gekommen. Sir Austin steckte den Kopf zum Fenster hinaus. Dann warf er einen Blick auf seine Uhr.

»Das ist Dyke's Crossing, Bathurst. Ich weiß, wo wir sind. Auf halber Strecke zwischen Rodding und Mapleton. Ich entsinne mich, dass ich vor ungefähr fünf Jahren wegen anonymer Briefe in der Gegend war: Ein Bauernmädchen hatte sich als Sittenrichterin aufgespielt.« Kaum hatte er zu Ende gesprochen, als ein schrilles Signalhorn die Durchfahrt eines Expresszugs ankündigte. Schon rauschte die Eisenbahn vorbei, begleitet von einem wirbelnden Funkenflug. Nach schier endlosem Warten schwenkten die Schranken von Dyke's Crossing langsam, aber stetig auf. Als sie in ihren Halterungen einrasteten, stellte sich unweigerlich die große Erleichterung ein, welche eine spezifische Eigenart englischer Bahnübergänge zu sein scheint. Bathurst wartete, dass sich der Wagen vor ihm in Bewegung setzte; der Fahrer machte jedoch keine Anstalten. Bathurst drückte aufs Gaspedal und fuhr auf der Gegenspur vorbei. Während sie die Gleise überquerten, bemerkte er: »Was hat dieses Auto so spät in der Nacht hier zu suchen – und noch dazu an Heiligabend?«

Sir Austin warf einen Blick über die Schulter auf den Wagen. »Es sitzt überhaupt niemand darin«, murmelte er, »das ist sonderbar, finden Sie nicht auch?« Wieder steckte er den Kopf hinaus, um die Umgebung genauer in Augenschein zu nehmen. In diesem Augenblick trat der Mond hinter den Wolken hervor. Sein kaltes, klares Licht erhellte die Gleise, die sie eben überquert hatten, und enthüllte unbarmherzig, was dort geschehen war. Sir Austin entfuhr ein scharfer, halb erstickter Ausruf. »Halten Sie da vorne, Bathurst«, sagte er gepresst. »Da ist jemand!«

»Wo?«

»Dort, auf dem Gleis. Meiner Meinung nach ist es ein menschlicher Körper. Der Mond hat ihn eine Sekunde lang angeleuchtet, so hell wie Tageslicht. Ich habe ihn ganz deutlich gesehen!«

Anthony machte ein ernstes Gesicht. »Oder das, was von einem Menschen übrig ist – das ist wahrscheinlicher nach dem eisernen Ungetüm, das eben vorbeigerast ist. Armer Teufel!« Er parkte an der Hecke, die neben den Gleisen verlief. »Passen Sie auf die Züge auf, Sir Austin … ein Überfahrener ist genug!«

Ohne auf die Warnung zu hören, brach Sir Austin durch die Hecke auf die Gleise und strebte geradewegs auf die Stelle zu, an der er die formlose Masse im hellen Mondlicht erspäht hatte. Bathurst beeilte sich, ihm zu folgen. Ungefähr zwanzig Yards vom Bahnübergang entfernt lag die Leiche eines Mannes in Abendgarderobe. Sie war schwer verstümmelt, besonders an den Gliedmaßen. Das rechte Bein war komplett vom Körper abgetrennt worden, das linke nur noch eine zerfleischte, blutige Masse. Angesichts der Heftigkeit des Aufpralls erschien es merkwürdig, dass das Gesicht nahezu unberührt war; außerdem lag zwischen den Schienen ein Zwicker, der durch eine Laune des Schicksals ebenfalls völlig unbeschädigt geblieben war. Der Mann war mittleren Alters und besaß keine Haare mehr, dafür aber einen grauen Schnurrbart. Es war ein sensibel und kultiviert wirkendes Gesicht. Bekleidet war der Mann mit schwarzem Smoking, schwarzer Fliege und schwarzen Anzughosen. Der Schuh an dem verstümmelten Bein hing in Fetzen, doch der Schuh an dem Fuß des abgetrennten Beins befand sich in ausgezeichnetem Zustand. Sir Austin Kemble fiel es schwer, angesichts des grausigen Anblicks einen Schauder zu unterdrücken.

»Was für eine übel zugerichtete Leiche«, murmelte er. »Was glauben Sie, Bathurst: Ist es Selbstmord?«

»Sieht ganz danach aus, Sir Austin – oberflächlich betrachtet. Er muss mit Absicht vor dem Bahnübergang gehalten haben, ist dann ausgestiegen, auf die Gleise gelaufen und hat auf den Zug gewartet. Es könnte aber auch sein …« Er versank in Nachdenken.

»Was könnte sein?«, bedrängte ihn Sir Austin mit einem Anflug seiner üblichen Ungeduld.

»Dass er eine Verabredung hatte, und die betreffende Dame hat sie nicht eingehalten.«

»Reichlich alt für einen Liebhaber, Bathurst. Falls Ihre Theorie mit der Verabredung stimmt, dann hat er wahrscheinlich eher auf einen anderen Mann gewartet.«

Anthony lachte zynisch. »Manche Männer sind für ein Abenteuer nie zu alt, Sir. Frauen bilden ihre einzige Verbindung zum Leben. Sie bleiben in den Schlingen der ›Lebenskraft‹ gefangen, so zumindest lautet ihre Rechtfertigung.«

»Was sollen wir nun mit ihm machen?«, fragte Sir Austin, der sich nicht auf eine Diskussion einlassen wollte. »Es erscheint mir irgendwie unmenschlich, den armen Kerl hier liegen zu lassen.«

Anthony nickte und schaute sich nach einem geeigneten Platz um. »Wir wollen ihn dort drüben hinlegen, in den Schutz der Hecke. Ich glaube nicht, dass er sehr schwer ist. Wenn wir durch Mapleton kommen, halten wir am Polizeirevier und berichten, was hier geschehen ist. Dann können die einen Krankenwagen entsenden.«

»Das Beste, was wir tun können, Bathurst. Ich fürchte, es wird trotzdem grässlich, ihn anzufassen. Nehmen Sie die Schultern, ja?«

Anthony bückte sich und tat, wie ihm geheißen. Gemeinsam schleppten sie den verstümmelten Körper über die Gleise und legten ihn behutsam unter die schützende Hecke.

»Dieser verfluchte helle Mond«, schimpfte der Polizeipräsident. »Unter diesen Umständen geradezu unanständig. Verstehen Sie, was ich sagen will, Bathurst? Absolute Dunkelheit hätte besser gepasst. Nicht wahr?«

Bathurst schien nicht zugehört zu haben, zumindest würdigte er Sir Austin keiner Antwort. Die rechte Hand des Toten nahm seine Aufmerksamkeit gefangen. Plötzlich blitzten seine Augen auf, und er ließ sich neben der Leiche auf ein Knie nieder. Sir Austin betrachtete seinen Freund einigermaßen befremdet. Hatte Bathurst etwa noch Lebenszeichen an diesem böse zugerichteten Körper entdeckt? Aber

Sir Austin hätte sich keine Sorgen zu machen brauchen: Der Mann war unzweifelhaft tot. Bathursts scharfe Augen hatten indes einen Gegenstand entdeckt, der aus der Innentasche des Smoking-Jacketts hervorlugte. Er steckte die Hand hinein und zog etwas Rotes heraus, das Sir Austin zunächst nicht erkennen konnte, selbst wenn er die Augen zusammenkniff. Bathurst kam wieder auf die Beine und hielt den Gegenstand zu näherer Betrachtung in die Höhe, während sein Gesicht einen merkwürdigen Ausdruck annahm.

»Meine Güte!«, rief Sir Austin. »Ein Knallbonbon! Eigenartig, so ein Ding mit sich herumzutragen. Allerdings, Bathurst«, ruderte er sogleich ein Stück zurück, »könnte der Mann ja auch von einer Weihnachtsparty gekommen sein. Passt zur Jahreszeit. Das ist die Erklärung, mein Junge! Schlicht und ergreifend!«

In Bathursts Blick mischte sich Neugier mit Zweifel. Langsam und nachdrücklich schüttelte er den Kopf. »Da steckt mehr dahinter, wie ich fürchte. Außerdem hege ich den Verdacht, dass sich hinter der ganzen Geschichte mehr verbirgt, als wir anfänglich geglaubt haben. Schauen Sie sich nur diesen Zettel an.«

Aus dem gekräuselten Ende des Knallbonbons schaute ein Papierschnipsel hervor, ein kleiner Streifen ganz gewöhnlichen Briefpapiers, wie man es beim Zeitungshändler oder im Schreibwarengeschäft kaufen kann, mehrere Bögen für ein paar Pence. Auf dem Papier standen zwei Zeilen. Sir Austin hielt den Streifen so, dass er die Worte im Schein des Mondes lesen konnte. Sie lauteten: *»Noch ei-*

ne Stunde zu leben. Du bezahlst Deine Schuld – heute Nacht!« Betroffen reichte er Anthony den Zettel zurück.

»Verdammt noch mal, Bathurst. Da sind wir aber in einen Schlamassel hineingeraten! Das ist Mord, Mann! Mord! So sicher wie mein guter Name! Meinen Sie nicht? Sieht mir ganz nach einem Mafia-Mord aus. Die Schurken sind gerade dabei, ihr schmutziges Werk zu vollenden, aber sie können ja nicht ahnen, dass sich zufällig der Polizeichef in der Nähe befindet. Diese Leiche ist von dem Falschen gefunden worden!« Wut blitzte aus Sir Austins Augen. In diesem Moment erkannte Bathurst den Menschen hinter dem Beamten, und ihm wurde bewusst, dass in Sir Austin eine echte und absolute Leidenschaft für die Gerechtigkeit loderte. Er schwieg für einen Moment und überlegte blitzschnell, was jetzt zu tun war.

»Bevor wir nach Mapleton fahren, Sir, würde ich mir gerne den Wagen näher anschauen. Jetzt ist der beste Zeitpunkt dazu, und dieser arme Kerl braucht ohnehin keine Hilfe mehr. Ach, übrigens – wie weit ist das Stellwerk entfernt? Was schätzen Sie?«

»Von wo entfernt?«

»Von der Stelle, wo die Leiche ursprünglich gelegen hat.«

Sir Austin Kemble überschlug die Entfernung im Kopf. »Fünfundzwanzig bis dreißig Yards«, erwiderte er schließlich.

»Nicht gerade weit«, bemerkte Bathurst lakonisch. »Vielleicht eher ein bisschen näher. Wir wollen dann mal von allerhöchstens fünfundzwanzig Yards ausgehen.«

Er wartete, bis Sir Austin eingestiegen war, und fuhr dann langsam über die Gleise bis zu der Stelle zurück, wo der andere Wagen stand. Dessen Scheinwerfer waren eingeschaltet, so wie vor zehn Minuten, als sie das Gefährt zum ersten Mal passiert hatten. Anthony Bathurst rieb sich die Hände.

»Ich glaube, dieses kleine Problem wird mir Spaß machen, Sir Austin. *Zwei* kleine Umstände verwirren mich bereits jetzt.«

Sir Austin Kemble hätte sich zu einer weitaus höheren Zahl bekennen müssen.

KAPITEL 7

Ein Schuss von hinten

Anthony stoppte seinen Crossley auf der anderen Seite der Bahngleise. Die beiden Männer stiegen aus und näherten sich dem verlassenen Wagen mit den brennenden Scheinwerfern.

»Wir haben in letzter Zeit außerordentlich viele Autodiebstähle auf den Tisch bekommen, Bathurst … Das kostet uns schrecklich viel Zeit im Yard.« Sir Austin wurde schon wieder zornig. »Während unsere besten Leute sich auf die komplizierten Fälle konzentrieren sollten, müssen sie ihre Energie auf elende Autodiebstähle vergeuden. Zeitverschwendung nenne ich das!«

Anthony ging nicht darauf ein; er öffnete die Wagentür und spähte ins Innere. Sir Austin zog eine Taschenlampe aus seinem Mantel, die er in der dunklen Jahreszeit auf Reisen stets bei sich trug.

»Gut«, sagte Anthony. »Genau das ist hier nötig.« Sein Blick folgte dem Lichtkegel, der in den Wagen fiel.

»Nicht gerade viel, Bathurst«, brummte Sir Austin. »Kein Gepäck, keine Decken, Kleidung – nichts. Und Koffer erst recht nicht. Eine äußerst spärliche Spurenlage, aus der sich so gut wie nichts ableiten lässt.«

»Sieht so aus«, erwiderte Anthony lakonisch. »Würden Sie bitte mal in den Fußraum leuchten, hier links vom Lenkrad? Danke.«

Er beugte sich hinab und strich mit den Fingerspitzen der linken Hand über den Wagenboden.

»Und jetzt bitte die Rückbank, Sir Austin … Oh, was haben wir denn hier?« Sein Finger wies auf einen kleinen roten Fleck auf der Polsterung. Ein leeres, herrenloses Automobil, an Heiligabend unter äußerst bizarren Umständen aufgefunden, und obendrein ein Toter, der weniger als hundert Yards entfernt unter einer Hecke lag … da wirkte ein solcher Fleck recht unheilvoll und höchst verdächtig. Mr Bathurst zog sein Vergrößerungsglas aus der Tasche. »Würden Sie ihn bitte einmal direkt anleuchten, Sir Austin?« Anthony untersuchte den Fleck so gründlich, wie es unter den gegebenen Umständen möglich war. »Das ist Blut, würde ich meinen«, brummte er. Und wieder glitt seine Hand über den Wagenboden, unterhalb des verräterischen Flecks, ein, zwei Sekunden lang. Sir Austin sah, wie sein Freund ungeduldig den Kopf schüttelte, plötzlich innehielt und nachdenklich die Augenbrauen zusammenzog. Dann wandte er seinen Kopf jäh Sir Austin zu. »Bitte noch mal das Licht, Sir!«, rief er. »Leuchten Sie auf das Ende der Sitzbank.«

Der Polizeipräsident beeilte sich, der Aufforderung nachzukommen; Mr Bathurst begann wieder, sich die Hände zu reiben. Seine scharfen Augen hatten in der hellbraunen Polsterung zwei Stellen entdeckt, die offenbar schmutzig waren.

»Was haben Sie entdeckt, Bathurst?«, fragte Sir Austin neugierig.

»Das, wonach ich gesucht habe, Sir. Staub auf der Sitzbank.« Er kroch rückwärts aus dem Wagen heraus und richtete sich wieder auf. »Das ist reichlich sonderbar, wenn man's recht bedenkt. Ein verlassenes Auto … sein Besitzer – oder vielleicht der Fahrer – zerstückelt auf den Bahngleisen … aber Blutspuren finden wir *im* Wagen. Warum ist Blut im Wagen*inneren*? Das scheint doch widersprüchlich, nicht wahr?«

»Es ist Mord, Bathurst«, fällte Sir Austin sein kritisches Urteil. »Das und nichts anderes: Mord.«

»Daran kann kein Zweifel bestehen, Sir. Aber ich frage mich, ob das Motiv wirklich das ist, was dieser groteske Knallbonbon anzudeuten …« Er brach ab und überlegte. »Ich muss mir noch einmal die Leiche ansehen«, sagte er dann, »denn nun haben sich andere Umstände ergeben. Ich glaube, dass wir noch eine erschreckende Entdeckung machen werden, falls ich mich nicht sehr irre.« Wieder versank er in Schweigen. Sir Austin sah, dass sein Freund mit dem einen oder anderen Punkt haderte. Plötzlich hellte sich Mr Bathursts Miene auf. »Leihen Sie mir für eine Minute Ihre Taschenlampe, Sir. Eine Kleinigkeit kann ich wohl noch aufklären.« Er richtete den Lichtstrahl auf die beiden Aschenbecher, in denen ausgebrannte Zigarren- und Zigarettenstummel lagen. Anthony nahm drei Zigarettenenden und einen Zigarrenstumpen heraus und untersuchte sie sorgfältig. Dann lachte er und legte die Stummel wieder zurück. »Nur eine Idee, die mir durch den Kopf geschossen war. Durchaus nicht beweiskräftig, aber es war denkbar, dass ich etwas höchst Wichtiges hätte finden können.«

Sir Austin grunzte etwas Unverständliches. »Was nun, Bathurst?«

»Ich glaube, nun ist es an der Zeit, nach Mapleton zu fahren und das Revier zu benachrichtigen. Im Moment können wir hier wohl nichts mehr ausrichten. Einen zweiten Blick auf die Leiche behalte ich mir für später vor. Was ist Ihre Meinung zu der Sache, Sir?«

Der Polizeichef dachte einige Sekunden lang nach. »Im Großen und Ganzen bin ich mit Ihnen einig, Bathurst. Aber ich will Ihnen nicht verschweigen, was mir gerade durch den Kopf geht … was mir nicht aus dem Kopf *will.*«

»Und das wäre?«

»Ist es klug, den Wagen hier stehen zu lassen? Nur mal angenommen –«

»Nur mal *was* angenommen?«, fiel ihm Anthony ungeniert ins Wort.

»Angenommen, er ist nicht mehr da, wenn wir zurückkehren? Was ist, wenn die Leute, die in das Verbrechen verwickelt sind, zurückkommen, um das Auto zu holen? Wollen Sie nicht hierbleiben und Wache halten, während ich mit Ihrem Wagen nach Mapleton fahre? Was meinen Sie dazu?«

Anthony rieb sich die Wange, während er über den Vorschlag seines Freundes nachdachte. Doch dann schüttelte er entschieden den Kopf. »Ich glaube nicht, dass wir uns die Mühe machen müssen. Ich weiß Ihr Argument zu schätzen, Sir, aber ich kann mir nicht vorstellen, dass es einen Grund gibt, warum einer der Schurken heute Nacht zurückkehren sollte. Das wäre vermutlich das Letzte, woran sie denken. Nein, Sir Austin, ich denke, wir können den Wagen guten Gewissens hier stehen lassen.«

Sir Austin zuckte die Achseln; er wirkte nur halb überzeugt. Dennoch gab er nach. »Nun gut. Ich verlasse mich auf Ihr Urteil, Bathurst, da Sie ja meistens wissen, was Sie tun. Auf nach Mapleton!«

Nach zehn Minuten Fahrt hielten sie bereits vor dem Polizeirevier Mapleton, wo Sir Austins unerwartetes Erscheinen einen gewaltigen Wirbel im Taubenschlag auslöste. Ein Besuch des Polizeichefs höchstpersönlich, an Heiligabend und unter solch alarmierenden Umständen zumal, war ein fragwürdiges Privileg, mit dem die lokalen Kräfte sicherlich nicht gerechnet hatten. Doch sobald die erste Aufregung und eine leichte Beklemmung abgeklungen waren, sahen sich die Beamten in der Lage, vernünftig auf die Information zu reagieren. Der diensthabende Sergeant war aufgeweckt genug, um ohne allzu langes Nachfragen die Tragweite ihrer Entdeckung zu begreifen.

»Auf ebendiese Nachricht hatten wir gewartet, Sir. Denn heute Abend wurde unser Inspector Craig nach Vernon House in Rodding, dem Haus von Sir Eustace Vernon, gerufen, um verdächtige Vorkommnisse zu untersuchen. Ich musste ihn übrigens von seiner Weihnachtsfeier im trauten Heim holen, Sie können sich also vorstellen, Sir, wie erfreut er darüber war. Es sollte mich gar nicht überraschen, wenn die Information, über die Sie sozusagen gestolpert sind, mit Inspector Craigs Fall zu tun hätte. Denn auch in Vernon House hat es einen mysteriösen Todesfall gegeben. Ich werde sofort unseren Krankenwagen nach Dyke's Crossing schicken und den Wagen, den Sie erwähnten, nach Mapleton bringen lassen.«

»Sehr gut, Sergeant«, gab Sir Austin zurück. »Genau das wollte ich Ihnen auftragen. Mr Bathurst und ich werden die Wartezeit nutzen, um uns am Kamin im Büro des Inspectors ein wenig aufzuwärmen.«

»Das Schicksal spielt doch seltsame Streiche, Sir Austin«, bemerkte Mr Bathurst, einige Minuten nachdem der Sergeant ihnen einen kräftigen Weihnachtstrunk angeboten hatte. »Wer hätte vor einer Stunde, als wir eilends der Heimat zustrebten, gedacht, dass wir ausgerechnet hier landen würden?«

Einen Augenblick lang war Sir Austin außerstande zu antworten; das belebende Getränk beanspruchte seine ganze Aufmerksamkeit. Endlich setzte er sein Glas ab. »Mein Junge, nie lässt sich voraussagen, was in der nächsten Minute geschieht. Nicht in einem Beruf wie dem meinen.« Er fing Bathursts Blick auf und grinste schlau, bevor er hinzusetzte: »Verzeihung, mein lieber Bathurst. Wie dem *unseren*.«

Mr Bathurst schmunzelte ebenfalls, hob sein Glas und deutete eine Verbeugung an. Wenn man bedachte, dass es Heiligabend war und spät dazu, erledigte Sergeant Banks seine Aufträge vergleichsweise rasch, denn es schien nicht übermäßig viel Zeit vergangen zu sein, bevor er seinen Kopf wieder zur Tür hineinsteckte und die beiden Freunde über den neuesten Stand der Dinge unterrichtete.

»Wir haben alles genau so vorgefunden, wie Sie gesagt haben, Sir«, sagte er respektvoll. »Der von Ihnen erwähnte Wagen stand immer noch an Ort und Stelle, und den armen Sir Eustace Vernon haben wir unter der Hecke gefunden, wo Sie ihn hingelegt hatten. Er befindet sich jetzt in der Leichenhalle, hier im Haus an der rückwärtigen Seite.«

»Sir Eustace Vernon?«, fragte der Polizeichef. »Er ist Ihnen also bekannt?«

»Aber natürlich, Sir. Ich kenne Sir Eustace sehr gut. Hier im County war er eine allseits beliebte Persönlichkeit. Und es ist so schade um … Es ist wirklich eine Schande … Mapleton kann es sich kaum leisten, einen Mann wie ihn zu verlieren. Er hat so viel für den Ort getan. Ich kann mir einfach nicht vorstellen, was ihn dazu veranlasst haben könnte, sich auf eine solche Art das Leben zu nehmen.«

Sir Austin warf Mr Bathurst einen vielsagenden Blick zu. »Sie glauben also an Selbstmord, Sergeant?«, wandte er sich wieder an Banks.

»Aber – was wollen Sie denn damit sagen, Sir? Da kann es doch keinen Zweifel geben? Es ist Sir Eustace' Wagen – der Wagen, den Sie uns beschrieben hatten. Ich habe Sir

Eustace unzählige Male in dem Automobil gesehen. Er hat sich umgebracht, da gibt's gar kein Vertun.«

Sir Austin gab Anthony ein Zeichen, und dieser verstand sogleich, was sein Freund haben wollte. Aus der Tasche seines Reisemantels zog er den roten Knallbonbon und die schauerliche Nachricht, die in ihm gesteckt hatte. Sir Austin streckte die Hände aus und nahm beides entgegen.

»Als wir eintrafen, Sergeant, habe ich gewisse Fakten, von denen Mr Bathurst und ich Kenntnis besitzen, wohlweislich noch nicht erwähnt. Ich fand, Sie sollten erst einmal die Leiche bergen, das war die Voraussetzung für jedes weitere Prozedere. Würden Sie bitte einen Blick auf diese beiden Gegenstände werfen, Sergeant Banks?«

Der verdutzte Sergeant, der mit wachsender Neugier zugehört hatte, nahm den Knallbonbon vorsichtig in die Hand. Schweigend drehte er ihn mehrmals um, dann wurde seine Aufmerksamkeit von dem Papierstreifen gefesselt. Immer noch wortlos schaute er auf, und seine Augen glitten von Sir Austin zu Mr Bathurst.

»Sagen Sie es ihm, Bathurst«, befahl der Polizeichef. »Schildern Sie ihm exakt, was vorgefallen ist. Lassen Sie nichts aus.«

»Dieser rote Knallbonbon, Sergeant, befand sich in der Tasche von Sir Eustace Vernons Smoking. Als wir die Leiche unter die Hecke legten, fiel er mir auf, denn der Mond schien hell.« Die großen Augen des Sergeants wurden noch ein wenig größer, und seine Brauen zogen sich zusammen. Mr Bathurst setzte seinen Bericht fort. »Aus einem Ende des Knallbonbons, Sergeant, ragte dieses nette kleine Billetdoux hervor.«

Sergeant Banks las, was auf dem Papierstreifen geschrieben stand. Vor Zorn vergaß er, wen er vor sich hatte, und ließ seinen Gefühlen freien Lauf. »Nicht gerade das, was ich ’ne verdammte Weihnachtskarte … oh, Verzeihung, Sir!«

Sir Austin zog die Stirn kraus. Dann hüstelte er, um die Peinlichkeit zu überspielen.

»Kommen Sie zur Sache, Sergeant, bitte« war alles, was er sich zu sagen gestattete.

»Sehr wohl, Sir.« Der Sergeant überlegte kurz. »Damit bekommt die Sache natürlich ein ganz anderes Aussehen«, äußerte er schließlich. »Ist aber eine ziemlich vertrackte Angelegenheit, von welcher Seite man’s auch betrachtet.«

Sir Austin wurde allmählich müde und auch ein wenig ungeduldig. Es war schon spät und die Whiskyflasche leer. »Habe ich das richtig verstanden, Sergeant: Sie sagten, der Inspector halte sich zurzeit in Vernon House auf?«

»Sehr richtig, Sir.«

»Dann setzen Sie sich umgehend mit ihm in Verbindung. Berichten Sie von unserer Entdeckung in Sachen Sir Eustace Vernon. Sagen Sie, dass *ich* hier bin. Und dass er so schnell wie möglich zurückkommen soll! Wo ist der Polizeiarzt zu finden?«

»Dr. Tempest ist mit Inspector Craig nach Vernon House gefahren.«

»Gut. Dann soll er mit Inspector Craig kommen. Wir brauchen die beiden hier. Sofort!«

Banks zögerte für einen Moment.

»Soll ich Inspector Craig wirklich ausrichten, dass Sie hier sind, Sir?«, fragte er zaghaft.

»Bringen Sie mich zum Telefon, Sergeant«, blaffte Sir Austin in einem Ton, der keinen Widerspruch duldete. »Ich spreche selbst mit Ihrem Inspector. Damit werden alle möglichen Missverständnisse ausgeräumt sein. Bleiben Sie bitte vorerst hier, Bathurst.«

So kam es dazu, dass die telefonische Nachricht Inspector Craig in Vernon House erreichte und ihn in die Lage versetzte, seine Sicht des Falles zu korrigieren. Er ließ Purvis' Leiche in der zeitweiligen Obhut Dr. Carringtons zurück und machte sich in Begleitung von Dr. Tempest rasch auf den Rückweg zum Polizeirevier.

In Mapleton angekommen, lauschte er aufmerksam dem Bericht Sir Austins. Als dieser den roten Knallbonbon mit der sinistren Nachricht erwähnte, bat der Inspector ums Wort.

»Das ist absolut erstaunlich, Sir«, sagte er. »Denn in Vernon House haben wir einen toten Butler, Purvis mit Namen. An seiner Leiche wurde auch ein roter Knallbonbon gefunden – mit der gleichen Nachricht. Und sie steckte, so glaube ich jedenfalls, in seiner Innentasche, in diesem Fall der eines Fracks. Genau so, wie Sie es bei Sir Eustace beschrieben haben.«

Mr Bathurst sprang auf. »Das ist höchst faszinierend«, warf er ein, »darf ich diese Nachricht einmal sehen? Haben Sie sie bei sich?«

Craig reichte ihm den Papierstreifen. »Außerdem«, fuhr er fort, »habe ich noch eine alarmierende Entdeckung gemacht, Sir Austin. Oder vielmehr: Es war Dr. Carrington. Und Dr. Tempest kann sie bestätigen. Purvis, der lange Jahre im Haus von Sir Eustace Vernon der Butler war, ist gar kein Mann. Er ist eine *Frau*, oder besser gesagt: *Sie* ist eine Frau.«

Mr Bathurst stieß einen Pfiff aus. »Beim Zeus, das wird ja immer schlimmer – oder vielleicht sollte man sagen: immer besser. Eine Frau, die sich als Mann verkleidete, wie?« Wieder rieb er sich die Hände, eine Geste, die Sir Austin insgeheim erstaunte. »Sir Austin«, sagte er dann. »Ich möchte Sie sprechen – allein.« Er trat neben den Polizeichef und redete leise auf ihn ein. Sir Austin nickte. Dann ging Mr Bathurst zu Dr. Tempest, der seine Ausführungen ebenfalls mit einem Nicken bestätigte.

»Dann mache ich mich jetzt an die Untersuchung«, sagte der Polizeiarzt. »Gehen Sie mit, Bathurst«, befahl Sir Austin. »Es ist immer am besten, die Dinge mit eigenen Augen zu sehen. Craig und ich erwarten dann hier Ihren Bericht.«

Binnen einer Viertelstunde kehrte Dr. Tempest zurück, gefolgt von Mr Bathurst. Der Arzt wirkte sehr ernst, doch aus den grauen Augen Anthonys blitzte die Genugtuung, dass er recht gehabt hatte.

Dr. Tempest sprach mit Entschiedenheit. »Sir Austin, Mr Bathursts Theorie ist durch Beweise erhärtet worden. Sir Eustace Vernon kam nicht durch ein Zugunglück zu

Tode.« Dr. Tempest musste eine Pause einlegen, so aufgewühlt war er. »Er ist getötet worden. Ein Revolverschuss in den Hinterkopf.«

KAPITEL 8

Sam McLarens fröhliche Weihnachten

Der Blick, den Anthony Bathurst Sir Austin Kemble zuwarf, sprach Bände. »Habe ich Ihre Erlaubnis, Sir Austin, Inspector Craig ein oder zwei Fragen zu stellen?«

»Tz, tz, mein lieber Bathurst, ich zweifle nicht daran, dass Sie ihn ohnehin fragen werden, ob ich Ihnen meine Erlaubnis gebe oder nicht. Nun legen Sie schon los, mein Junge.«

Sir Austin blies seine Backen auf, wobei die Andeutung eines Lächelns um seine schmalen Lippen spielte. Obwohl er der Letzte war, der dies zugeben würde, hatte er Bathurst in sein Herz geschlossen. Anthony grinste unerschrocken zurück, dann wandte er sich Inspector Craig zu.

»Ich wäre Ihnen unendlich dankbar, Inspector«, begann er, »wenn Sie so freundlich wären, mir ein kurzes Resümee dessen zu geben, was Sie bereits in Erfahrung gebracht haben. In diesem Stadium der Ermittlungen wäre das eine enorme Hilfe. Es würde mich davor bewahren, im Dunkeln zu tappen und falsche Folgerungen zu ziehen.«

»Sehr wohl, Sir. Ich muss allerdings vorausschicken, dass ich noch keinen der Gäste in Vernon House wirklich verhört habe. Dazu war noch keine Zeit. Denn ich wollte gerade beginnen, als ich von Sir Austin Kemble am Telefon hierher zurückbeordert wurde. Aber ich werde Ihnen genau berichten, was man mir erzählt hat und wie weit ich mit meinen Ermittlungen gekommen bin. Die Informationen stammen hauptsächlich von Major Prendergast. Sir Eustace Vernon hat gestern Abend – so wie es seiner Gewohnheit entspricht, seit er in der Gegend lebt – eine Weihnachtsgesellschaft gegeben, zu der einige Gäste geladen waren.«

»Würden Sie mir bitte deren Namen angeben, Inspector?«, sagte Mr Bathurst.

»Father Jewell, Kirchenvorsteher von St. Veronica, der katholischen Kirche in Mapleton, Alderman Venables und Mrs Venables, das Bürgermeisterehepaar von Mapleton – der Alderman sitzt schon seit Jahren im Stadtrat –, Dr. Lionel Carrington, ein hiesiger Arzt, sowie Major Prendergast und seine Frau. Diese würde ich als die ›Ortsansässigen‹ bezeichnen. Weiterhin waren da Mr und Mrs Morris Trentham, Londoner Freunde von Sir Eustace Vernon, und ein gewisser Terence Desmond, ein Freund Miss Ashleys, die wiederum Sir Eustace' Nichte ist. Miss Helen Ashley war natürlich auch anwesend. Die erste Andeutung, dass irgendetwas nicht in Ordnung war, erhielten die Gäste beim Dinner, oder vielmehr: gegen Ende des Dinners, könnte man sagen. Jedenfalls verkündete Sir Eustace aus heiterem Himmel, dass er eine ›böse Nachricht‹ erhalten habe. Dann brach er von der Tafel auf, verließ das Zimmer und ging, soweit wir nun wissen, in seinen Tod. Trotzdem versuchten die anwesenden Ladies und Gentlemen, das Beste aus der Situation zu machen, und vertrieben sich während der Abwesenheit ihres Gastgebers so gut es ging die Zeit, und zwar, wie man mir gesagt hat, bis ungefähr Viertel vor zwölf. Man mag das spät finden – zumal, wenn der Gastgeber fehlt –, aber nicht unbedingt spät für einen Weihnachtsabend. Hier wird es ja offensichtlich auch spät«, fügte er mit einem Blick auf die Uhr hinzu, denn er sehnte sich insgeheim nach dem heimischen Kamin.

»Was ist dann geschehen?«, fragte Sir Austin.

»Ein grässlicher Schrei scholl durchs Haus; er war, wie sich herausstellte, aus Sir Eustace' Arbeitszimmer gedrungen. Natürlich eilte die Gesellschaft sofort dorthin und fand eines der Dienstmädchen ohnmächtig vor. Ich bin noch nicht dazu gekommen, sie zu vernehmen, aber der Major hat mir in groben Zügen erzählt, was vorgefallen war. Sie hatte sich im Garten aufgehalten und bemerkt, dass die Gartentüren des Arbeitszimmers weit offen standen. Das kam ihr ungewöhnlich vor, und sie betrat das Zimmer, um nachzusehen. Plötzlich wurde sie im Dunkeln von einer Frau mit einem Messer angegriffen, und die Unbekannte fasste ihr sogar ins Gesicht. Da ist das Mädchen vor Angst in Ohnmacht gefallen, was mich nicht weiter wundert.«

Der Inspector wandte sich an Dr. Tempest. »Kann ich bitte die Löschunterlage haben?«

Dr. Tempest reichte ihm das Blatt und Craig gab es an Anthony weiter.

»Dies wurde auf Sir Eustace' Schreibtisch gefunden.«

»Im Arbeitszimmer?«, hakte Mr Bathurst nach.

»Im Arbeitszimmer. Es gibt noch einen wichtigen Punkt: Der Safe in dem kleinen Raum neben dem Arbeitszimmer stand offen, doch merkwürdigerweise ist laut Miss Ashley nichts gestohlen worden. Zumindest nichts, von dem sie wüsste.«

»Einen Augenblick, Inspector«, warf Anthony ein, »als die Gäste, durch den Schrei des Dienstmädchens aufgescheucht, zum Arbeitszimmer gelangten, fanden sie die Tür offen oder abgeschlossen vor?«

»Verzeihung, Sir«, entschuldigte sich Craig. »Ich habe vergessen, Ihnen zu berichten, dass die Tür von innen abgeschlossen war. Die Männer mussten sie aufbrechen.«

»Danke. Fahren Sie fort, Inspector. Ich finde die ganze Geschichte hochinteressant.«

Craig zog einen Briefbogen aus der Tasche. »Dieser Brief wurde auf dem Boden des Arbeitszimmers gefunden – von Mr Desmond, wie ich hörte. Aus ihm geht ziemlich klar hervor, was Sir Eustace vorhatte.«

Sir Austin stellte sich neben Mr Bathurst und las das Schreiben ebenfalls.

»Zweifellos seine Handschrift, nehme ich an?«, fragte Anthony.

»Nach meinen Informationen besteht kein Zweifel, dass es sich um die Handschrift des Toten handelt. Zumindest hat Miss Ashley es bestätigt, und eine bessere Zeugin dürfte es wohl nicht geben. Aber ich darf fortfahren: Die Hausgesellschaft machte sich, nachdem der Brief gefunden war, natürlich Sorgen um Sir Eustace. Also bildeten sie einen Suchtrupp und wollten eben losgehen – übrigens mit Laternen ausgerüstet –, als ein zweiter markerschütternder Schrei durchs Haus gellte. Diesmal kam er aus dem Dienstbotentrakt.«

»Dieselbe Magd wie vorher?«

»Nein, Mr Bathurst. Es war eine andere Frau, die geschrien hatte. Nun liefen alle dorthin. In der Anrichte saß der Butler des Hauses, Purvis – tot. Vergiftet! Ein Glas stand auf dem Tisch neben ihm, und es war davon auszugehen, dass er sich das Gift selbst beigebracht hatte. Doch in seiner Fracktasche steckte ein roter Knallbonbon mit einer grausigen Botschaft; Mr Desmond sah sie zuerst. Und um dem Ganzen die Krone aufzusetzen und uns einen netten kleinen Höhepunkt zu bescheren, entdeckt Dr. Carrington, der zufällig auch Sir Eustace Vernons Hausarzt ist, dass der tote Butler *eine Frau war.* Das wäre so ungefähr alles«, schloss er, »aber es ist schon ein ganz hübsches Sümmchen, mit dem wir arbeiten können.«

»Ich bin geneigt, Ihnen zuzustimmen, Inspector. Daran kann kein Zweifel bestehen. Es gibt jedoch mindestens einen Punkt, über den ich mehr Klarheit erhalten möchte. Die Frage nach dem Geschlecht des Butlers Purvis. Glauben Sie, dass irgendwer im Haus davon etwas ahnte? Konnten Sie beobachten, wie die Information auf die Leute gewirkt hat?«

»Der Gedanke war mir auch gekommen, Mr Bathurst.

Also habe ich diese Frage Miss Ashley gestellt. Immerhin lebt sie ja im Haus ihres Onkels. Sie schien jedoch ebenso überrascht wie ich. Falls sie nicht eine hervorragende Schauspielerin ist«, fügte er leiser hinzu.

»Hm«, brummte Sir Austin. »Verteufelt vertrackte Angelegenheit, Bathurst, von welcher Seite man sie auch betrachtet. Was schlagen Sie nun vor? Ich finde ja, dass wir eine Nacht darüber schlafen sollten. Ich glaube, das ist das Beste, was wir tun können.«

Anthony versank in Gedanken, während die anderen ihn gespannt beobachteten. Jeder, der die Wesensart dieses Mannes auch nur ein wenig kannte, wusste, dass etwas ihn quälte. Doch plötzlich hellte sich seine Miene auf und er schaute auf die Uhr.

»Da es schon so spät ist, sollten wir Ihrem Vorschlag folgen, Sir. Wir können ja morgen mit dem Wagen wiederkommen.«

Er hatte kaum zu Ende gesprochen, als sich die Tür erneut öffnete und Sergeant Banks eintrat. Sein Ausdruck verriet die Begeisterung, die durch eine neue Spur in einem Kriminalfall ausgelöst wird.

»Es tut mir leid, Sie zu stören, Gentlemen, doch es könnte wichtig sein. Am Empfang hat sich ein Mann gemeldet, der in Mapleton bekannt ist wie ein bunter Hund. Es ist Sam McLaren, der einen Kaffeestand besitzt – und er hat eine äußerst merkwürdige Geschichte zu erzählen.«

»Was für eine Geschichte?«, fragte Craig schroff, offenkundig über die Unterbrechung verärgert.

»Er ist überfallen worden, wie er angibt, irgendwo auf dem Grundstück von Vernon House. Das sieht mir nach mehr als bloßem Zufall aus.«

»Führen Sie ihn herein, Sergeant«, befahl Sir Austin energisch, »damit wir seine Geschichte aus erster Hand hören.«

Anthony Bathurst erwartete den Neuankömmling mit Spannung. Er war überzeugt davon, dass ein Mann, der so spät und ausgerechnet an Heiligabend das Polizeirevier aufsuchte, eine authentische Geschichte zu erzählen hatte. Als McLaren in der Tür stand, fiel ihnen zunächst sein ungewöhnliches Aussehen auf. Das rötliche Haar war von grauen Strähnen durchzogen, und über seiner Oberlippe wucherte ein grauer Schnauzbart. Die Nase war einigermaßen in Form, doch sein linkes Auge wurde durch eine schwarze Augenklappe verdeckt, die Mr Bathurst unweigerlich an die Figur des Pew aus der *Schatzinsel* denken ließ. Der schäbige, aus grobem blauem Serge gewirkte Straßenanzug des Mannes war mit Erde und Schlamm bespritzt, und sein Gesicht trug deutliche Zeichen kürzlich erlittener Schläge. In der Hand hielt der Mann eine Melone, die reichlich lädiert aussah, vielleicht, weil er sie schon zu lange sein Eigen nannte. Als Sam McLaren einen Schritt in das Zimmer tat, legte er zu einem respektvollen Salut den Zeigefinger an die Stirn.

»Guten Abend, Sam«, begrüßte ihn Craig. »Was ist denn das für ein Aufstand? Sergeant Banks sagte, Sie hätten Scherereien gehabt?«

Über McLarens Gesicht glitt ein schwaches Grinsen. Offenbar war er nicht in der Stimmung, die Scherze des Inspectors zu würdigen. Im Übrigen hatte er wohl recht, wenn er den Zeitpunkt dafür äußerst schlecht gewählt fand. »Kommen Sie schon, Sam«, fuhr der Inspector ermutigend fort, »raus mit der Sprache: Wer hat Sie vermöbelt?«

Der Inhaber des Kaffeestandes drehte seinen Hut in den Händen, vermutlich, um seiner Nervosität Herr zu werden. Als er schließlich den Mund öffnete, drang ein ausgeprägter Cockney-Akzent heraus. Sam McLaren war so etwas wie der Dorfkomiker und sein Kaffeestand ein beliebter Treffpunkt für die niederen Klassen von Mapleton. Endlich hob er in einer plebejisch wirkenden Bewegung den Kopf und schickte sich an, seine Geschichte zu erzählen.

»Nun, Gentlemen«, sagte er, »da muss ich ersmal 'n Stückchen zurückgehen. Die ganze Sache hat so vor 'nem Monat angefangen. Sir Eustace Vernon – und 's gibt keinen besseren Mann im Landkreis von Mapleton, Gott segne ihn – kommt zu mir an' Stand und sagt, er will 'n paar Takte mit mir quatschen. Ich hatt' ihn ja oft vorbeigehen sehen, und er hat dem alten Sam immer freundlich zugenickt, also hab ich mich gebauchpinselt gefühlt, könnt man so sagen. Na ja, Inspector, er hat mich ordentlich überrumpelt und mir den Wind aus den Segeln genommen. Sagte zu mir, dass er was rausgefunden hätt', wo direkt mit meiner Wenigkeit zu tun hätt'. Er sagte, es wär aber alles noch nich' so richtig in trocknen Tüchern und würd noch 'n Weilchen dauern. Aber dann würd' es Schotter auf den alten Sam regnen – und das, könn' Sie sich ja denken, klang mir echt gut innen Ohren. Ich hätt' ihm stundenlang zuhören können. Na ja, dann macht sich der gute alte Sir Eustace vom Acker, hebt nochmal seine Kachel, und ich hör nix mehr übers ›Eldorado‹ bis zum Weihnachtsabend jetzt grad.«

»Kachel?«, erkundigte sich Sir Austin verwirrt. »Ich verstehe nicht ganz …«

»Hut«, erklärte Anthony. »›Kachel‹ kommt von ›oben sein Dachel‹. Nur eine Abkürzung aus dem Cockney-Reim-Slang.«

»Weiter, Sam!«, rief Craig. »Wir wollen auch den Rest hören, unbedingt, das kann ich Ihnen versichern.«

Wieder grinste Sam McLaren und fuhr nach des Inspectors Einwurf ein wenig selbstbewusster fort. Kein Zweifel, dass er ihn als Ermutigung auffasste.

»Um zwanzich vor zehn heut Abend – oder ich sollt' vielleicht besser sagen: gestern Abend, ist ja schon bald Morgen – krieg ich 'ne Nachricht von Sir Eustace. War auch so ungefähr das, wodrauf ich gewartet hab. Stevens kam damit – Sir Eustace' Schofför –, der is' nämlich mit dem Auto bei mir vorgefahrn. Gibt mir 'nen Brief von sein' Chef. Ich sollt' sofort nach Vernon House kommen und fünfmal an die Gartentüren von sein' Arbeitszimmer klopfen – das Zimmer, wo man vom Garten aus reingehen kann. Na, wie Sie sich denken können, hab ich keine Zeit nich' verschwendet. Ich wohn ungefähr 'ne Stunde weg un' bin ganz schön schnell die Straße langgetrabt, das kann ich Ihnen flüstern. Mir war so froh zumut. Hab schon in Gedanken den ganzen Schotter ausgegeben. Und jetzt – hörn Sie zu! Denn was ich jetzt sag, is' wert, gehört zu werden. Ungefähr hundert Yards vor Sir Eustace' Haus, grad bei dem Baumgürtel links vonner Straße, da springen mich zwei Höllenhunde von Kerlen aus dem Dunkeln an und verpassen mir ein paar, die waren nich' von schlechten Eltern! Der Kleinere kloppt mir einen unters Kinn, dass ich Sterne seh, und kriegt mich dann in so 'nen Ringergriff mit der Linken, während der andere mir 'ne Beule an der Birne verpasst, dass ich nur noch ausgezählt werdn konnt'. Nich' mal Carpenter hätte Joe Beckett 'nen Saftigeren gekloppt. Ich muss wohl 'n paar Stunden da am Straßenrand im Graben rumgelegen haben, bevor ich wieder zu mir kam. Ich hatt' scheußliches Kopfweh, und es dauerte seine Zeit, bis ich alles wieder auf die Reihe kriegte. Bin dann weiter zum Haus hin gewankt, weil ich ja den ollen Aristo sprechen wollt'. Bin über den Rasen, wie er mir gesagt hat, und da, ach du meine Güte, da war 'n regelrechtes Konzert im Gange, wo Sir Eustace sein Arbeitszimmer nennt – aber von ihm selber war nix zu sehen. Also hab ich mich vom Acker gemacht, weil ich mir dachte, das is' das Beste, wenn ich herkomm und Ihnen erzähl, was ich weiß – die Höllenhunde hätten mich ja kaltmachen können.« Er rieb sich mit dem Handrücken die Nasenflügel und schnaubte verächtlich.

Die Gesichter seiner Zuhörer zeigten unterschiedliche Interessen. Inspector Craig – von Berufs wegen geübt darin, mit Notfällen dieser Art umzugehen – war der Erste, der eine Frage stellte.

»Könnten Sie die Angreifer beschreiben, McLaren? Konnten Sie sie erkennen?«

»'s warn große, starke Kerle, da schwör ich jeden Eid drauf. Und sie hatten 'nen Schlag am Leib, da gab's kein Vertun. Mehr kann ich nich' sagen. War ja total überrumpelt worden – verstehen Sie?«

Anthony nickte eifrig, als verstünde er ausnahmslos. »Ganz recht, McLaren. Aber nun möchte ich Ihnen eine ganz andere Frage stellen. Können Sie sich vielleicht an den Tag erinnern, an das Datum, an dem Sir Eustace Vernon Sie an Ihrem Kaffeestand aufsuchte?«

McLaren legte nachdenklich die Stirn in Falten, doch dann schüttelte er skeptisch den Kopf. »Das könnt' Ihnen Sir Eustace bestimmt besser sagen als ich, wenn Sie ihn fragen. Sein Gedächtnis ist wahrscheinlich besser als meins. Sie könnten's rauskriegen.«

»Versuchen Sie's nur, Sam«, ermutigte ihn Mr Bathurst. »Es interessiert mich wirklich sehr.«

McLaren strich sich mit den Fingern über den wuchernden Schnauzbart und verzog sein Gesicht auf die merkwürdigste Weise. Nach einer Weile entspannten sich seine Züge wieder. Anthony hatte das deutliche Gefühl, dass der gute Sam einst bessere Tage gesehen hatte.

»Ich kann's Ihnen sagen, Chef«, bestätigte er, nun mit etwas mehr Zuversicht, weil die Erinnerung wiedergekehrt war. »Es war am letzten Samstag im November. Ich weiß das noch, weil ich 'ne Half Crown auf Vier Sieg und Eins Platz gesetzt hatte un' auch noch Glück gehabt hab. Ja, das war der Tag«, fügte er nach weiterem Nachdenken hinzu, »denn ich weiß noch, wie ich dacht', wo Sir Eustace mit mir gesprochen hat, dass ich 'n verdammt guten Tag gehabt hatte, so im Großen und Ganzen. ›Vier und Eins‹, das musste erst mal ausknobeln, besonders wenn –«

»Der letzte Samstag im November«, wiederholte Anthony, »sind Sie da absolut sicher? Um welche Uhrzeit war Sir Eustace bei Ihnen?«

»Viertel vor elfe am Samstagabend, Sir, so um den Dreh. Genauer krieg ich's nicht … Die zweite Vorstellung war grad aus.«

»Die Vorstellung im Varieté?«, hakte Anthony nach.

»Ganz genau, Sir.«

Auf einen Wink des Polizeichefs nahm Inspector Craig den Faden wieder auf. »Ihre Information ist für uns wirklich sehr wertvoll, Sam, wertvoller vielleicht, als Sie glauben. Sir Eustace Vernon ist nämlich heute Nacht tot auf den Gleisen in der Nähe von Dyke's Crossing aufgefunden worden.«

In Sam McLarens sichtbarem Auge glomm Erstaunen. »Das meinen Sie doch nich' im Ernst, Inspector!«, japste er ungläubig.

»Leider ist es nur zu wahr. Im Augenblick liegt sein Leichnam nur wenige Yards von hier.«

Sam sah sich furchtsam um, fast so, als erwartete er, der Tote würde plötzlich neben ihm erscheinen. Dann siegte die Neugier über seine Angst.

»Wie isser denn umgekommen? Überfahren?«

Craig zögerte. »Das wissen wir nicht genau, Sam … aber überfahren worden ist er sicher, der arme Kerl.«

»Wieder mal mein verfluchtes Pech«, stöhnte McLaren. »Muss ich also dem, wo er mir versprochen hat, Lebwohl sagen. Es is' wie mit 'ner faulen Rechnung. Wieder mal typisch, dass ich der Betuppte bin.« Diese letzte Bemerkung brachte er so düster und verzweifelt vor, dass Mr Bathurst ein Schmunzeln unterdrücken musste.

»Das ist alles reine Spekulation, McLaren«, sagte er. »Wir wissen ja noch nicht, von welcher Art die Wohltat war, die Sie zu erwarten hatten – und Sie wissen es auch nicht. Noch mag sich alles zum Besten wenden. Weinen Sie nicht über verschüttete Milch, bevor die Kuh gemolken ist. Lassen Sie mich lieber einen Blick auf den Brief werfen, den Sie gestern Abend von Sir Eustace erhielten. Den Brief, den Sie nach Vernon House mitgenommen haben.«

Sams Hand fuhr in seine Tasche. Einen Moment später verschwand der jammervolle Ausdruck auf seinem Gesicht. Zuerst schaute er verwirrt drein, dann zeigte sich Fassungslosigkeit in seiner Miene. Sam suchte nun sein Heil in der guten alten Tradition des Fluchens: »Er is' weg, verdammt!«, rief er. »Geklaut. Darauf also warn die beiden Schweine aus!«

KAPITEL 9

Der zweite Brief

»Ich bin froh, dass Sie endlich da sind, Gentlemen.« Ein sehr besorgt aussehender Terence Desmond verbeugte sich vor den drei Besuchern. »Miss Ashley und ich haben Sie schon den ganzen Morgen über erwartet. Wenn ich mir vergegenwärtige, dass das Unglaubliche erst vor wenigen Stunden passiert ist, kommt es mir geradezu unwirklich vor. Ich werde Miss Ashley sagen, dass Sie eingetroffen sind. Ich brauche wohl kaum zu erwähnen, dass die Ereignisse sie sehr angegriffen haben. Kann ich mich auf Ihre unbedingte Diskretion verlassen, Inspector?«, wandte er sich mit besorgter Miene an Craig.

Sir Austin Kemble vollführte eine Gebärde, die an einen Papst gemahnte. »Ich gebe Ihnen mein Wort, Mr Desmond, dass wir Miss Ashley mit der größtmöglichen Rücksicht behandeln werden. Soweit es sich mit den berechtigten Ermittlungen des Inspectors vereinbaren lässt.«

Desmond quittierte das Versprechen mit einem Nicken.

»Die Gäste von Sir Eustace befinden sich doch selbstverständlich weiterhin vollzählig im Haus, Mr Desmond?«, fragte der Inspector. Terence Desmond sah ihn überrascht an.

»Aber selbstverständlich nicht, Inspector. Major Prendergast und seine Frau sind heute Morgen in ihr Haus zurückgekehrt und ebenso der Bürgermeister, Alderman Venables, mit Mrs Venables. Es bestand doch sicherlich kein Grund, dass einer von ihnen bleiben musste? Warum sollte ihnen die Heimreise verwehrt werden?«

»Sind das nicht die Leute, die ohnehin in der Nähe wohnen?«, warf Anthony ein.

»Durchaus«, bestätigte Desmond ein wenig kühl. »Major Prendergast wohnt kaum eine Meile entfernt, und Alderman Venables residiert in Mapleton, das ist ein Weg von ungefähr drei Meilen. Sie werden Ihnen zur Verfügung stehen, falls es nötig sein sollte.«

»Das ist schon in Ordnung, Craig«, schaltete sich Sir Austin ein, »solange sie zur Hand sind, wenn wir sie brauchen. Wir können sie ja leicht erreichen. Vergeuden Sie damit jetzt keine Zeit.«

»Dr. Carrington ist hier geblieben und ebenso die Trenthams. Sie wohnen in London.«

»Was ist mit dem Geistlichen? Father Jewell, nicht wahr?«, fragte Mr Bathurst.

»Auch er ist heute Morgen fortgefahren, hat aber versprochen, gegen Mittag zurückzukommen. Machen Sie sich seinetwegen keine Sorgen: Er wird bestimmt nicht davonlaufen.« Desmonds Ton war ein wenig ironisch geworden, doch dann besann er sich wieder. »Möchten Sie die beiden

Zimmer sehen? Oder wünschen Sie die Leute im Haus zu befragen? Gestern Abend, so schien mir, hatten Sie die Absicht, die beiden Dienstmägde zu vernehmen, aber da wurden Sie ja ans Telefon gerufen.«

Sir Austin antwortete anstelle von Craig. »Wir möchten zuerst Sir Eustace' Arbeitszimmer sehen, Mr Desmond, wenn es keine Umstände macht. Mr Bathurst brennt darauf, es in Augenschein zu nehmen.«

»Gut, Sir. Wenn Sie mir folgen wollen …«

Bevor Terence zu Ende sprechen konnte, wurde die Tür geöffnet. Helen Ashley stand im Korridor und schlug die Hand vor den Mund, als wollte sie einen Ausruf ersticken. Desmond trat instinktiv an ihre Seite.

»Ich wollte gerade zu dir und dir ausrichten, dass die Herren eingetroffen sind, Helen. Erlaubst du, dass ich sie dir vorstelle?«

Helen Ashley neigte grüßend den Kopf. »Es tut mir leid, dass ich Sie nicht selbst empfangen habe«, verkündete sie mit schlichter Würde. »Aber bitte gedulden Sie sich noch einen Augenblick, bevor Sie durch das Haus gehen. Ich muss Ihnen etwas zeigen.« Aus ihrem Ausschnitt zog sie einen Brief. »Am frühen Morgen, als ich zu Bett ging, habe ich diesen Brief gefunden. Um genau zu sein: Er lag in meinem Bett. Ich habe ihn erst bemerkt, als ich die Decke zurückschlug. Vorher konnte ich ihn gar nicht sehen. Er ist von meinem Onkel.«

Der Polizeichef las das Schreiben und reichte es dann weiter. Es lautete folgendermaßen:

Meine liebe Helen,

Wenn Du heute Abend diesen Brief findest, wirst Du bereits wissen, dass ich nicht mehr am Leben bin. Es tut mir schrecklich leid, mehr, als ich Dir sagen kann, dass ich es tun muss, denn ich weiß, Du wirst um mich trauern. Aber glaube mir, es ist unabwendbar. Es gibt keinen anderen Ausweg für mich, mein kleines Mädchen, auch wenn ich mich noch so sehr dagegen sträube. Soll dies also unser Abschied sein! Es wird überdies ein Schock für Dich sein, wenn Du erfährst, dass ich beileibe nicht wohlhabend und daher nicht in der Lage bin, dich ausreichend zu versorgen. Doch zumindest etwas wird da sein. Ich habe kein Testament hinterlassen, aber die Schlüssel zu meinem Safe findest Du auf meinem Schreibtisch, und das Päckchen im Safe ist für Dich bestimmt. Ich habe es aus dem Bankrott meines Vermögens gerettet. Es sollte einen Preis von mehreren Tausend Pfund erzielen – genug, um Dich vor Not zu bewahren, bis Du eines Tages Mrs Terence Desmond wirst. Bringe den Inhalt des Päckchens zu Cornelius Van Hoyt. Er möchte diesen Gegenstand schon seit zwei Jahren sehnlichst besitzen und wird Dir einen besseren Preis zahlen als jeder andere, den ich kenne.

Lebewohl, liebste Helen – zum letzten Mal
Onkel Eustace

»Und vermutlich befand sich kein Päckchen im Safe«, ergänzte Mr Bathurst. »Wir machen Fortschritte. Verzeihen Sie, Miss Ashley, wenn ich es so formuliere: Dieser Brief lässt die Angelegenheit in einem ganz neuen Licht erscheinen.«

»Das hatten wir durchaus auch begriffen, Mr Bathurst«, warf Desmond ein, »und daher beschlossen, die Polizei bei nächster Gelegenheit über den Brief zu informieren.«

»Haben Sie irgendeine Ahnung, worauf Ihr Onkel sich bezieht? Welchen Gegenstand er meint?«

»Nein, Sir Austin. Überhaupt keine.« Helen sprach mit Nachdruck. Mr Bathurst zog währenddessen in Gedanken versunken an seiner Oberlippe.

»In Ihrem Schlafzimmer steht doch gewiss eine Frisierkommode, Miss Ashley?«

»Ja – selbstverständlich.«

»Warum hat Ihr Onkel den Brief dann ausgerechnet in Ihr Bett gelegt, was glauben Sie? Warum nicht an einen Ort, der einem ins Auge springt?«

»Aus Sicherheitsgründen, nehme ich an, Mr Bathurst. Warum sonst?«

»Das eben frage ich mich, Miss Ashley! Man wäre doch am ehesten geneigt, einen Brief dorthin zu legen, wo Sie ihn sofort sehen würden – auf die Frisierkommode. Dort würden Sie Platz nehmen … bevor …« Wieder hielt er inne und schien über etwas nachzugrübeln, das ihm gerade in den Sinn gekommen war. Sir Austin Kemble übernahm das Wort.

»Wie ich höre, Miss Ashley, sind Sie ebenso überrascht wie alle anderen im Hause, dass Purvis, Ihr Butler, in Wirklichkeit eine Frau war – oder?«

»Aber natürlich! So etwas hätte ich mir nie träumen lassen. Ich war in höchstem Maße erstaunt, als ich davon hörte.«

»Erzählen Sie mir doch etwas über das Leben Ihres Onkels«, ergriff Mr Bathurst wieder das Wort, »soweit Sie darüber Bescheid wissen. Wo hat er gelebt, bevor er in diese Gegend zog? Welchen Beruf hat er ausgeübt, bevor er sich zur Ruhe setzte? Ich möchte alles über ihn erfahren, was Ihrer Ansicht nach wichtig ist.«

Helen Ashley wiegte zweifelnd den Kopf. »Ich fürchte, dass ich Ihnen in dieser Hinsicht kaum helfen kann«, gestand sie. »Ich bin vor knapp zehn Jahren hergekommen, als mein Onkel dieses Haus bezog. Er hatte mir geschrieben, weil ich seine einzige Verwandte sei, wie er sagte. Damals wohnte ich im Internat in Worthing. Ich bin eine Waise und kann mich weder an meinen Vater noch an meine Mutter erinnern; beide sind am Neujahrstag bei einem Eisenbahnunglück in der Nähe von London ums Leben gekommen. Damals war ich erst drei Jahre alt. Onkel Eustace schrieb, meine Mutter sei seine einzige Schwester gewesen. Er habe sie sehr geliebt. Deshalb wollte er, dass ich bei ihm lebe. Er hat mich aufgezogen und war immer sehr gut zu mir. Er hat auch das Schulgeld in Worthing bezahlt.« Langsam rannen ein paar Tränen über Helens Wangen. »Er war mir mehr Vater als Onkel«, fügte sie mit erstickter Stimme hinzu.

»Mehr wissen Sie nicht über Sir Eustace?«, hakte Anthony nach. »Zum Beispiel: Was hat er gearbeitet? Welchem Berufsstand gehörte er an? Haben Sie ihn je darüber sprechen hören? Zu Freunden oder Geschäftspartnern?«

Wieder sah sich Miss Ashley außerstande, Mr Bathurst eine Antwort zu geben. »Nein, in keiner Weise! Mein Onkel hat nie von solchen Dingen gesprochen und gab mir deutlich zu verstehen, dass auch ich es nicht tun sollte. Also habe ich mich seinem Wunsch gefügt. Aber ich habe immer vermutet, dass er früher einige sehr erfolgreiche Transaktionen an der Börse abgewickelt hat. Seine Freunde sind nämlich auf die eine oder andere Weise mit solchen Geschäften befasst. Mr Trentham beispielsweise, der gerade hier zu Gast ist, und vor ihm ein gewisser Mr Paget-Colvin. Letzterer hat, wie ich glaube, zusammen mit Onkel Eustace an der Börse spekuliert, es hatte irgendetwas mit Gummi zu tun. Und beide haben damit hohe Gewinne erzielt. Ich meine, einmal gehört zu haben, dass der Onkel es als ›Gemeinschaftsprojekt‹ bezeichnete. Sonst will mir niemand einfallen«, schloss sie.

»Wo lebt dieser Gentleman jetzt?«

»Das weiß ich nicht. Onkel Eustace hat seinen Namen seit Jahren nicht mehr erwähnt.«

»Noch eine Frage, Miss Ashley.« Inspector Craig, der angesichts der Richtung, die Mr Bathursts Fragen nahmen, seine Ungeduld kaum bezwingen konnte, fühlte sich nun doch bemüßigt einzugreifen: »Und es ist eine ganz triviale, wie ich fürchte, die aber nun mal unter diesen Umständen gestellt werden muss: Ist Ihnen in letzter Zeit an Ihrem Onkel irgendetwas aufgefallen? Etwas, das Sie als ›ungewöhnlich‹ bezeichnen würden?«

»Endlich einmal kann ich ohne Zögern antworten! Mein Onkel ist seit mindestens einem Monat nicht mehr der Alte gewesen. Es begann mir große Sorgen zu machen.«

»In welcher Weise war er nicht mehr der Alte?«

»Er hatte Angst, Inspector. Er war ein Mann, der vor *Angst verging*! Und mein Onkel war ein tapferer Mann«, verkündete sie mit Stolz in der Stimme. »Wissen Sie noch, Inspector, die mutige Tat, die er zu Anfang des Jahres vollbrachte?«

»Ich weiß es noch sehr gut, Miss. Und es hat mir großen Kummer bereitet, ihn heute Morgen in diesem traurigen Zustand zu sehen. Mein aufrichtiges Beileid.«

Helen redete rasch weiter, um die schmerzhafte Erinnerung zu betäuben. »Mr Desmond wird Ihnen bestätigen, was ich über die seltsame Verfassung meines Onkels gesagt habe, nicht wahr, Terry?«

Der junge Mann bekundete seine Zustimmung durch stürmisches Kopfnicken. »Tatsächlich haben Miss Ashley und ich erst gestern Abend beim Dinner darüber gesprochen. Es kann nicht den Schatten eines Zweifels geben, dass Sir Eustace nervlich stark angegriffen war.«

»Sein Selbstmord kam für Sie also nicht überraschend, Mr Desmond?« Wie einen Pfeil schoss der Inspector die Frage auf den jungen Mann ab. Doch Desmond zeigte kein Zeichen von Verunsicherung und antwortete freimütig.

»Ich würde nicht so weit gehen, das zu behaupten, Inspector. Zu erwarten, dass ein Mensch, der sich fürchtet, deshalb gleich Selbstmord begeht, ist wohl ein wenig überzogen.«

»Durchaus, Mr Desmond«, schaltete sich Anthony ein. »Aber ich möchte, dass wir noch einen Moment warten, bevor wir uns Sir Eustace' seelischer Verfassung widmen. Miss Ashley erwähnte gerade eine mutige Tat – und mit durchaus verständlichem Stolz –, die Sir Eustace Vernon ›Anfang des Jahres‹ vollbracht habe. Darf ich vielleicht erfahren, worin diese Tat bestand? Ich frage nicht nur aus Neugierde, das kann ich Ihnen versichern.«

Nüchtern gab Helen Ashley die Ereignisse der Nacht des elften Januar wieder. In ihren Augen jedoch stand deutlich zu lesen, in welchem Zustand sich ihre Seele befand. Sir Austin Kemble und Anthony lauschten schweigend.

»Famos!«, rief der Polizeichef, als Helen geendet hatte.

Mr Bathurst fügte seinen eigenen Ausdruck der Bewunderung hinzu. »Eine wahre Heldentat, Miss Ashley. Es erfordert äußersten Mut, sich in ein loderndes Feuer zu wagen.«

»Danke«, antwortete Helen mit schlichter Würde, »ich weiß, dass unvergessen bleiben wird, was mein Onkel in jener Nacht getan hat. In seinem Fall wird das Gute weiterleben. Man wird sich noch daran erinnern, wenn wir alle nicht mehr sind.«

»Noch eine Frage«, sagte der Inspector leise. »Hat Ihr Onkel Ihnen gegenüber jemals den Namen Sam McLaren erwähnt?«

»Sam McLaren«, sprach Helen Ashley ihm nach. »Meinen Sie den alten Mann, der in Mapleton einen Kaffeestand betreibt?«

»Ebenden, Miss Ashley.«

»In welchem Zusammenhang fragen Sie? Natürlich ist Sam McLaren erwähnt worden, aber nur ganz beiläufig, so wie man eben über einen Menschen spricht, der in der Nähe wohnt oder arbeitet. Sonst weiß ich nichts über ihn.«

»Sie haben also nie gehört, dass Ihr Onkel sich speziell auf diesen Mann bezog?«

Helen runzelte die Stirn; offenbar fand sie die Frage verwirrend. »Nie, Inspector.«

»Was bezwecken Sie mit diesen Anspielungen, Inspector?«, schaltete sich Desmond ein. »Was haben Sie denn nur mit McLaren? Das macht mich ratlos!«

»Alles zu seiner Zeit, Mr Desmond. Vorerst kann ich Ihnen nur versichern, dass ich einen stichhaltigen Grund habe, Miss Ashley die Frage zu stellen.«

Desmond wandte sich heftig ab, ohne eine Geste der Ungeduld verbergen zu können.

Sir Austin Kemble fing seinen Blick auf und bemühte sich, die Gemüter zu beschwichtigen. »Mr Desmond«, begann er – allerdings in seinem üblichen herrischen Ton, der alles andere als Mitgefühl vermittelte – »und Miss Ashley. Es ist nur recht und billig, wenn Sie jetzt die genaueren Umstände von Sir Eustace' Tod erfahren. Wir haben allen Grund zu der Annahme, dass er nicht Selbstmord beging, wie ursprünglich vermutet wurde.«

Er verstummte und wartete die Wirkung seiner Mitteilung auf die beiden Menschen ab, die am meisten von ihr betroffen waren. Desmond sah aus wie vor den Kopf gestoßen, während Helen, die von der Neuigkeit ebenso erschüttert war, sich als Erste zu einer Frage aufraffte.

»Was genau wollen Sie damit sagen?!«, stieß sie hervor. »Bitte erklären Sie uns das!«

»Wir haben allen Grund zu glauben, dass Ihr Onkel ermordet wurde«, sagte Sir Austin ruhig.

»Ermordet!« Sie erbleichte vor Furcht. »Wie … wurde er getötet?«

»Er starb durch eine Revolverkugel. Und alles deutet darauf hin, dass der Schuss von hinten auf ihn abgefeuert wurde.«

»Wo ist das passiert? Hier? Oder unten bei Dyke's Crossing?«

»Das bleibt noch zu ermitteln.« Ernst neigte Sir Austin den Kopf.

Desmonds Miene zeugte von Fassungslosigkeit. »Sind Sie sicher, dass …?«

Er brach ab, als Sir Austin seine Hand hob. »Ich muss Ihnen noch etwas mitteilen, etwas höchst Außergewöhnliches, etwas Erstaunliches. An Sir Eustace' Leiche wurde ein roter Knallbonbon gefunden, ein Knallbonbon wie der, den –«

»Den man bei Purvis fand?«, unterbrach Desmond den Polizeichef.

»Ganz recht«, gab dieser zurück, »und mehr noch: Er

enthielt die gleiche Nachricht oder ›Warnung‹, wenn Sie diese Bezeichnung bevorzugen.«

»Großer Gott!«, rief Desmond aus. »Wie unfassbar entsetzlich.«

Sir Austin streckte Inspector Craig die offene Hand hin. »Dürfte ich sie mal haben, Craig?«

Mit Horror, den sie nicht zu verbergen suchte, betrachtete Helen Ashley die beiden tiefroten Relikte zweier mysteriöser Verbrechen. »Der Bonbon mit der Kennzeichnung ›A‹ wurde bei Purvis gefunden«, teilte Craig ihnen mit, »und die darin enthaltene Botschaft ist ebenfalls mit ›A‹ bezeichnet. Die ›Bs‹ sind Sir Eustace' Bonbon und Nachricht zugeordnet.«

Desmond nahm den Bonbon, den man bei Sir Eustace gefunden hatte, während Helen den anderen begutachtete. Fast gleichzeitig entrang sich ihnen ein erstaunter Ausruf.

»Ja?«, hakte Mr Bathurst nach, während seine grauen Augen aufleuchteten. »Sie haben etwas entdeckt? Was wollen Sie uns mitteilen?«

»Die Nachricht, die bei Purvis gefunden wurde«, platzte Helen heraus, »*wurde auch von Purvis geschrieben*. Da bin ich mir ganz sicher.«

Desmond wog seine Worte sorgfältig ab. »Und die zweite Nachricht, die bei Sir Eustace gefunden wurde, *hat dieser eigenhändig verfasst*, dessen bin ich mir ebenso sicher.«

Die Reaktionen ihrer Zuhörer waren höchst unterschiedlich. Der Inspector starrte die jungen Leute ungläubig an, während Sir Austins Augen einen feindseligen Ausdruck angenommen hatten, den er wohl nicht hätte erklären können. Mr Bathurst hingegen nahm die Nachricht gut auf. »Nun, das ist interessant«, murmelte er, »und mehr noch: sehr aufschlussreich.«

KAPITEL 10

Hinter dem Vorhang

Inspector Craig betrachtete die Papierstreifen eindringlich. Trotz Mr Bathursts Bemerkung schien er die Aussage der jungen Leute nicht sonderlich erhellend zu finden. Er sah von der einen zum anderen. »Sie sind sich Ihrer Angaben völlig sicher?«

»Vollkommen«, bestätigte Helen Ashley.

»Und ich ebenso«, fügte Desmond hinzu.

»Das ist wirklich ungewöhnlich«, sagte Craig zögerlich. »Ich kann mich nicht erinnern, jemals so eine Geschichte gehört … « Er fuhr sich mit einer Geste durch die Haare, die seine Fassungslosigkeit zum Ausdruck brachte. Anscheinend erwog er neue Aspekte des Falles, die sich ihm eben erst offenbart hatten. Dann schien er einen Entschluss gefasst zu haben; er trat zu Sir Austin Kemble und sprach mit gesenkter Stimme. Der Polizeichef lauschte geduldig und nickte dann entschieden. »Selbstverständlich … selbstverständlich. Bin voll und ganz Ihrer Meinung, und je eher, desto besser! Es wäre sehr viel passender hier im Haus.«

»Vielen Dank, Sir.« Craig ging zurück zu Desmond.

»Ich möchte, dass Sie die Gäste von gestern Nacht heute Nachmittag wieder im Haus versammeln. Wie Sie mir berichtet haben, müssen Sie ja lediglich die Ortsansässigen informieren. Wären Sie bitte so nett, ja? Und die Londoner wollen freundlicherweise noch einige Stunden bleiben.«

»Gewiss, Inspector. Alles soll nach Ihrem Wunsch geschehen. Ich werde mich sogleich mit den Leuten in Verbindung setzen.«

Mr Desmond verließ das Zimmer. Sobald er die Tür zugeschlossen hatte, wandte sich Mr Bathurst, der eine Zeit lang in Gedanken versunken gewesen war, an Helen Ashley. »Was Sie mir über die Handschrift Ihres Onkels mitgeteilt haben, hatte ich bereits vermutet. Ich konnte nämlich die Nachricht, die in dem Knallbonbon steckte, mit den beiden Briefen vergleichen, die er hinterlassen hat. Doch was die andere Handschrift angeht, die, wie Sie versichern, die des Butlers ist … Glauben Sie, dass Sie mir eine weitere Frage beantworten könnten – eine Frage, die Ihnen vielleicht ein wenig seltsam vorkommen mag? War Ihr Onkel mit der Handschrift Purvis' vertraut? Hätte er sie erkannt?«

Die junge Frau zögerte ein wenig mit der Antwort. »Ich könnte es nicht mit Bestimmtheit sagen«, gestand sie schließlich. »So eine Frage ist schwer zu beantworten … weil sie sich ja darauf bezieht, was ein anderer weiß oder nicht weiß, nicht wahr? Man kann nicht mit absoluter Sicherheit für einen anderen sprechen. Aber ich halte es für ziemlich wahrscheinlich, dass mein Onkel Purvis' Handschrift nicht kannte. Mir will nämlich kein Anlass einfallen, warum Purvis ihm hätte schreiben sollen. Auch ich kann mich nur an zwei oder drei Gelegenheiten erinnern, wo ich sie gesehen habe, und dabei ging es um Haushaltsbelange. Deshalb konnte ich Purvis' Handschrift auf Anhieb erkennen. Mein Onkel hingegen …« Sie schüttelte den Kopf. »Es ist gut möglich, dass mein Onkel nicht mit ihr vertraut war.«

Anthony nickte versonnen. »Verstehe. Nun sagen Sie mir noch eines: Haben diese roten Knallbonbons gestern Abend auf der Dinnertafel gelegen?«

»Ja, Mr Bathurst. Oder zumindest ähnelten sie diesen hier. Natürlich kann ich nicht beschwören, dass es gerade diese beiden …«

»Ich kann Ihnen durchaus folgen, Miss Ashley. Das können Sie wirklich nicht wissen.«

»Worauf wollen Sie eigentlich hinaus, Bathurst?«, schaltete sich Sir Austin ein.

»Mir geht es darum, Sir, nach besten Kräften zu ermitteln, was genau diese roten Knallbonbons zu bedeuten haben. Sind sie ein Hinweis oder bilden sie eher zufälliges Beiwerk?«

»Hmm – verstehe. Nun, was glauben Sie? Das scheint mir doch ein überaus wichtiger Punkt zu sein. Ich habe mich selbst schon gefragt, was diese roten Dinger zu bedeuten haben.«

»Im Moment bin ich noch nicht sicher, Sir. Aber ich habe die Ahnung einer Idee, die im Augenblick noch zu verworren und vielleicht auch etwas zu fantastisch ist, um ernsthaft in Betracht gezogen zu werden. Ah, da kommt ja

Mr Desmond … Könnten wir jetzt vielleicht einen Blick in das Arbeitszimmer werfen? Passt es Ihnen?«

Terry Desmond führte sie hin.

»Sie haben also gestern Abend die Tür aufgebrochen?«, sagte Sir Austin.

»Das stimmt. Oder vielmehr …« Desmond verstummte.

Sogleich sprang Mr Bathurst darauf an. »Vielmehr *was*, Mr Desmond?«

»Die anderen haben sie aufgebrochen. Ich war nicht daran beteiligt.«

»Aber warum nicht? Waren Sie denn nicht die ganze Zeit über dabei? Laut Inspector Craig sind doch sämtliche Gäste nach Hammonds Schrei –«

»Das ist auch richtig so, Mr Bathurst«, unterbrach Desmond ohne Zögern. »Ich kam zugleich mit den anderen vor dieser Tür an, insoweit hat der Inspector recht. Dann jedoch mussten wir feststellen, dass die Tür verschlossen war. Ich bin also durch den Salon, das Musikzimmer und den Billardsaal bis in den Garten hinaus gelaufen und habe das Zimmer von dort aus betreten. Es ging mir schlicht und ergreifend darum, in einem kritischen Moment Zeit zu sparen.«

»Und – hatten Sie Erfolg? Haben Sie Zeit gespart?«, fragte Anthony in gedämpftem Ton.

Desmond überlegte. »Ich war vermutlich der Erste im Zimmer, aber es ging nur um wenige Sekunden.«

»Ist dies der Ort, wo sich die Löschunterlage befand?«, fragte Craig.

»Ja«, erwiderte Helen. »Sie lag auf dem Schreibtisch, wie immer.«

»Und wo befand sich das Dienstmädchen?«

»Dort.« Desmond zeigte auf die Stelle am Boden.

Mr Bathurst ging zu der schweren Portiere, die den Zugang zur Bibliothek verdeckte. »Ich habe doch recht verstanden, dass Hammond glaubte, die Frau, die ihr solche Angst eingejagt hatte, sei aus dem Nebenzimmer gekommen? Ist das auch richtig? Es würde mich freuen, wenn dieser Punkt bestätigt würde.«

»Es ist durchaus richtig«, sagte Desmond. »Jedenfalls hörte es sich so an, als Hammond uns von ihrem Erlebnis erzählte. Meinst du nicht auch, Helen?«

»Oh, ja. Genau so habe ich sie auch verstanden.«

»An diesem Punkt muss ich eine ganz bestimmte Frage stellen.« Craig hatte nun das Heft in die Hand genommen. »Welchen Grund hat die Dienstmagd Hammond dafür angegeben, dass sie sich zu dieser späten Stunde im Garten aufhielt? Da scheint mir doch eine Erklärung vonnöten. Hat sie Ihnen gesagt, was sie dort zu suchen hatte?«

»Das habe ich Hammond bereits gefragt«, beeilte sich Helen zu antworten. »Denn uns allen war wohl der Gedanke gekommen. Sie hatte aber eine ganz plausible Erklärung dafür. Einer der Hunde – ein großer Wolfshund meines Onkels – war angeschlagen; der Tierarzt hatte ihm Spezialfutter verschrieben. Die Pflege des Hundes obliegt Stevens, dem Chauffeur, der ein großer Tierfreund ist. Doch aus irgendeinem Grund, den Hammond uns verschwieg, konnte Boris – so heißt der Hund – gestern Abend nicht von Stevens gefüttert werden, und deshalb hatte er Hammond gebeten, es für ihn zu übernehmen. Das war jedenfalls die Erklärung, die sie uns für ihre Anwesenheit im Garten gegeben hat.«

Mr Bathurst wandte sich an den Inspector. »Das stimmt mit McLarens Aussage überein. Stevens hatte nämlich etwas anderes zu erledigen und daher keine Zeit, sich um den Hund zu kümmern.«

Während er den anderen lauschte, fiel Desmond etwas ein. Was war er doch für ein Esel, dass er daran noch nicht gedacht hatte! Er versenkte seine Hand in der Jackentasche.

»Beim Zeus!«, rief er. »Ich wollte es gleich zu Beginn erwähnen, Inspector, aber in der Aufregung hatte ich es ganz vergessen.« Er reichte Craig das Stück Presstabak, das er bei der fruchtlosen Suche nach Sir Eustace im Garten aufgelesen hatte.

Inspector Craigs Miene hellte sich auf, als er den Plattentabak in die Hand bekam. »Ein Brocken ›Harter‹!«, rief er aus. »›Dark Willie‹. Sehr beliebt bei den Männern der seefahrenden Zunft, wie ich gehört habe. Und wie sind Sie daran gekommen, Mr Desmond?«

Terence klärte ihn auf. »Im Garten, ach ja? Dennoch, wenn man bedenkt … Jedem hätte er dort aus der Tasche fallen können. Ich werde noch einige Fragen stellen müssen, bevor ich gehe.«

»Dazu wäre noch etwas anzumerken«, sagte Desmond. »Erst durch Ihre Frage, was Hammond so spät abends noch draußen zu suchen hatte, ist mir der Tabak wieder eingefallen. Ich hatte so meine Vermutungen und habe daher Stevens in die Mangel genommen. Vielleicht wusste er ja, wer solchen Tabak verwendet. Das konnte er mir nicht sagen, verriet mir aber trotzdem ein aufschlussreiches Detail: Dass nämlich Hammond, das Dienstmädchen, mit einem Seemann geht, mit einem Mann, der in Mapleton zu Hause ist. Und so wäre es doch möglich –«

Craig führte den Gedanken weiter: »Dass sie zwei Fliegen mit einer Klappe schlug, wie? Dass sie, als sie den Hund füttern ging, Pflicht mit Vergnügen verband und ein Stelldichein mit ihrem Liebsten verabredet hatte? Sehr wahrscheinlich, Mr Desmond, sehr gut möglich. Ich fand es ohnehin merkwürdig, dass eine Dienstmagd um diese späte Stunde draußen sein sollte, und werde da sicherlich nachhaken. Ihre These kommt mir sehr plausibel vor.«

Während Craig redete, ging Mr Bathurst wieder auf die schwere Portiere zu, die seine Aufmerksamkeit schon Minuten zuvor gefesselt hatte. Einen Augenblick lang stand er sinnend im Durchgang zur Bibliothek. Sir Austin Kemble fing seinen Blick auf, hütete sich aber – denn er wusste, wie störend eine Unterbrechung für den Gedankenfluss war –, Mr Bathurst anzusprechen. Der Inspector hingegen schritt ohne Weiteres an Mr Bathurst vorbei in den kleinen Raum und blieb vor dem offenen Safe stehen. Sir Austin schloss sich an.

»Die Tür stand ungefähr so weit offen, Sir«, sagte Craig, »so wurde es mir jedenfalls gestern Abend mitgeteilt. Der

Schlüssel steckte im Schloss und hing an einem Schlüsselbund. Das deutet zweifelsfrei darauf hin, dass die Person, die den Safe geöffnet hat, auf die eine oder andere Weise gestört wurde und eilends das Weite suchte. Dabei ließ sie den Schlüssel so im Safe stecken, wie er später gefunden wurde.«

»Das ist durchaus möglich«, bestätigte Sir Austin.

Mr Bathurst, der in der Zwischenzeit neben der Portiere gehockt hatte, stand wieder auf. »Damit erhebt sich eine weitere Frage, Sir Austin, die dem Inspector zweifellos auch schon in den Sinn gekommen ist. Etwas ist aus dem Safe entfernt worden, und zwar mutmaßlich nach dem Mord an Sir Eustace. Und wahrscheinlich handelte es sich dabei, soweit wir wissen, um sein besonderes Legat an Miss Ashley, wie in seinem letzten Brief angedeutet. Aber – und das stört mich vorerst sehr – woher wusste *der Mörder*, dass er die Schlüssel zum Safe auf dem Schreibtisch finden würde? Diese Information stand doch nur in Sir Eustace' Brief an seine Nichte! Hat der Mörder – oder die Mörderin, falls es eine Frau war – davon Kenntnis gehabt? Oder wurde der Schlüsselbund einfach so entdeckt? Von jemandem, der ... zufällig ins Zimmer eintrat? Und welche Rolle spielt Purvis in dieser Geschichte? Oder sollte Miss Ashley ...« Er brach plötzlich ab, und Sir Austin Kemble gewann den zwingenden Eindruck, dass Mr Bathurst ein neuer Gedanke gekommen war, der ihn eine Zeit lang in unbekannte Gefilde führen würde. Doch dann fuhren alle zusammen, denn unvermittelt begann er wieder zu sprechen.

»Was für ein außergewöhnliches Zusammentreffen«, bemerkte er versonnen, »dass ein Mann, der sich mit der Absicht trägt, Selbstmord zu begehen, genau zu diesem Zeitpunkt ermordet wird!« Ungeduldig schritt er wieder zu der Portiere. »Hier stimmt etwas Wesentliches nicht, Gentlemen!«, rief er mit Betonung, während seine scharfen Augen vor Eifer blitzten. »Wir übersehen etwas Fundamentales. Ich übersehe es und finde es einfach nicht. Was ist es? Wer hat zum Beispiel hinter diesem Vorhang gestanden?« Mr Bathurst zerrte so heftig an der Portiere, dass die Ringe an der Messingstange klirrten.

Sir Austin sah seinen jungen Freund fragend an, Inspector Craig hingegen zeigte sich vollkommen unbeeindruckt von Mr Bathursts Überschwang. Es ist nun einmal unmöglich, auf Emotionen zu reagieren, die man nicht nachvollziehen kann. Terence Desmond und Helen Ashley schienen sich mit der Rolle des schweigenden Publikums abgefunden zu haben; stumm schauten sie dem bizarren Bühnenstück zu.

»Woher wollen Sie wissen, dass jemand hinter dem Vorhang gestanden hat, Bathurst?« Sir Austins bombastische Stimme durchbrach das Schweigen, das sich vorübergehend über die kleine Gesellschaft gesenkt hatte.

»Schauen Sie hier, Sir.« Anthony zeigte auf den unteren Saum des schweren blauen Vorhangs. »Dort am Rand, hinten, und in den Falten unten, können Sie deutliche Spuren von Zigarrenasche ausmachen. Sehen Sie? Die Asche ist von der Zigarre eines Mannes herabgefallen, der dort gestanden haben muss. Vielleicht hat er zugehört, vielleicht sogar beobachtet? Wahrscheinlich beides.«

Inspector Craig beeilte sich, Mr Bathursts Höhenflug der Fantasie zu beenden. In seiner Stimme schwang sogar eine Andeutung von Vorwurf mit. »Sie werden es mir sicher verzeihen, Sir, wenn ich mich gezwungen sehe, einige der Luftschlösser zu zerstören, die Sie so zuversichtlich bauen. Sie befinden sich nämlich in einem Irrtum.« Er machte eine Pause, als wollte er es nicht überstürzen, Mr Bathursts Theorien zu demontieren. Der sah ihn gekränkt an.

»Wie meinen Sie das, Inspector? Worin besteht mein Irrtum?«

»Auch mir ist die Zigarrenasche aufgefallen, als ich gestern Abend die Bibliothek durchsuchte. Vielleicht interessiert es Sie zu hören, Mr Bathurst, dass auch hier beim Safe Asche auf den Boden gefallen ist.« Der Inspector rieb sich die Wange und zog sein Ergötzen über Mr Bathursts ratlose Miene in die Länge.

»Nun«, fragte der, »worauf wollen Sie mit dieser Beobachtung hinaus? Wären Sie so freundlich, sie näher zu erläutern? Das interessiert mich brennend.«

»Es geht einfach um Folgendes: Auch mir war, wie Ihnen, die Asche aufgefallen, und nachdem ich Nachricht vom Revier erhalten hatte, dass Sir Eustace' Leiche gefunden worden sei, blieb mir gerade noch Zeit, ein paar Fragen zu stellen. Einer der Gäste, Major Prendergast, gab zu, dass ihm beim Eintritt in die Bibliothek Asche von der Zigarre gefallen sei. Und was noch wichtiger ist, Mr Bathurst:

Ich habe weitere Fragen gestellt, um diese Aussage zu bestätigen. Denn ich trachte stets danach, Theorien durch Fakten zu erhärten. Dr. Carrington, der zu dem Zeitpunkt mit dem Major zusammen war, konnte die Aussage des Majors bestätigen. Er sagte, als er und der Major zum ersten Mal in die Bibliothek gegangen seien, habe der Major geraucht, und Dr. Carrington erinnert sich genau, dass im Eifer des Gefechts – als sie die Entdeckungen in der Bibliothek machten – Asche von der Zigarre des Majors zu Boden fiel. Sie können sich also eine neue Theorie ausdenken, Mr Bathurst. Bei allem Respekt.«

Den letzten Satz fügte er unter dem mahnenden Blick des Polizeichefs hinzu. Mr Bathurst machte einen äußerst gereizten Eindruck, und man konnte sehen, dass er gründlich über Craigs Worte nachdachte. Dann aber hellte sich seine Miene auf und zeigte jene eiserne Entschlossenheit, die Sir Austin Kemble schon aus früheren Ermittlungen gut kannte. Anthony wandte sich an Desmond.

»Mr Desmond«, hob er an. »Sie waren anwesend, als Major Prendergast und Dr. Carrington den Nebenraum betraten?«

»Ich war hier im Arbeitszimmer, ja. Hammond hatte uns gerade erzählt, dass die Frau, die ihr solche Angst eingejagt hatte, aus der Bibliothek gekommen sei.«

»Ganz recht. Darauf wollte ich hinaus.«

Während Desmond fortfuhr, wurde seine Erinnerung zunehmend klarer. »Dr. Carrington bat mich, bei Miss Ashley zu bleiben, während er und der Major sich in der Bibliothek umsehen wollten. Ich glaube, er war ein wenig in Sorge über das, was sie dort vorfinden würden.«

»Sehr gut, Mr Desmond. War denn der Vorhang zu dem Zeitpunkt, als der Major und der Arzt das Nebenzimmer betraten, ganz zugezogen? Soll heißen, verdeckte er den Eingang, oder war er ein Stück zur Seite gezogen, so wie jetzt? Denken Sie scharf nach – es ist höchst wichtig.«

Desmond bemühte sich, konnte jedoch Zweifel an seiner Beobachtung nicht vertreiben.

»Die Frage kann *ich* Ihnen beantworten, Mr Bathurst«, vernahmen sie Helens gedämpfte Stimme. »Die Portiere hing so, dass sie die Türöffnung komplett verhüllte, wie es den Gepflogenheiten des Hauses entspricht. Ich entsinne mich ganz deutlich, dass Major Prendergast sie zur Seite zog, bevor er das Nebenzimmer betrat. Wenn Sie den Major fragen, so wird er meine Aussage bestätigen. Darauf wollten Sie doch hinaus, nicht wahr?«

»Ganz genau, Miss Ashley. Sie haben mir wirklich sehr geholfen.«

»Das berührt aber doch nicht die Frage nach der Zigarrenasche, Mr Bathurst«, ließ sich Craig wieder vernehmen. »Denn diese stammt eindeutig von Major Prendergasts Zigarre. Sie ist eben heruntergefallen, nachdem er den Vorhang beiseitegezogen hatte, so wie es Miss Ashley eben beschrieben hat.«

»Prendergast hat in der Tat geraucht«, fiel nun auch Desmond ein. »Ich erinnere mich wieder daran. Er hatte sich im Arbeitszimmer eine Zigarre angezündet.«

»Und dort liegt die Asche«, beharrte der Inspector.

»Das glauben Sie immer noch?«, fragte Mr Bathurst. »Nun, dann, Inspector, müssen Sie wohl einsehen, dass wir in dieser Sache unterschiedlicher Meinung sind.«

KAPITEL 11

Mr Bathurst nimmt die erste Hürde

Inspector Craig grinste selbstgefällig. »Durchaus, Sir! Aber noch bevor wir hier fertig sind, werden *Sie* einsehen, dass ich recht habe.« Er wandte sich an Sir Austin Kemble. »Mit Ihrer Erlaubnis würde ich nun gern die beiden Dienstmädchen befragen, Sir. Im Nebenzimmer. Falls Sie nichts dagegen haben.«

Sir Austin willigte sogleich ein. »Ganz Ihrer Meinung, Craig. Lassen Sie zuerst Hammond rufen. Sie scheint mir doch am meisten in die Sache verwickelt zu sein.«

»Genau das meine ich auch, Sir. Danach werde ich noch ein oder zwei Wörtchen mit der Palmer reden, wenn dazu noch Zeit bleibt. Daraufhin, so würde ich vorschlagen, holen wir den Chauffeur Stevens. Nach dem Lunch werden wir uns mit den Gästen befassen. Deshalb sollten bis dahin alle vor Ort sein, wie ich es mit Mr Desmond besprochen habe.«

»Nur zu, Inspector«, sagte Terence. »Sämtliche Vorkehrungen sind getroffen. Alle, die Sie sprechen wollen, werden Ihnen zur Verfügung stehen.«

Anthony Bathurst schmunzelte beifällig, während er Craig anschaute. »Ich glaube kaum, dass Sie es trefflicher hätten arrangieren können. Ich meinerseits hätte auch noch die eine oder andere Frage an die Zeugen. Aber vorher – Verzeihung, Inspector – möchte ich noch etwas von Miss Ashley wissen. Wer hat gestern Abend, als Sir Eustace aufstand und Sie so abrupt verließ, an der Dinnertafel unmittelbar rechts und links von ihm gesessen? Ob Sie mir das wohl sagen können?«

Helen nickte eifrig. »Das kann ich, und zwar aus einem ganz bestimmten Grund. Mein Onkel saß am Kopf der Tafel, wie nicht anders zu erwarten. Zu seiner Linken saß Mrs Trentham und zu seiner Rechten, also Mrs Trentham gegenüber, hatte Dr. Carrington seinen Platz. Ich sehe es noch ganz deutlich vor mir.«

»Danke sehr, Miss Ashley. Verzeihen Sie meine Neugier … Gibt es einen bestimmten Grund, warum Sie sich so gut daran erinnern? Und welchen, wenn ich fragen dürfte?«

»Einen ganz simplen Grund, Mr Bathurst, aus dem Sie aber vermutlich keine Schlüsse ziehen können. Mein Onkel hatte mich eigens gebeten, Mrs Trentham neben ihn zu setzen. Er kam sogar hinzu, als ich die Tischordnung entwarf, und bestand mit Nachdruck darauf, dass Mrs Trenthams Platzierung ja nicht vergessen werde.«

»Hmm.« Mr Bathurst zog nachdenklich an seiner Oberlippe. »Darf ich fragen, ob Ihnen der Wunsch Ihres Onkels in irgendeiner Weise sonderbar vorkam?«

»Sonderbar? Ich verstehe nicht ganz …«

»Nun, waren Sie überrascht? Wen hätten Sie denn neben Ihren Onkel gesetzt, falls die Wahl Ihnen überlassen geblieben wäre? Hätten *Sie* Mrs Trentham ausgewählt?«

Helen zog die Augenbrauen zusammen. »Jetzt verstehe ich, was Sie meinen.«

Vielleicht fanden Mr Bathurst und die anderen, Helen Ashley widme dieser Frage ungebührlich viel Zeit. Doch nach einer Weile gab sie Antwort, wobei sie ihre Worte mit Bedacht wählte.

»Als mein Onkel mir seinen Wunsch mitteilte, hatte ich mich noch gar nicht für eine endgültige Sitzordnung entschieden. Normalerweise lege ich mich erst kurz vor einem Dinner fest, deshalb musste ich auch kein vorher gewähltes Arrangement umwerfen, um seinem Wunsch zu entsprechen. Aber wenn die Sache mir überlassen gewesen wäre, glaube ich nicht, dass ich Mrs Trentham neben ihn gesetzt hätte.« Diesen letzten Satz äußerte sie mit einer Langsamkeit, die zeigte, dass sie sehr gründlich über ihn nachgedacht hatte. Wie es seine Gewohnheit war, schloss Anthony sofort die nächste Frage an.

»Wenn Sie in Ihrem Sinne hätten entscheiden können, Miss Ashley, wen hätten Sie dann dorthin gesetzt?«

Sir Austin Kemble bedachte seinen jungen Freund mit einem verwirrten Blick, den Desmond nur zu angemessen fand. Auch ihm schien, dass Mr Bathursts Verhör eine unerwartete und höchst ungewöhnliche Richtung nahm.

»Nun, da Sie mich das so fragen, Mr Bathurst … Ich glaube, ich hätte den Platz Diana Prendergast vorbehalten.

Mein Onkel verehrte die Frau des Majors sehr, und ich weiß, dass diese Gefühle jedenfalls bis zu einem gewissen Grade gegenseitig waren. Sie hat schon bei vielen Festen an seiner Seite gesessen. Sie waren ja seit mehreren Jahren Nachbarn, Sie verstehen.«

»Sicherlich, man wird vertraut im Umgang miteinander. Wer hat an Mrs Trenthams anderer Seite gesessen?«

»Ihr Ehemann: Morris Trentham.«

»Und wer saß neben Dr. Carrington, der rechts neben Sir Eustace seinen Platz hatte?«

»Dort saß dann Diana und rechts daneben Major Prendergast. Ich selbst saß an der Schmalseite der Tafel, meinem Onkel gegenüber.«

»Ich verstehe, Miss Ashley. Nun sehe ich die Tischordnung im Geiste vor mir. Sie haben mir gesagt, was ich wissen wollte. Doch eines noch: Als Sir Eustace mit Purvis sprach, kurz bevor er der Gesellschaft verkündete, dass er eine böse Nachricht erhalten habe … Wissen Sie noch, wo Purvis sich zu dem Zeitpunkt befand? Stand sie links von Ihrem Onkel, also zwischen Sir Eustace und Mrs Trentham, oder an seiner rechten Seite, neben Dr. Carrington?«

Helen zögerte mit der Antwort. Ungestüm schaltete sich Desmond ein. »Das weiß ich zufällig ganz genau. Ich sah nämlich gerade hoch und da stand Purvis, leicht nach vorne gebeugt, während Sir Eustace mit ihr sprach. Ruby Trentham saß daneben.«

»Sodass ich also mit Fug und Recht annehmen könnte, dass tatsächlich alles, was zwischen Sir Eustace und seinem

Butler verhandelt wurde, von Mrs Trentham aufgeschnappt wurde?«

Desmond nickte bekräftigend. »Das will ich meinen – zweifellos! Natürlich hätte sie es mitbekommen können.«

»Für den Augenblick habe ich keine weiteren Fragen, Inspector«, verkündete Anthony an Craig gewandt. »Lassen Sie uns also mit Hammond sprechen.«

Als die Dienstmagd erschien, waren deutlich die Spuren zu erkennen, die das entsetzliche Erlebnis der vergangenen Nacht bei ihr hinterlassen hatte. Dankbar hatte sie vermerkt, dass ihr beim ersten Besuch des Inspectors das Verhör erspart geblieben war; nun jedoch musste sie vernünftigerweise anerkennen, dass dies nur ein Aufschub gewesen war. Dennoch hatte sie während der vorübergehenden Atempause dem alten Bibelspruch »Es ist genug, dass jeder Tag seine eigene Plage hat« gehuldigt. Zu dem anderen Dienstmädchen, Palmer, hatte sie kurz vorher noch gesagt, sie wünsche nichts sehnlicher, als nicht ausgerechnet diejenige gewesen zu sein, die den ursprünglichen Alarm geschlagen habe.

»Was wirst du denn sagen, wenn sie dich fragen, was du draußen im Park verloren hattest?«, antwortete Palmer spöttisch und fügte eine der Jahreszeit angemessene Anspielung hinzu: »Kaminholz sammeln?«

»Natürlich werd ich die Wahrheit sagen, Palmer«, entgegnete Hammond empört. »Wenn ich mich mal eben kurz mit meinem Albert getroffen hab, wen geht das was an, das möcht' ich wohl wissen? Das ist doch kein Verbrechen, wenigstens seh ich's nicht so – und die werden das auch verstehen.«

»Hmm«, war Palmers unverbindliche Antwort. »Manche von diesen Polizisten deuten ja in alles, was du so machst, ein Verbrechen rein, auch wenn du völlig unschuldig bist. Und es ist sogar noch schlimmer geworden, seit der gute alte Edgar Wallace solche Figuren in seinem *Hexer* zeigt. Nimm zum Beispiel diese Cora Ann …«

Hammond hatte jedoch Palmers virtuose Abhandlung der Charaktereigenschaften jener Dame nicht abgewartet, sondern schnellstens das Arbeitszimmer aufgesucht.

»Ich will Sie gar nicht lange aufhalten, Mädchen, oder Ihnen zu viele Fragen stellen«, begann der Inspector, »denn was Ihnen widerfuhr, ist mir ja im Großen und Ganzen bekannt. Allerdings gibt es da einen Punkt, über den wir gerne ein wenig mehr Klarheit erhalten würden. Können Sie uns bitte so genau wie möglich schildern, wie Sie gestern Abend überhaupt auf den Gedanken kamen, zu den Gartentüren zu gehen, und zwar um … nun, wie spät wird es da wohl gewesen sein, was meinen Sie?«

Als Hammond Antwort gab, wirkte sie sehr gefasst.

»Ungefähr zehn Minuten vor zwölf, Sir. Ich war auf dem Rückweg vom Hundezwinger, wie ich auch schon Miss Ashley gesagt habe. Ich hab Boris gefüttert, den Wolfshund; Stevens hatte es mir aufgetragen. Fragen Sie ihn nur, dann wissen Sie, dass ich die Wahrheit sage.«

»Aber der Weg vom Hundezwinger zum Haus führt doch nicht an den Gartentüren des Arbeitszimmers vorbei?«

Hammond schürzte entschlossen die Lippen. »Falls Sie's unbedingt wissen müssen: Ich hab einen kleinen Plausch mit meinem Freund gehalten«, gab sie zu.

»Aha«, murmelte Craig. »Nun kommen wir der Sache schon näher. Und wie lange mag dieser ›kleine Plausch‹ gedauert haben?«

»Ich war bestimmt nicht länger als eine halbe Stunde mit ihm draußen. Ich war in seinen Arm … in seiner Gesellschaft seit ungefähr Viertel nach elf. Und als wir uns Gute Nacht gesagt haben, da war es auf seiner Armbanduhr Viertel vor zwölf. Deshalb meine ich, dass es ungefähr zehn vor zwölf gewesen sein muss, als ich draußen vorm Zimmer gestanden hab.«

»Wie lautet der Name dieses Gentleman?«, fragte der Inspector.

»Mr Albert Fish«, erwiderte Hammond, halb trotzig und halb furchtsam. »Er dient auf der *HMS Semiramis*. Ist gerade zu Hause auf Urlaub, deshalb machen wir das Beste aus unserer Zeit, und da kann man uns ja auch nicht für tadeln, finde ich.« Sie hob herausfordernd den Kopf, um ihrer letzten Bemerkung Nachdruck zu verleihen.

»Ich verstehe«, sagte Craig und nickte. »Und dieser junge Mann … Stammt er aus Mapleton?«

»Ist dort geboren und aufgewachsen, Inspector, wie auch sein Vater und seine Mutter.«

»Adresse?«, fragte Craig.

»Nummer 14, Summerland Cottages, Rodding Road.« Während sie ihm die Adresse gab, beäugte Hammond den

Inspector mit prüfendem Blick. »Wollen Sie noch etwas wissen, Inspector?«

»Im Augenblick nicht. Geben Sie bitte Palmer Bescheid, dass sie nun an der Reihe ist.«

Anthony lächelte gewinnend. »Ich habe noch zwei Fragen, falls Sie nichts dagegen einzuwenden haben, Hammond. Es geht um zwei wichtige Punkte.«

Die Erleichterung, die Hammond anzumerken war, nachdem Inspector Craig sie aus der Vernehmung entlassen hatte, war wie fortgewischt und hatte einem beunruhigten Ausdruck Platz gemacht.

Mr Bathurst lächelte, um der Dienstmagd ihre Befangenheit zu nehmen. »Sie müssen nicht so ängstlich dreinschauen, Hammond. Es sind zwei ganz einfache Fragen. Haben Sie in diesem Zimmer Licht bemerkt, als Sie sich im Park aufhielten? Oder war der Raum während der ganzen Zeit dunkel – ich meine, bevor Sie sich auf den Rückweg zum Haus machten?«

Hammond schüttelte verneinend den Kopf. »Das wär mir überhaupt nicht aufgefallen, Sir. Ich war ja mit was anderem beschäftigt. Albert mag es gar nicht, wenn uns irgendwas stört …«

»Natürlich«, beschwichtigte sie Mr Bathurst. »Ich verstehe vollkommen, warum Sie mir in diesem Punkt nicht weiterhelfen können. Nun zu meiner zweiten Frage. Diese Frau, die Ihr Gesicht angefasst und Ihnen solche Angst eingejagt hat … Warum denken Sie, dass es ein Messer war, was sie in der Hand hielt?«

Hammond überlief ein Frösteln. Die Erinnerung an das entsetzliche Erlebnis war noch zu frisch, und sie konnte nur mit einem Schauder daran zurückdenken.

»Ich *glaube*, dass es ein Messer war«, erwiderte sie schließlich, »jedenfalls hat es geblitzt wie ein Messer.«

»Die Frau hat aber nicht versucht, Sie mit diesem Messer anzugreifen?«

Hammond wurde noch eine Spur bleicher. »Nein – und das war auch gut so. Denn ich hätte ja keinen Finger rühren können, um sie dran zu hindern ... bei der Angst, die ich ausgestanden hab.«

»Das bezweifle ich wahrlich nicht. Sie haben etwas sehr Grausiges erlebt ... Eine solche Erfahrung hätte selbst den mutigsten Menschen umgeworfen. Es gibt nichts, was Sie sich in dieser Hinsicht vorzuwerfen haben. Aber dieser Rock oder dieses Kleid, das Sie gestreift hat, wie Sie sagen ... Könnten Sie vielleicht den Stoff näher beschreiben? War es ein leichtes Gewebe oder ein schweres? Alles, was Ihnen aufgefallen ist, könnte von größter Wichtigkeit sein. Erinnern Sie sich?«

»Ich kann nur sagen, ich glaube, dass es ein dunkler Stoff war. Sonst hätt' ich ihn ja besser sehen müssen. Helle Farben sieht man im Dunkeln besser, das stimmt doch, Sir?«

»Möglicherweise. Sie meinen also, dass die Dame ein dunkles Kleid oder einen dunklen Rock getragen hat?«

»Soweit ich das sagen *kann* ... Ich *glaube* es schon. Aber verstehen Sie bitte, Sir, dass ich es nicht beschwören kann.«

»Natürlich verstehe ich das.« Anthony wandte sich an

Helen. »Zweifellos, Miss Ashley, werden Sie meine nächste Frage leichter zu beantworten finden als meine letzten«, begann er. »Welche Farben hatten die Abendkleider der Damen?«

»Ich habe helles Gelb getragen, Mrs Prendergast und Mrs Venables schwarzen Georgette und Ruby Trentham einen *Café-au-lait*-farbenen Crêpe de Chine – und mehr Damen waren beim Dinner nicht anwesend.«

»Ein kleines Farbenrätsel für Sie, Craig«, sagte Bathurst, während ein verhaltenes Grinsen über sein Gesicht huschte. »Zwei schwarze Kleider, ein gelbes und ein hellbraunes, und aus den beiden schwarzen können Sie kein weißes zaubern.«

Craig knurrte etwas Ausweichendes.

»Sagen Sie Palmer, dass wir sie jetzt zu sprechen wünschen, Inspector«, befahl Sir Austin, entschlossen, die Zügel in die Hand zu nehmen. »Sie brauchen wir nicht mehr, Hammond«, fügte er hinzu.

Palmer schien sich der Pein des Verhörs sehr viel gleichmütiger zu unterziehen als Hammond. Sie war eine junge Frau mit mehr als dem üblichen Maß an Selbstbewusstsein. Das übrige Personal war der Meinung, Palmer verfüge über eine besonders ausgeprägte Fantasie. Mag sein, dass die Kritiker zu hart mit ihr ins Gericht gingen – doch Palmer war durchaus mit einer Gabe gesegnet, die Anthony Bathurst als »natürliches Talent, Dinge, die niemals existiert haben, zu übertreiben«, bezeichnete. Diese Gabe, der so viele berühmte Männer und Frauen Englands ihren Nimbus verdanken, kam auch Palmer zustatten. Mit zurückgeworfenem Kopf betrat sie das Arbeitszimmer und begegnete Sir Austins strengem Blick mit einer indignierten Haltung, die der keltischen Kriegerkönigin Boadicea würdig war.

»Fragen Sie sie, was Sie fragen müssen, Craig, und zwar so rasch wie möglich. Wir haben noch eine Menge Arbeit vor uns, wie Sie zweifellos wissen.«

Craig schritt unverzüglich zur Tat. »Schildern Sie mir doch bitte die genauen Umstände, unter denen Sie Purvis vorfanden.«

»Da gibt's nicht viel zu schildern, Inspector«, erwiderte Palmer bereitwillig. »Ich ging an diesem Zimmer vorbei, das wir ›die Butler-Anrichte‹ nennen, wissen Sie, und da stand die Tür offen. Und wie ich so vorbeigeh, da seh ich, dass er da sitzt und ganz merkwürdig ausschaut, ganz krank und so zusammengekauert … Ich hab 'nen ganz schönen Schreck gekriegt. Irgendwas sagte mir, ich soll reingehen und ihn mir näher anschauen – weil von draußen konnte ich ja nicht viel erkennen –, etwas sagte mir, dass irgendwas mit ihm nicht in Ordnung war. Wie ich näher kam, sah ich ihn so komisch auf seinem Stuhl hocken, und da wusst' ich gleich, dass er tot war. Da hab ich geschrien und bin auf den Korridor gerannt. Ich war erst ein kurzes Stück gelaufen, als ich in Mr Desmond reinrannte und Dr. Carrington … Und mehr kann ich dazu nicht sagen.«

»Woher haben Sie gewusst, dass Purvis tot war?«

»Nun ja, ich hab's nicht in dem Sinn *gewusst*, dass ich mir sicher gewesen wäre, so weit würd' ich mich nicht vorwagen, steht mir ja gar nicht zu – ich hab's mir bloß *gedacht*, weil sein Gesicht so schrecklich aussah. Es hatte auch so eine grässliche Farbe.«

»Wie spät mag es da gewesen sein?«

Über diese Frage sann Palmer geraume Zeit nach, bevor sie sich an das gefährliche Abenteuer einer Antwort wagte.

»Ungefähr Viertel nach zwölf«, sagte sie schließlich.

»Als Sie Ihre Entdeckung gemacht haben, wussten Sie da bereits, was Hammond zugestoßen war?«

»Nein, Sir. Ich hatte noch nichts davon gehört. Niemand hat mir auch nur ein Sterbenswörtchen gesagt.«

»Und auch nichts darüber, dass Ihr Brotherr schon des Längeren abwesend war, nehme ich an?«

»Davon hab ich überhaupt nichts gewusst.«

»Was halten Sie von der Sache, Bathurst?«, fragte Sir Austin. »Möchten Sie Palmer auch eine Frage stellen?«

»Das will ich tatsächlich, Sir. Ich habe da so eine Ahnung …« Anthonys graue Augen richteten sich auf Palmer und hielten ihren Blick fest. »Wann haben Sie Purvis zuletzt gesehen, bevor Sie ihn fanden?«

»Wann ich ihn zuletzt lebend gesehen hab?«

»Ganz recht!«

»Als er kurz vor Sir Eustace aus dem Speisesaal gegangen ist. Danach habe ich ihn nirgends mehr gesehen.«

Diese Antwort, so schien es dem Polizeichef, war für Anthony enttäuschend. Er nahm einen neuen Anlauf. »Haben Sie Sir Eustace noch einmal gesehen, nachdem er den Speisesaal verlassen hatte?«

Erneut schüttelte die Dienstmagd den Kopf. »Hab keinen von beiden mehr zu Gesicht bekommen, Sir. Aber dafür hab ich sie hier im Zimmer reden hören.«

»Das haben Sie?!«, rief Mr Bathurst, und seine Augen blitzten auf. »Und wann mag das gewesen sein?«

»Ungefähr so um zehn rum, Sir, würd' ich sagen, besser weiß ich's nicht.«

»Und wen haben Sie hier im Zimmer gehört? Verstehe ich richtig, dass von Sir Eustace Vernon und Purvis die Rede ist?«

»Ich glaub jedenfalls, dass sie es waren, Sir. Ganz deutlich hab ich gehört, wie eine Stimme sagte: ›Das ist etwas ganz Wichtiges, Purvis, vergessen Sie es nicht‹, und dann hör ich Purvis antworten: ›Sehr wohl, Sir‹, als ob er eben gesagt bekommen hätte, dass er einen Auftrag erledigen soll. Und dann hab ich noch eine dritte Stimme gehört, die hat auch was gesagt.«

»Was!«, schrie Craig. »Was reden Sie da? Eine dritte Stimme?«

»Genau so hab ich's gesagt, Inspector«, erwiderte Palmer in aller Gemütsruhe, »und ich mein es auch so. Da besteht kein Grund, mich anzuschnauzen. Eine dritte Stimme, ja! Und es war eine Männerstimme.«

»Haben Sie sie erkannt?«, fragte Mr Bathurst.

»Das will ich nicht behaupten, Sir. Das macht mich schon die ganze Zeit so verrückt, weil ich versuch, diese Stimme einzuordnen. Ich hab mir wirklich Mühe gegeben, das können Sie mir glauben. Ich komm einfach nicht drauf, wer es ist. Aber am meisten stört mich, dass ich diese Stimme schon früher mal gehört habe, und nicht grad selten.«

»Das wird ja immer interessanter«, bemerkte Mr Bathurst. »Wo denn?«

»Ich weiß es nicht – das ist ja grade das Problem.«

»Und wann?«

Palmer überlegte. Anthony ließ nicht locker.

»Kürzlich?«

Nun leuchteten ihre Augen vor Aufregung. »Ja! Grad vor Kurzem erst! In den letzten ein, zwei Wochen!«

»Haben Sie sich während dieser Zeit in oder in der Nähe von Vernon House aufgehalten?«

»Ja, Sir, ich bin schon seit Michaeli nicht mehr weiter weg als Mapleton gewesen. Wir kriegen hier nicht oft Gelegenheit, uns zu amüsieren.«

»Dann sollte derjenige, dem die Stimme gehört, nicht allzu weit entfernt wohnen«, schloss Mr Bathurst. Er schritt durchs Zimmer, von Palmer fort ... Dann wirbelte er plötzlich herum und wandte sich wieder an das Dienstmädchen. »Es kann manchmal sehr schwierig sein, eine Stimme einem Menschen zuzuordnen. Es könnte sogar sein«, fuhr er fort, »dass Sie diese Stimme seitdem wieder gehört und *nicht* erkannt haben. Das wäre doch durchaus möglich, meinen Sie nicht?«

KAPITEL 12

Der Arzt und der Major

»Seit dem Lunch geht es mir besser«, bemerkte Sir Austin, »sehr viel besser. Ich finde, in einem englischen Landhaus ist die Stunde nach dem Mittagessen die angenehmste des ganzen Tages. Sie stimmt so friedlich. Oder, Bathurst?«

»Ja, und dasselbe gilt für die Mahlzeit an sich, Sir Austin. Ich muss sagen, im Jahreslauf ist gerade der Lunch häufig eine äußerst amüsante Angelegenheit. Die Teestunde kann da gar nicht mithalten.«

»Ganz recht. Ganz recht. Wen möchten Sie nun als Ersten vernehmen, Craig? Sind alle gekommen?«

»Sie sind alle hier, Sir, Mr Desmond hat mich eben darüber informiert. Alle sind anwesend, und wir können, sobald es Ihnen genehm ist, mit der Befragung beginnen. Haben Sie einen besonderen Wunsch, wer als Erster drankommt?«

»Ich beabsichtige nicht, Ihnen die, äh, Vorarbeit aus der Hand zu nehmen, Craig. Dies sei mir fern – fahren Sie einfach fort, als wäre ich gar nicht anwesend. Betrachten Sie mich schlicht als eine interessierte, äh, Partei. Schicken Sie zunächst nach Dr. Carrington.«

»Nehmen Sie Platz, Doktor«, sagte der Inspector, als der Arzt forschen Schrittes das Zimmer betrat. Craig machte eine Geste zu dem Stuhl, auf dem Carrington sowie die anderen Zeugen sitzen sollten.

»Guten Tag, Gentlemen«, grüßte der Arzt.

»Gestern Abend konnte ich Ihnen kaum Fragen über Sir Eustace stellen, weil ich mich auf den Todesfall Purvis konzentrieren musste. Soweit ich gehört habe, Dr. Carrington, waren Sie der Hausarzt des verstorbenen Baronets?«

»Das ist richtig, Inspector.«

»War er in guter Verfassung?«

»Ja – und nein. Damit meine ich Folgendes: Organisch gesehen war Sir Eustace recht gesund und von robuster Konstitution. Sein Nervensystem war jedoch durch eine überstandene Influenza-Infektion angegriffen. Mit einer Grippe ist eben nicht zu spaßen! Einige Wochen vor Weihnachten litt Sir Eustace an akuten Nervenschmerzen und ließ mich kommen, damit ich ihm ein Rezept ausstellte. Ich habe ihn aufgepäppelt und hätte ihn mit der Zeit auch wieder vollständig hergestellt.«

In diesem Augenblick wurde dem Arzt zum ersten Mal bewusst, wie scharf Mr Bathurst ihn beobachtete. Er veränderte seine Sitzposition – geringfügig.

»Deutete Sir Eustace' Zustand auf einen möglichen Selbstmord hin?«

Dr. Carrington zuckte die Achseln. »Sie meinen, ob solch ein Vorfall mich überrascht hätte?«

»Etwas in der Art.«

»Als Arzt habe ich gelernt, mich von *nichts mehr* überraschen zu lassen. Mit Sicherheit kann ich aber sagen, dass ich es im Falle von Sir Eustace niemals *erwartet* hätte.«

Craig nickte zum Zeichen, dass er dieses Argument nachvollziehen konnte. »Ist Ihnen an Sir Eustace' Verhalten während des Dinners irgendetwas aufgefallen, das Ihnen andeutete, dass er kurz vor einem – ich will es mal so sagen: Zusammenbruch stand?«

»Nun, er wirkte zweifellos sehr angespannt, aber ich würde nicht so weit gehen, Ihre Frage mit einem ›Ja‹ zu beantworten, Inspector. Um Ihnen ein Beispiel zu geben: Eines der Mädchen ließ ein Tablett fallen – der Lärm hat ihn sichtlich erschüttert … Aber Selbstmord auch nur in Erwägung zu ziehen, ist für einen Menschen ein großer Schritt – von der Ausführung gar nicht erst zu reden.«

Mr Bathurst, der auf der anderen Tischseite saß, beugte sich interessiert vor. »Anscheinend verkündete Sir Eustace beim Dinner, dass er eine böse Nachricht erhalten habe. Haben Sie das mit eigenen Ohren gehört?«

»Durchaus.«

»Uns wurde gesagt, Sie hätten bei Tisch in seiner Nähe gesessen, genauer gesagt: zu seiner Rechten – stimmt das?«

»Durchaus.«

»Haben Sie dann irgendeine Vorstellung von der *Art* dieser Nachricht? War es ein Brief oder eine kurze schriftliche Botschaft oder eine mündliche? Da Sie direkt neben ihm saßen, müssen Sie doch etwas mitbekommen haben. Sie ahnen, worauf ich hinauswill, nicht wahr?«

»Ich verstehe, was Sie meinen. Aber ich habe wirklich nichts bemerkt. Ich war völlig überrascht, als Sir Eustace sich ohne Vorwarnung erhob und verkündete, er müsse uns umgehend verlassen. Das kam wie ein Blitz aus heiterem Himmel. Ich war regelrecht konsterniert.«

Mr Bathurst flüsterte Sir Austin etwas zu. Der Polizeichef machte ein finsteres Gesicht, nickte dann aber und sagte etwas zu Craig; offensichtlich handelte es sich um eine Anweisung. Mr Bathurst wartete, bis Sir Austin geendet hatte. Dann wandte er sich wieder Dr. Carrington zu. Die nächste Frage versetzte dem Arzt einen Schreck, wie er sah. »Sie erinnern sich doch an den roten Knallbonbon, den wir bei Purvis gefunden haben, nicht wahr? Ist Ihnen zufällig aufgefallen, ob Sir Eustace beim Verlassen der Tafel einen solchen Bonbon mitnahm? Vielleicht aus Unachtsamkeit – oder gar Zerstreutheit?«

Dr. Carrington schüttelte den Kopf. »Nicht dass ich wüsste. Aber, wenn ich das sagen darf, das scheint mir doch eine höchst merkwürdige Frage zu sein.«

»Nicht so merkwürdig, wie Sie vielleicht glauben, Doktor«, entgegnete Mr Bathurst ungerührt. »Denn ein roter Knallbonbon wie der, den wir bei Purvis fanden, wurde auch an der Leiche von Sir Eustace entdeckt – und Sir Eustace ist, wie wir inzwischen stark vermuten, Opfer eines Mordes geworden.«

Carrington richtete sich bolzengerade auf; in sein Erschrecken mischte sich Fassungslosigkeit. »Ermordet?«, wiederholte er tonlos.

»Leider ja«, gab Anthony zurück. »Auch wenn seine Leiche auf den Gleisen in der Nähe des Bahnübergangs gefunden wurde, der als Dyke's Crossing bekannt ist. Sein Körper wies unzweifelhaft Anzeichen dafür auf, dass er von einem Zug überfahren wurde. Wir haben jedoch allen Grund zur Annahme, dass er von hinten in den Kopf geschossen und dann erst zu dem Bahnübergang gebracht wurde.«

»Mein Gott!«, rief Carrington aus. »Das können Sie doch nicht ernst meinen … Wie schrecklich! Wie wurde er denn dorthin gebracht? Wie kann man eine Leiche …?«

»Soweit wir wissen, in seinem eigenen Wagen«, antwortete Bathurst.

»Das verschlägt mir den Atem. Es scheint unglaublich!«

»Ich muss also davon ausgehen, Dr. Carrington, dass Sie nichts weiter zur Aufklärung beitragen können? Sie wissen nicht, ob Sir Eustace Feinde hatte?«

Carrington zog leicht entrüstet die Augenbrauen in die Höhe. »Als sein Arzt kann ich über gewisse Seiten seines Charakters kaum unterrichtet gewesen sein, das ist ja wohl klar. Ich habe Sir Eustace immer nur dann gesehen, wenn er krank war und mich rufen ließ. Natürlich lernten wir uns mit der Zeit besser kennen. Mir fällt aber niemand ein, der Grund gehabt hätte, Sir Eustace zu schaden oder ihm Böses zu wünschen.« Er verstummte, fuhr jedoch sogleich fort: »Ich möchte Ihnen nun meinerseits eine Frage stellen, Gentlemen, wenn Sie gestatten. Sie behaupten, dass ein Knallbonbon wie der, den man bei der bedauernswerten Purvis fand, auch bei Sir Eustace Vernon entdeckt worden sei. Soll ich das so verstehen, dass darin auch die gleiche Nachricht steckte? Oder zumindest eine ähnliche?«

Der Inspector gab bereitwillig Antwort. »So ist es, Doktor. Sie war identisch, womit ich sagen will, sie war in den gleichen Worten abgefasst: ›*Noch eine Stunde zu leben: Du bezahlst Deine Schuld – heute Nacht!*‹«

»In derselben Handschrift?«, fragte Carrington.

»Soweit wir bislang wissen – nein.«

»Beide scheinen Opfer desselben diabolischen Plans geworden zu sein«, brummte der Arzt, »abgesehen natürlich von Vernons Brief, der ja auf Selbstmord deutete. Das ist alles schwer zu erklären, zumindest für mich. Ich bin natürlich kein Ermittler, aber …«

»Der Fall weist bizarre Merkmale auf, allerdings, da bin ich ganz Ihrer Ansicht, Doktor«, pflichtete Sir Austin bei. »Würden Sie nun bitte Major Prendergast Bescheid geben, dass wir ihn sprechen möchten?«

»Noch eine letzte Frage, Dr. Carrington«, ließ sich Anthony Bathurst vernehmen. »Nach Ihrer Kenntnis von Sir Eustace: Würden Sie ihn als das beschreiben, was man gemeinhin einen ›Frauenheld‹ nennt?«

Carrington überlegte einen Moment, bevor er antwortete. »Ich würde ihn ohne Zögern als einen Mann beschreiben, der das andere Geschlecht *verehrte*, der ihm von Herzen zugetan war. Weiter würde ich jedoch nicht gehen. Sonst täte ich ihm Unrecht.«

»Ich danke Ihnen, Doktor«, sagte Mr Bathurst freundlich.

Major Prendergast nahm die Nachricht von Sir Eustace' Tod mit stoischer Ruhe auf. Die Einzelheiten, über die er vorher vermutlich nicht unterrichtet gewesen war, riefen bei ihm weniger Gemütsbewegung hervor als bei Dr. Carrington. Als der Inspector erwähnte, dass Sir Eustace hinterrücks erschossen worden sei, schüttelte der Major nur traurig den Kopf.

»Ich kann nicht sagen, dass mich das wirklich überrascht, Inspector. Von Anfang an – oder vielmehr seit der Entdeckung von Vernons Abschiedsbrief – hatte ich das Gefühl, seine Absicht, sich das Leben zu nehmen, könne nur von dem Wunsch beseelt sein, einem womöglich schlimmeren Schicksal zu entrinnen. Er war ein tapferer Mann, Inspector, der seinen Mut auch zur Genüge bewiesen hatte.«

»Das habe ich auch gehört, Major. Sie wissen wohl nicht zufällig etwas, das uns bei unseren Ermittlungen weiterhilft oder in irgendeiner Weise Licht auf diese dunkle Angelegenheit wirft? Nichts, was der Erwähnung wert wäre?«

Major Prendergast schüttelte langsam den Kopf. »Ich fürchte, nein. Ihr Problem, Inspector, besteht, wie mir scheint, in der althergebrachten Frage nach dem ›Motiv‹. Das trifft natürlich auf die meisten Verbrechen zu, doch bei einem feigen Mord wie diesem ist es –« Er brach plötzlich ab. »Beim Zeus, Inspector! Wenn das mal nicht auffällig ist … Während ich meine Gedanken zum Thema ›Motiv‹ darlegte, bin ich im Geiste Leute durchgegangen, die von Sir Eustace' Tod profitieren könnten. Und beim Zeus! Mir ist jemand eingefallen!«

»Und zwar wer?«, fragte Craig neugierig.

»Ich selbst, Sir, das ist die traurige Wahrheit.«

Mr Bathurst begann sich Gedanken über einen absolut faszinierenden Interessenkonflikt zu machen. Sollte es etwa um Diana Prendergast gegangen sein?

»Sie?«, hakte Craig nach. »Und inwiefern?«

»Ich will ganz offen mit Ihnen sein, Inspector, denn ich finde nicht, dass es einen Sinn hat, irgendetwas zu verschweigen. Ich war schon immer dafür, die Dinge geradeheraus zu sagen, und glaube nicht, dass etwas gewonnen werden kann, indem man Fakten verheimlicht. Wie Sie ja wissen, waren wir Nachbarn, Sir Eustace Vernon und ich. Mein Landsitz Camberley House grenzt an Sir Eustace' Ländereien. Doch ein Teil meines Grundbesitzes gehörte einst zum Vernon House Estate. Immer wieder wurde Land verkauft, und zurzeit sind die beiden Anwesen durch einen Streifen getrennt, der als der ›Öde Forst‹ bezeichnet wird. Sowohl Vernon als auch ich brannten darauf, dieses Stück zu erwerben; jeder hatte schon eigene Verhandlungen mit dem Besitzer aufgenommen. Hätte einer von uns sich vom Kauf zurückgezogen, dann wäre der Handel mit dem anderen perfekt gewesen. Da wir jedoch beide am Ball blieben, zögerte der Eigentümer mit dem Verkauf. Ich glaube, in der Besitzurkunde existiert eine Klausel oder etwas Ähnliches, dass die Erlaubnis zum Verkauf und auch die Zustimmung zum Käufer sowohl von dem Grundbesitzer von Vernon House als auch von dem Herrn von Camberley House abhängt. Denn ursprünglich, müssen Sie wissen, war das Ganze ein zusammenhängender Besitz, und sämtliche Anteile daran waren nicht so leicht voneinander zu trennen. Die wichtige Frage aber ist, *warum* wir beide derart am Kauf des Öden Forsts interessiert waren.« Er schwieg unvermittelt, als wollte er abwarten, welche Wirkung die Geschichte auf seine Zuhörer ausübte.

»Nun sagen Sie schon!«, drängte Craig.

»Einen Augenblick, bitte, Inspector, Major«, schaltete sich Mr Bathurst leise ein. »Wem gehört denn nun der Öde Forst wirklich?«

»Oliver Venables, dem älteren Bruder des Bürgermeisters von Mapleton, der gestern Abend mit uns dinierte.«

»Danke, Major. Würden Sie bitte fortfahren?«

»Der Grund, warum sowohl Sir Eustace als auch ich den Öden Forst erwerben wollten, war die Zinnader, die unter dem Waldstück liegt. Ich erhielt den Hinweis aus sehr verlässlicher, einflussreicher Quelle und zweifle nicht daran, dass Vernon so ziemlich dasselbe gehört haben muss. So wie die Sache im Moment steht, hoffe ich, den Handel mit Venables noch diese Woche abschließen zu können – und er wird für sein Land einen guten Preis bekommen. Wenn mein Informant sich nicht irrt, so wird die Zinnader unter dem Öden Forst einen jährlichen Ertrag von tausend Tonnen bringen, das entspricht ungefähr 120 000 Pfund Sterling in klingender Münze. Dann – aber erst *dann* – wird Oliver Venables wünschen, er hätte nicht verkauft.« Major Prendergast hüstelte; offenkundig beglückwünschte er sich zu seinem ungewöhnlichen Scharfsinn in Geschäftsdingen.

»Zwischen dem Ende des Dinners und den ersten Anzeichen, dass im Haus etwas nicht stimmte – wo haben Sie sich während dieser Zeit aufgehalten, Major?«

»Hauptsächlich im Musikzimmer, Inspector, in Gesellschaft von Miss Ashley, Father Jewell und Mrs Trentham. Für kurze Zeit bin ich auch im Billardzimmer gewesen und habe Desmond und Dr. Carrington dabei zugeschaut, wie sie sich an ein paar schwierigen Karambolagen versuchten. Auf jeden Fall habe ich mich die ganze Zeit über nur in diesen Räumen aufgehalten.«

»Von Desmond habe ich gehört, lediglich er und Dr. Carrington hätten gestern Abend Billard gespielt. Und der Doktor bestätigt diese Aussage. Sie waren also nicht beteiligt?«

»Ich habe es Ihnen doch gesagt, Inspector: Ich schaute nur zu. Wenn Sie annehmen, dass ich mich ungefähr zwanzig Minuten lang im Billardzimmer aufgehalten habe, dann liegen Sie vermutlich goldrichtig. Ich habe Sir Eustace Vernon nicht umgebracht, falls es das ist, was Sie hier –«

»Ich muss doch sehr bitten, Major«, sagte Mr Bathurst. »Ich bin sicher, Inspector Craig wäre der Letzte, dem so etwas einfiele … Aber eigentlich wollte ich Sie etwas ganz anderes fragen. Als Sie zusammen mit Dr. Carrington das Nebenzimmer in Augenschein nahmen« – Anthony deutete auf die Bibliothek –, »da rauchten Sie, wie ich hörte, eine Zigarre. Stimmt das?«

Verblüffung verzerrte die fülligen Züge Major Prendergasts. »Das stimmt, Sir. Und was ist dabei? Ich habe mir eben eine Zigarre angezündet, um meine Nerven zu beruhigen. Die ganze Situation war nämlich verdammt ungemütlich.«

»Daran zweifele ich keinen Augenblick, Major. Ich frage auch aus einem ganz anderen Grund. Zunächst einmal möchte ich die Tatsache festhalten, dass Sie *tatsächlich* geraucht haben. Aber darüber hinaus geht es mir um Folgendes: War es nötig, den schweren Vorhang beiseitezuziehen, damit Sie das Zimmer mit dem Safe betreten konnten?«

Major Prendergast wirkte ein wenig verwirrt, dachte jedoch umso intensiver nach. Dann nickte er langsam. »Ja, jetzt entsinne ich mich – ich habe den Vorhang zur Seite gezogen.«

»Danke sehr. Blieb der Vorhang aufgezogen, während Sie und die anderen sich in der Bibliothek umsahen?«

»Ja, soweit ich mich erinnern kann, hat ihn keiner mehr angerührt. Bestand ja auch kein Grund dazu. Aber ich weiß nicht, worauf Sie mit all diesen Details hinauswollen.«

»Nur Mut, Major! Irgendwie glaube ich, dass Sie nicht der Einzige sind, dem das nicht klar ist.«

Inspector Craig, der durchaus einen Sinn für die Ironie der Bemerkung hatte, warf Mr Bathurst einen scharfen Blick zu – doch dieser hielt seine Augen auf etwas anderes gerichtet.

KAPITEL 13

Und einige andere Zeugen

Mit wichtiger Miene nahm Sir Austin Kemble den Faden des Gesprächs wieder auf. »Ich nehme an, Mrs Prendergast könnte uns auch nicht mehr sagen, Major?«

Mr Bathurst beobachtete aufmerksam das Gesicht des Befragten, als dieser Antwort gab.

»Meine Frau, Sir? Auf keinen Fall. Du lieber Himmel! Die ganze Sache hat sie furchtbar aufgeregt, das kann ich Ihnen versichern. Und was die vage Möglichkeit angeht, Sie könnte etwas bemerkt haben … das können Sie vergessen. Während des Dinners hat sie an meiner Seite gesessen und danach die ganze Zeit über Bridge gespielt, und zwar mit Alderman Venables, Mrs Venables und Trentham. Als der Aufruhr begann – der erste Alarm in dieser teuflischen Nacht –, war es bereits so spät, dass die Venables sich schon zur Heimfahrt rüsteten.«

Sir Austin schob seine Unterlippe vor und nickte. »Verstehe. Dann will ich Sie nicht länger aufhalten. Wären Sie so nett, Father Jewell Bescheid zu sagen, dass wir ihn sprechen wollen?«

Major Prendergast verneigte sich leicht und verließ das Zimmer. Kaum hatte sich die Tür hinter ihm geschlossen, wurde sie auch schon wieder aufgemacht und Father Jewell betrat das Zimmer. Seine hochgewachsene, düstere Gestalt bildete nicht nur zu den Gentlemen im Raum einen frappierenden Kontrast, sondern auch zu den beiden Herren, die vorher vernommen worden waren.

»Ich habe die Ehre, wie ich annehme, das Wort an Sir Austin Kemble richten zu dürfen, den Polizeipräsidenten?« Seine Stimme war die eines geübten Orators, und Anthony machte sich sogleich im Geiste einen Vermerk darüber.

»Ich bin Sir Austin Kemble, ja. Dieser Gentleman ist Mr Anthony Bathurst, ein enger Freund, und das hier ist Inspector Craig. Er möchte Ihnen ein oder zwei Fragen über die Vorfälle der vergangenen Nacht stellen. Natürlich muss ich nicht extra betonen, dass dies absolut notwendig ist.«

Craig wählte seine übliche Einleitung: »Sie wissen nicht zufällig etwas, Father, das uns weiterhelfen könnte beim Versuch, zu verstehen, was gestern Nacht hier passiert ist? Wir haben ja die Pflicht, möglichst zum Kern des Falles vorzudringen, und alles, was Sie sagen, kann uns auf die richtige Spur bringen.«

»Ich glaube nicht, dass ich Ihnen in irgendeiner Weise behilflich sein kann, Inspector. Sir Eustace' trauriges Ende … und Purvis' Tod … und die Entdeckung, dass Letztere ihr wahres Geschlecht vor der Welt verheimlichte … All das stellt mich vor große Rätsel. Die ganze Angelegenheit macht mich fassungslos! Ich wüsste auch nicht, woher *Sie*

Aufklärung erhalten sollten, Inspector. Die Wege des Herrn sind unergründlich. Im Garten der menschlichen Seele wächst bedauerlicherweise viel Unkraut, und Er wählt oft geheimnisvolle Wege, um Seine göttlichen Ziele zu verfolgen. Als Angehöriger des geistlichen Standes –«

»Ganz recht, Father. Aus Ihren Worten spricht die lautere Wahrheit. Ihnen fällt also nichts ein, das Sie der Erwähnung wert halten?«

»Überhaupt nichts, Inspector.«

Father Jewell verschränkte seine Hände mit den langen zitternden Fingern hinter seinem Rücken. Craig schlug einen anderen Kurs ein. »Leider haben wir Grund zu der Annahme, dass Sir Eustace ermordet wurde, Father, und dass sein beabsichtigter Freitod daher –«

»Das ist mir bereits bekannt, Inspector«, sagte der Geistliche gelassen. »Ich habe gehört, dass er von hinten in den Kopf geschossen worden sei.«

»Und wo, wenn ich fragen darf, haben Sie das gehört?«

»Vor ein paar Minuten von Dr. Carrington. Er hat mir die Fakten mitgeteilt, soweit sie ihm bekannt waren. Er sagte, er habe es von Ihnen erfahren.«

Craig runzelte unmutig die Stirn. Es hatte durchaus nicht in seiner Absicht gelegen, dass der Arzt die Information verbreitete. Bei einem Angriff darf auf keinen Fall das Überraschungsmoment vernachlässigt werden. Der Inspector hatte gehofft, mehr als einen der Weihnachtsgäste mit den Fakten von Sir Eustace' Tod überrumpeln zu können, um auf diese Weise Reaktionen oder Erwiderungen zu erhalten, aus denen sich Erkenntnisse ableiten ließen. Sein Unmut war immer deutlicher zu spüren. Anthony eilte dem Inspector zu Hilfe.

»Es erscheint mir merkwürdig, Father, dass jemand gegen einen Mann wie Sir Eustace Vernon Mordabsichten hegen sollte. Dem Vernehmen nach wird seine Position in Mapleton ja kaum zu ersetzen sein.«

»Es freut mich, dass Sie das sagen, Mr Bathurst. Erlauben Sie mir aber anzumerken, dass keiner von uns unersetzlich ist. Und es ist nur recht und billig, wenn wir diese Tatsache in tiefster menschlicher Demut anerkennen. Das wäre besser für die Welt. In den Augen des Allmächtigen sind wir nur winzige Atome. Und zu Ihrer Frage, ob Sir Eustace die Feindseligkeit eines Mitmenschen auf sich gezogen habe: Gewalt und Hass können sich nur zu rasch entwickeln, und wenn die bösen Leidenschaften erst einmal erregt sind, bemächtigen sie sich der friedlichsten Naturen. ›Irren ist menschlich‹ – diese Schwäche tritt mir mit jedem Tag, den ich erlebe, deutlicher ins Bewusstsein.« Seine Stimme bebte vor Ingrimm. »Die Welt mit ihrer Erbsünde wählt stets den Verbrecher Barabbas, während Jesus Christus Tag für Tag aufs Neue ans Kreuz geschlagen wird. Er existiert auf dem Blutgerüst und nicht auf dem Thron, der ihm doch eigentlich zusteht.« Inbrünstig hob Father Jewell seine rechte Hand. Mr Bathurst ließ einige Augenblicke Schweigen walten, denn er respektierte die Haltung des Geistlichen, die von Herzen kam. Dann aber stellte er seine nächste Frage, die einen ganz unerwarteten Punkt ins Spiel brachte. Selbst

Sir Austin Kemble wartete gespannt darauf, welche Antwort der Priester geben würde.

»Als Hammond erzählte, dass sie von einer Frau angegriffen worden sei – wen haben Sie da verdächtigt?«

»Verdächtigt?«, donnerte der Priester völlig überrascht und leicht empört. »Was wollen Sie damit andeuten? Warum sollte ich eine –?«

»Frau verdächtigen?«, fragte Mr Bathurst kühl. »Immerhin hielten sich an dem Abend doch mehrere Frauen in Vernon House auf. Und warum sollte man Hammonds Geschichte in Zweifel ziehen? Als sie eine Frau beschuldigte, haben Sie doch sicherlich alle an die im Haus anwesenden Frauen gedacht, nicht wahr?«

»Die im Haus anwesenden Frauen? Ich sehe nicht ein, warum –«

»Wollen wir uns doch bitte mal einen Augenblick auf die fraglichen Personen konzentrieren. Da haben wir Miss Ashley, Mrs Prendergast, Mrs Trentham, Mrs Venables – die Bürgermeisterfrau von Mapleton –, Palmer, das andere Dienstmädchen, und die Butlerin Purvis dürfen wir ja auch nicht vergessen. Haben Sie vielleicht eine von ihnen im Verdacht, den Angriff auf Hammond verübt zu haben, zum Beispiel Mrs Prendergast oder Mrs Venables oder –?«

»Das habe ich nicht! Und zwar aus dem guten Grund, dass ich keinerlei Veranlassung dazu sah. Meiner Meinung nach richtete sich Hammonds Beschuldigung gegen eine Fremde. Wenn es jedoch eine Dame gibt, die über jeden Verdacht erhaben ist, so ist es Mrs Prendergast. Es geschieht nicht oft, dass uns der Schöpfer einen Seiner reinen Engel auf die Erde schickt, um unsere Bürde zu erleichtern und unseren Weg zu erleuchten. Nicht eben häufig gießt Er Seine göttliche Güte so überreich in eine menschliche Form. Diana Prendergast ist eine Dame, für deren Existenz wir dem Herrgott unseren Dank entrichten sollten.«

»Und nicht nur Sie denken so, Father Jewell?«

»Nicht nur ich ... Mr Bathurst!« Aus dem Gesicht des Priesters sprach der kalte Glanz tief empfundener, zölibatärer Schwärmerei. »Es gibt Hunderte von Menschen hier in –«

Mr Bathurst fiel ihm schroff ins Wort. »Darf ich beispielsweise annehmen, dass Sir Eustace Vernon Ihre Ansicht teilte?«

Father Jewell stutzte und richtete sich zu seiner vollen Größe auf, als wollte er seinem Protest noch zusätzlich Nachdruck verleihen. Dann jedoch besann er sich. Es sah so aus, als nähme er Abstand von dem, was er hatte sagen wollen. Er gestattete sich sogar die Andeutung eines Achselzuckens. »Ich zweifele nicht daran, dass Sir Eustace Vernon Mrs Prendergasts Qualitäten in der gleichen Weise zu schätzen wusste wie ich – oder wir alle. Wenn Ihre Frage eine Anspielung sein soll, so bedaure ich, Ihnen nicht folgen zu können. Ich finde diese Art Unterstellung unerfreulich.«

Mr Bathurst ließ sich nicht auf eine Diskussion ein. »Sir Eustace war ein tapferer Mann, wie Sie ja wissen, Father. Und tapfere Männer ...« Er wandte sich an Craig. »Ich habe keine weiteren Fragen mehr an Father Jewell, Inspector. Sie?«

»Nicht?«, hakte Sir Austin nach, als Craig den Kopf schüttelte. »Dann möchte Father Jewell vielleicht so freundlich sein, Mr Trentham hereinzuschicken? Ich danke Ihnen.«

In raschem Schritt, aber dennoch würdevoll verließ der Geistliche das Zimmer.

Morris Trentham machte einen erschütterten Eindruck; er gehörte offenkundig nicht zu den Menschen, die Problemen mit Gelassenheit begegnen können. Trentham gab sich äußerst wortkarg und schien die Tatsache, dass Sir Eustace einem Mord zum Opfer gefallen war, mit stumpfsinniger Resignation akzeptiert zu haben. Seine Haltung schien auszudrücken: »Nach den Vorfällen von gestern Nacht, die mir gründlich das Weihnachtsfest verdorben haben, bin ich auf *alles* gefasst, und nichts, was Sie sagen, kann mir noch eine Überraschung bereiten.« Er sei Börsenmitglied, vertraute er den beiden Polizeibeamten und Bathurst an, und habe geschäftlich mit dem Ermordeten zu tun gehabt; aus diesen Verbindungen habe sich dann so etwas wie eine Freundschaft entwickelt. Wie bitte? Ob er einen Mr Paget-Colvin kenne? Trentham musterte Mr Bathurst, der die Frage gestellt hatte, einigermaßen erstaunt. Sicherlich habe er vor vier oder fünf Jahren einen Gentleman dieses Namens gekannt, Mr Paget-Colvin habe ihn Sir Eustace ja überhaupt erst vorgestellt. Mr Paget-Colvin habe für Sir Eustace einige sehr erfolgreiche Transaktionen getätigt – Gummi, soweit ihm bekannt sei. Doch inzwischen habe Mr Paget-Colvin längst seinen Ruhestand angetreten und lebe nun irgendwo in Südengland, entweder in Hampshire oder in Dorset, da sei er sich nicht ganz sicher. Auf Inspector Craigs Frage gab Morris Trentham an, dass er in der Tat nach dem Dinner mit dem Ehepaar Venables und Mrs Prendergast Bridge gespielt habe. Natürlich sei ihm aufgefallen, dass Sir Eustace nicht mehr aufgetaucht sei, und er habe sich gefragt, was ihn wohl aufhalten könnte. Er, Trentham, sei derjenige gewesen, der bei der improvisierten Suche im Garten bemerkt habe, dass Sir Eustace' Wagen sich nicht in der Garage befunden habe. Doch darüber hinaus könne er überhaupt nichts Hilfreiches beitragen. Mr Bathurst erhob sich von seinem Stuhl und beriet sich in gedämpftem Ton mit Sir Austin Kemble. Der Polizeichef lauschte aufmerksam und schien Mr Bathursts Vorschlag zuzustimmen.

»Gewiss, Bathurst, auf jeden Fall.«

»Danke«, sagte Anthony. »Möchten Sie …?«

»Mr Trentham«, verkündete Sir Austin. »Wir würden nun gerne Mrs Trentham befragen. Sie ist ja in gewisser Weise für diese Morduntersuchung von Belang, da sie gestern Abend beim Dinner neben Sir Eustace gesessen hat. Sie dürfen selbstverständlich während der Befragung Ihrer Frau dabei sein. Ich möchte sie nicht über Gebühr belasten. Inspector! Rufen Sie jetzt Mrs Trentham herein.« Da der Polizeichef sich an Inspector Craig wandte, entging ihm der Ausdruck starken Missbehagens, der sich in Trenthams Miene zeigte. Offenbar hatte er nicht erwartet, dass Scotland Yard auch seine Frau vernehmen würde. Als Mrs Trentham eintrat, kreuzten sich die Blicke der Eheleute, doch selbst einem scharfen Beobachter wie Mr Bathurst war es nicht möglich, die genaue Bedeutung dieses Blickwechsels zu enträtseln. Ruby Trentham war ausnehmend bleich, was jedoch ihre beinahe südländische Schönheit umso stärker hervorhob. Mr Bathurst, immun gegen weibliche Reize, ermahnte sich, nicht zu vergessen, dass sie die Dame sei, die auf Sir Eustace' ausdrücklichen Wunsch beim Dinner neben ihm sitzen sollte. In diesem Sinne wollte er sie befragen, denn es schien ihm für den Fall höchst bedeutsam.

»Nehmen Sie doch bitte Platz, Mrs Trentham.« Anthony wies auf einen Stuhl, auf den sich die Dame mit sichtlicher Erleichterung sinken ließ. »Zweifellos haben Sie inzwischen die genauen Umstände erfahren, unter denen Ihr Gastgeber zu Tode kam. Leider glauben wir, dass es Mord war, und ein sehr feiger Mord dazu: Schuss in den Hinterkopf. Ein höchst abscheuliches Verbrechen, zu dessen Aufklärung wir alle unsere Kräfte aufbieten müssen. Ich möchte Sie nun Folgendes fragen: Sie saßen an dem fraglichen Abend unmittelbar zur Linken Ihres Gastgebers. Können Sie mir vielleicht sagen, ob Sir Eustace während des Dinners einen Brief oder eine andere Botschaft erhielt – etwas, das ihn dazu veranlasste, der Tischrunde zu verkünden, dass er eine ›böse Nachricht‹ erhalten habe?«

»Dazu kann ich gar nichts sagen«, erwiderte Ruby Trentham sehr bestimmt und kühl. Sie hatte eine sehr leise und doch tragende Stimme. »Sir Eustace schien glänzender Laune zu sein. Allerdings war ich der Meinung – falls meine Meinung hier zählt –, dass er unter starker nervlicher Anspannung litt. Er plauderte sehr angeregt mit mir – mit uns allen – und meinte, er sei schrecklich altmodisch, weil er Weihnachten von ganzem Herzen genieße. Ich habe nicht bemerkt, dass er einen Brief erhalten hätte.«

»Gut«, sagte Anthony. »Haben Sie zufällig etwas von dem gehört, was er danach zu Purvis sagte, oder vielleicht, was Purvis zu ihm sagte?«

»Kein Wort. Ich habe natürlich nicht gelauscht. Kein einziges Wort ihrer Unterhaltung ist an meine Ohren gedrungen. Es handelte sich offensichtlich um etwas Vertrauliches.«

»Vielen Dank, Mrs Trentham. Nun habe ich nur noch eine Frage: Als Sir Eustace durch den Speisesaal ging, bevor er die Gesellschaft verließ – haben Sie zufällig bemerkt, ob er einen der roten Knallbonbons mitgenommen hatte? Denn wenn er es tat, dann sollten Sie es doch gesehen haben.«

Ruby Trentham hob eine bebende Hand an die Lippen. »Oh, ja – das hat er! Das hat er! Er hat zwei Knallbonbons mitgenommen! Seinen und dazu den, der für mich neben meinem Teller bereitlag.«

»Wir machen Fortschritte, Inspector«, sagte Mr Bathurst und rieb sich die Hände. »Ich denke, ich sehe endlich ein wenig Licht.« Als er sich Sir Austin Kemble zuwandte, sah er Zornesfalten auf Morris Trenthams grobem, aufgedunsenem Gesicht. Es war offensichtlich, dass seine Gattin etwas gesagt hatte, das ihm zutiefst missfiel. Und Mr Bathurst, wie üblich heiter und zuversichtlich, glaubte zu wissen, was dieses Etwas war.

KAPITEL 14

Der Bürgermeister von Mapleton ist ungewöhnlich schweigsam

Als sich die Tür des Arbeitszimmers hinter Morris und Ruby Trentham, dem hässlichen Mann und seiner schönen Frau, geschlossen hatte, wandte Inspector Craig sich leicht verzagt an Sir Austin Kemble. »Es erscheint offenkundig, Sir, dass wir kaum weitergekommen sind. Nachdem wir so viele Zeugen vernommen haben, sind wir in der Frage, wer die Frau in der dunklen Kleidung gewesen sein könnte, keinen Deut schlauer geworden. Außerdem haben wir noch nichts über den Grund herausgebracht, warum Sir Eustace sich das Leben nehmen wollte. Ich stimme Mr Bathurst zu, dass wir da etwas übersehen haben. Und deshalb meine ich, dass ich noch einmal ganz von vorne anfangen muss.«

Der Polizeichef gab ein Brummen von sich, und man hätte schwerlich bestimmen können, ob dieser Laut Zustimmung oder Ablehnung ausdrücken sollte oder ob er vielleicht unverbindlich gemeint war. Anthony Bathurst schob seine Hände tief in die Hosentaschen und durchmaß mit langen Schritten das Zimmer. »In gewisser Hinsicht, Sir Austin«, sagte er, nachdem er eine Weile nachgedacht hatte, »bin ich geneigt, Inspector Craig zuzustimmen. Wir tappen zweifellos noch arg im Dunkeln. Allzu vieles an der Geschichte, die uns präsentiert worden ist, lässt sich nicht erklären, zumindest nicht mit unserem derzeitigen Wissensstand. In mancher Hinsicht reizt mich dieses Verbrechen als der bislang schwierigste Fall meiner Laufbahn. Andererseits haben wir bereits zwei oder drei Fakten zweifelsfrei nachgewiesen und können von dort Schritte für unser weiteres Vorgehen bestimmen.« Plötzlich blieb er mitten im Zimmer stehen. »Ein Ansatzpunkt ist das Wichtigste, Inspector. Habe ich den erst einmal gefunden, dann mache ich unweigerlich Fortschritte. Außerdem ist er meiner Erfahrung nach oft auf etwas zurückzuführen, das zunächst geringfügig oder unwesentlich erscheint. Eine zufällige Bemerkung … ein Satz in einem Brief … ein im Grunde triviales Vorkommnis … all das kann den Ermittler auf den Weg zum Erfolg führen. Bei dem netten kleinen Rätsel in Considine Manor war es zum Beispiel die Entsorgung der Bettwäsche, die meine vorläufige Theorie bestätigte, während es in dem faszinierenden Fall des ›Pfauenauges‹ ein noch kleinerer Gegenstand war, der mir zum Grundstein der Beweisführung diente. Sie verstehen, worauf ich hinauswill, nicht wahr?« Seine wachen grauen Augen schauten mit fragendem Ausdruck auf Sir Austin und Craig, als er ihnen die Frage stellte. Ohne auf eine Antwort zu warten, fuhr Mr Bathurst in seiner Erörterung fort. »Nehmen Sie nur drei Fakten, die wir heute Nachmittag zweifelsfrei bewiesen haben. Die Dienstmagd Palmer beispielsweise würde jeden Eid darauf schwören, dass sie eine dritte Person im Gespräch mit Sir Eustace Vernon und Purvis belauschte und, wichtiger noch, dass es die Stimme eines Mannes war, den sie *kennt*! Keiner könnte leugnen, dass Palmers Aussage immens wichtig ist, da sie *relevant* ist!«

Craig gestattete sich den Anflug eines Nickens. »Da stimme ich Ihnen durchaus zu, Mr Bathurst, aber wir wissen doch nicht –«

»Nur einen Augenblick, Craig, nehmen Sie das zweite Faktum. Major Prendergast hat uns von einem heiß begehrten Stück Land berichtet und sich fast schon selbst angeklagt, was äußerst selten vorkommt, besonders bei Mordermittlungen. Ich frage mich … Ich frage mich …« Sinnend strich er über seine Oberlippe, dann wandte er sich mit einem Glucksen an Sir Austin. »Potz Blitz! Wir werden die ›*Entente cordiale*‹ erneuern und unseren französischen Cousins auch ein Sprichwort schenken!«

Sir Austin runzelte verständnislos die Stirn. Dann aber hellte sich seine Miene auf. »Jetzt verstehe ich, Bathurst! Die neue Fassung soll heißen: ›*Qui s'accuse, s'excuse*‹, wie?«

»Gewiss«, gab Mr Bathurst zurück. »Genau das habe ich gemeint. ›Wer sich selbst bezichtigt, wird freigesprochen.‹ Ich behaupte nicht, dass das immer zutrifft – obwohl es zweifelsohne in der Absicht des Majors lag.« Er wirbelte zu Craig herum. »Und nun zum dritten Faktum, Inspector. Meiner Meinung nach unsere wichtigste Entdeckung, seit wir uns in Vernon House befinden: Als Sir Eustace den Speisesaal verließ, nahm er zwei rote Knallbonbons von der Dinnertafel mit. Hören Sie genau auf meine Worte: *Er nahm beide mit!* Und noch etwas, Craig – wo wollen Sie in dieser Geschichte Sam McLarens Angreifer unterbringen? Haben Sie auch an die gedacht? Ich sehe keinen Grund, warum wir dem Mann nicht glauben sollten, Sie vielleicht? Warum waren die Angreifer hinter dem Brief her, den Sir Eustace an Sam geschickt hatte? Und worin bestand überhaupt die Wohltat, die McLaren zugutekommen sollte? Wenn wir erst die Antwort auf all diese … Ich glaube …« Unvermittelt unterbrach er seine Gedanken. »Wollen wir jetzt nicht den Bürgermeister vernehmen, diesen Venables? Immerhin ist da dieses strittige Stück Land, der Öde Forst. Es wäre doch denkbar, dass er etwas darüber weiß.«

»Das würde ich auch meinen. Würden Sie ihn bitte rufen lassen, Inspector?«

Craig ging zur Tür.

»Und dann möchte ich noch ein paar Worte mit dem Chauffeur Stevens reden«, bemerkte Anthony. »Es gibt da ein, zwei Punkte in McLarens Aussage, die ich mit ihm abklären muss.«

Der Bürgermeister von Mapleton quittierte die Freundlichkeit des Inspectors, ihm die Tür aufzuhalten, mit einer imperialen Geste, auf die er ungemein stolz war: Er hatte sich dieses Winken während des Ersten Weltkriegs von Armeeoffizieren abgeschaut, die damit salutierende Soldaten gegrüßt hatten. Allein aus diesem Grund bedauerte er, niemals einen militärischen Rang besessen zu haben. Weil Venables jene großartige Geste beherrschte und über einen höchst eingeschränkten Horizont verfügte, hatten ihn die Einwohner Mapletons Jahr um Jahr wiedergewählt.

Bei seinem Eintritt ins Arbeitszimmer zeigte sich der Bürgermeister äußerst ungehalten, so wie Morris Trentham vor ihm. Doch der Zorn Venables' hatte einen ganz anderen Grund: den Hass auf seinen verstorbenen Gastgeber. Im Stadtrat war er von Sir Eustace regelrecht »vorgeführt« worden, wie er sich zähneknirschend eingestehen musste. Wie die meisten Männer seines Schlages war Venables rasend neidisch auf Menschen, die größere geistige Qualitäten besaßen. Und das traf auf nahezu jeden zu! Nun, da Sir Eustace nicht mehr unter den Lebenden weilte, wünschte Venables nichts sehnlicher, als die ganze Geschichte hinter sich zu lassen. Frei zu sein von jeglichen Unbilden, die die Ermittlungen mit sich brachten, und frei von tragischen Verstrickungen! Am Nachmittag noch, bevor er auf Geheiß des teuflischen Polizeiinspektors wieder nach Vernon House gefahren war, hatte er sich bei seiner Frau darüber beklagt, dass er sich hatte überreden lassen, Sir Eustace' Weihnachtseinladung anzunehmen. Während Bürgermeister Venables jetzt auf den von Craig angewiesenen Stuhl zuschritt, nährte sich in ihm Zorn über den Affront dieses Verhörs gegen die Würde des Gemeindevorstehers von Mapleton. Entschlossen sagte er sich, dass diese Behandlung seiner Person noch ein übles Nachspiel haben werde. Einmal hatte er dem Revisor des Gesundheitsministeriums berichtet, dass … Doch hier wurde er in seinen Reminiszenzen unterbrochen.

»Ihnen ist bereits bekannt, Herr, äh, Bürgermeister, dass Sir Eustace Vernon ermordet wurde?«

»Ja, Inspector Craig. Aber ich habe es erst heute Nachmittag nach meiner Ankunft erfahren. Auf dem Weg hierher war ich noch in dem Glauben, dass er Selbstmord begangen habe – und das war auch der letzte Stand meiner Information, als ich Vernon House heute Morgen in aller Herrgottsfrühe verließ.« Venables klang regelrecht angewidert ob der Befragung, was er auch gar nicht zu verbergen versuchte.

»Ganz recht, Herr Bürgermeister. Nun, der Punkt ist folgender: Können Sie der Polizei überhaupt behilflich sein? Wissen Sie etwas, das uns vielleicht noch nicht bekannt ist?«

Craig war ein Meister darin, bohrende Fragen in einem äußerst höflichen Ton und mit respektvoller Miene zu stellen. Venables allerdings sperrte sich bitter gegen die Vernehmung als solche. Denn üblicherweise war er derjenige, der Fragen stellte, und die derzeitige Rollenverteilung behagte ihm keineswegs.

»Ich bin Friedensrichter, Inspector Craig, wie Ihnen bekannt sein dürfte. Seit vielen Jahren, länger, als ich mich erinnern möchte, spreche ich in unserer Gemeinde Recht. Allein das sollte Ihnen verdeutlichen, dass ich, wenn ich irgendetwas wüsste, das meiner Meinung nach wichtig ist, es der Polizei auch unverzüglich mitteilen würde!« Sein Gesicht drückte heftige Missbilligung aus. Craig machte die Andeutung einer Verbeugung.

»Ganz recht, Herr Bürgermeister, ganz recht. Ich glaube, ehrlich sagen zu können, dass ich Ihre Haltung zu schätzen weiß. Doch in einem Fall wie diesem ...« Craig verstummte; anscheinend waren ihm vorerst die Worte ausgegangen, um der Situation gerecht zu werden.

Anthony sprang in die Bresche. »Wenn Sie schon nichts zu dem Mord sagen können, Alderman Venables, dann werden Sie uns doch sicher mit Ihrer vollen amtlichen Autorität unterstützen, nicht wahr? Wissen Sie irgendetwas über ein Stück Land, das an den Besitz des verstorbenen Sir Eustace Vernon grenzt – einen Streifen Land, der gemeinhin als der ›Öde Forst‹ bezeichnet wird?«

»Selbstverständlich«, sagte Venables prompt. »Es wäre schon sonderbar, wenn ich nichts darüber wüsste. Das infrage stehende Stück Land gehört meinem Bruder Oliver Venables.«

»Und wissen Sie, ob dieses Land verkauft ist oder ob Ihr Bruder schon mit möglichen Käufern verhandelt?«

Venables' vorstehende Schneidezähne schnappten hörbar zusammen. »Ich mache es mir zur Regel, Sir, und zwar zu einer unumstößlichen Regel, mich niemals in die Geschäfte eines anderen zu mengen – und schon gar nicht in die meines Bruders.«

»Nun kommen Sie schon, Herr Bürgermeister, ein wenig mehr werden Sie schon darüber wissen. Sie verfügen doch sicherlich über Mittel und Wege, Kenntnis von einem Verkauf zu erlangen, ohne sich der Einmischung schuldig zu machen. Wahrscheinlich haben Sie aus vielen – wie soll ich sie bezeichnen? – zuverlässigen Quellen etwas darüber gehört?«

»Das wäre möglich gewesen … doch es ist nicht der Fall. Damit wäre unser Gespräch wohl beendet, meine Herren. Die Wege meines Bruders und die meinigen kreuzen sich nicht. Und es liegt nicht in meiner Absicht, daran jemals etwas zu ändern.« Er erhob sich von seinem Stuhl.

Für alle Anwesenden war klar, dass aus dem Bürgermeister nichts mehr herauszubekommen sein würde. Dennoch blieb der Mann einen Moment lang unschlüssig mitten im Zimmer stehen. Erst als Sir Austin Kemble seine Einwilligung gab, verließ er den Raum.

»Hm«, brummte Craig, »ein überaus freundlicher, zugänglicher Mensch! Und ich hab immer gedacht, Sir«, wandte er sich an Sir Austin, »dass Bürgermeister und Stadträte sehr herzlich seien, sozusagen mit allen Leuten auf Du und Du. Das kann man von Mr Alderman Venables aber nicht unbedingt behaupten.«

Sir Austin achtete nicht auf den Inspector, sondern wandte sich an Anthony. »Wo hat sich Venables gestern Abend nach dem Dinner aufgehalten? Helfen Sie meiner Erinnerung auf die Sprünge!«

»Er hat Bridge gespielt, Sir, mit seiner Frau, Mrs Prendergast und Trentham.«

»Damit wäre er aus dem Schneider. Jetzt erinnere ich mich – Trentham hat das ja ausgesagt. Trotzdem, man weiß ja nie …« Er brach ab und versank in Gedanken über neue Möglichkeiten.

»Wollen Sie noch einen weiteren Zeugen vernehmen, Sir?«, erkundigte sich der Inspector. Sir Austin schüttelte den Kopf.

»Ich denke nicht, Craig, eher nicht. Mir scheint, wir haben inzwischen so viel Information wie möglich –«

»Es gibt aber noch einen Zeugen, den *ich* gern sprechen würde«, fiel ihm Mr Bathurst ins Wort. »Ich habe es doch vorhin gesagt. Vielleicht sollten wir Mr Desmond bitten, ihn zu holen. Ich möchte Stevens sehen, Sir Eustace Vernons Chauffeur. Zunächst, weil ich ihn wegen Sam McLaren befragen will, und zweitens spielt Stevens meiner Meinung nach eine sehr wichtige Rolle in dieser Geschichte.«

»Da stimme ich Ihnen zu, Bathurst. Craig! Sagen Sie Mr Desmond, er soll nach diesem Stevens schicken, und zwar unverzüglich. Ich werde nämlich allmählich ungeduldig.«

Ungefähr eine Viertelstunde später traf der Mann ein. Nachdem er durch eine herrische Geste Sir Austins dazu aufgefordert worden war, begann Anthony mit der Befragung.

»Sie sind Stevens, der Chauffeur des verstorbenen Sir Eustace Vernon?«

»Ganz recht, Sir. Und ich habe einem guten Herrn gedient.«

»Daran hege ich keinen Zweifel, Stevens. Und Sie können ihm immer noch dienlich sein, indem Sie uns alles sagen, was Sie wissen. Damit helfen Sie der Polizei, diesen feigen Mord zu sühnen. Verstehen Sie, was ich meine?«

Stevens ruckte indigniert mit dem Kopf; sein mageres Gesicht war unfähig, Gefühle zu verbergen.

»Sehr gut sogar, Sir. Ich sag Ihnen gerne alles, was ich weiß. Es ist aber leider nicht viel. Die erste Ahnung, dass gestern Abend irgendwas nicht in Ordnung war, hatte ich so gegen halb zehn. Ich wollte gerade Boris füttern, den Wolfshund von Sir Eustace Vernon. Der Hund war krank gewesen, er war auch schon vom Tierarzt untersucht worden und sollte Spezialfutter kriegen. Na ja, so gegen halb zehn bekomme ich eine Nachricht von Sir Eustace.«

»Wer hat sie überbracht?«, warf Anthony ein.

»Purvis. Er sagte, der Chef will mich im Arbeitszimmer sprechen. Ich fand das merkwürdig, so spät am Abend, hab aber zu Hammond gesagt, dann soll sie halt zum Zwinger gehen und den Hund füttern. Ich bin dann sofort zu Sir Eustace. Als ich dahinkomme, ins Arbeitszimmer, gibt er mir einen Brief und sagt, ich soll den Sam McLaren bringen, dem alten Kerl, der den Kaffeestand in Mapleton betreibt. Und ich sollte den Brief sofort hinbringen, in die Mafeking Street. Und dann, Sir, hab ich einen richtigen Schreck gekriegt. Sir Eustace hat nämlich gesagt, es wär 'ne Angelegenheit von Leben und Tod.«

»Waren das seine exakten Worte, Stevens?«

»Waren sie, Sir. Und mehr noch: Ich sollt's niemand verraten – was auch der Grund dafür ist, warum ich bis jetzt noch nichts gesagt habe. Ich hab einfach nicht gewusst, was ich machen sollte, aber jetzt, wo er tot ist, bin ich ja wohl aus meinem Versprechen entlassen, oder, Sir?«

Anthony gab keine Antwort, aber Sir Austin stellte die Frage, die allen in den Kopf gekommen war.

»Hat Sir Eustace Ihnen eine Andeutung über den Inhalt des Briefes gemacht?«

Stevens schüttelte mit Nachdruck den Kopf. »Überhaupt keine, Sir. Und mehr weiß ich auch nicht darüber, Sir.«

Anthony strich nachdenklich mit dem Zeigefinger über seine Oberlippe. »Als Sam McLaren diese Nachricht erhalten und gelesen hat – hat er da irgendwie überrascht gewirkt?«

Der Chauffeur dachte eingehend nach. »Nein«, sagte er schließlich. »Nicht dass ich wüsste.«

»Und als Sie zurückkehrten, Stevens, haben Sie da Sir Eustace sogleich Bericht erstattet?«

»Nein, Sir. Ich sah ja keine Veranlassung dazu. Das war mir nicht befohlen worden. Ich hab den Brief überbracht, und damit hatte sich's. Hab den Wagen wieder in die Garage gestellt und bin dann ins Haus, um mir 'ne Kippe zu gönnen.«

Mr Bathurst wandte sich an den Inspector. »Haben Sie noch eine Frage an den Chauffeur, Craig?«

»Nein, Mr Bathurst, ich glaube nicht … Sie haben wohl das Wesentliche erfasst.«

»Dann bin ich fertig, Sir Austin.«

Der Polizeichef nickte. Stevens legte kurz die Hand an die Schläfe und verließ das Arbeitszimmer. Craig schloss die Tür hinter ihm.

»Nun, Bathurst«, forderte ihn Sir Austin auf, »was schließen Sie aus den bisherigen Aussagen?«

»Ein oder zwei wichtige Punkte kann ich einfach nicht zur Deckung bringen, Sir Austin. Ich stehe vor einem Rätsel. Doch der Lichtstrahl, der den entscheidenden Umschwung bewirkt, könnte jeden Moment durch die Wolken brechen.«

Craig nickte, vollkommen mit dieser Sicht einverstanden. »Aber was ich immer noch nicht verstehe«, gab er zu bedenken, »ist der Zeitfaktor: Warum hat Hammond fast zweieinhalb Stunden vertrödelt, bevor sie endlich den verdammten Hund fütterte? Stevens hat doch ausgesagt, dass er ihr den Auftrag schon gegen halb zehn oder um den Dreh herum gegeben habe –«

»Das stellt mich keineswegs vor ein Rätsel, Craig«, fiel ihm Mr Bathurst ins Wort. »Die Erklärung dafür liegt auf der Hand, das werden Sie noch herausfinden. Mir geht es um etwas sehr viel Wichtigeres. Wenn Sir Eustace Vernon Sam McLaren gestern Abend wegen einer Angelegenheit von ›Leben und Tod‹ sprechen wollte – seine eigenen Worte, wohlgemerkt! – und seinen Chauffeur mit dem Wagen zu Sam schickte … Warum in aller Welt ist Sam dann nicht mit dem Chauffeur zurückgefahren? Warum hat er gewartet und ist zu Fuß gegangen, womit er ja wertvolle Zeit verschwendete, von der Mühe des Marsches gar nicht zu reden? Handelte er so auf Anweisung von Sir Eustace? Das passt doch einfach nicht zusammen! Ich will verdammt sein, wenn ich den Grund dafür wüsste. Wir übersehen noch immer etwas, Sir Austin, und es muss etwas unglaublich Wichtiges sein, wie Craig eben sagte.«

Wieder begann Mr Bathurst mit raschen Schritten das Zimmer zu durchmessen. Sein Verstand sagte ihm, dass Sam im Wolseley hätte mitfahren müssen. Aber Sam war zu Fuß nach Vernon House gekommen. Warum nur? Hatte man es ihm womöglich *befohlen*?

KAPITEL 15

Ein kleiner Lichtstrahl

Mr Bathurst kam die kiesbestreute Einfahrt herauf und überquerte den sorgfältig gepflegten Rasenstreifen vor Vernon House. Er wirkte ein wenig zerstreut. Zwei Tage waren seit den Ereignissen vergangen, über die im vorherigen Kapitel berichtet wurde, und der Fall, über den er und Sir Austin Kemble so unerwartet und unter so merkwürdigen Umständen gestolpert waren, bereitete ihm zunehmend Sorgen. Zunächst einmal, weil er die Menge an Informationen, die sie erhalten hatten, nicht in »wichtige« und »unwichtige« einteilen konnte und er diesen Prozess stets für die vordringlichste Aufgabe eines klugen Detektivs gehalten hatte. Erschwerend kam hinzu, dass so viele Personen auf die eine oder andere Art in den Fall involviert waren, womöglich mehr als in jeder anderen Ermittlung, die er bislang durchgeführt hatte. Am Morgen hatte er von Inspector Craig gehört, dass dieser eine Theorie entwickelt habe, der er nun folgen wolle. Mr Bathurst wusste nichts über deren Inhalt, hatte aber eine starke Vermutung. Er selbst hatte Sir Austin Kemble beim Yard verständigt, dass er sich nun wieder auf den Weg nach Rodding machen werde, in der Hoffnung, etwas zu finden, das ihm bei seiner üblichen »Zusammenfassung des Falles« helfen könnte. Momentan fühlte er sich dieser Aufgabe jedoch nicht einmal im Ansatz gewachsen.

Mr Bathurst läutete am Portal und gab seine Karte ab. Helen Ashley, die aus dem Speisesaal trat, hieß ihn willkommen.

»Kommen Sie herein, Mr Bathurst«, sagte sie. »Wissen Sie schon etwas mehr? Gibt es Neuigkeiten? Haben Sie etwas herausgefunden?« Sie führte ihn in das Arbeitszimmer ihres Onkels.

Anthony schüttelte den Kopf. »Ich habe nichts Wesentliches, Miss Ashley. Es tut mir leid, ist aber nicht zu ändern. Bislang haben wir kaum Fortschritte gemacht.«

»Ich fürchte, das Geheimnis liegt zu tief vergraben«, gab sie traurig zurück. »Viel zu tief, als dass es jemand finden könnte. Wir werden der Sache nie auf den Grund kommen.«

»Das würde ich nicht unbedingt behaupten, Miss Ashley. Die Hoffnung stirbt zuletzt. Eine Kleinigkeit kann dazu dienen, dass wir der Lösung näher kommen. Aus diesem Grund bin ich auch heute zurückgekehrt, denn ich glaube fest daran und will trotz aller Widerstände die Hoffnung nicht aufgeben.« Helen Ashley sah ihn fragend an. Mr Bathurst erwärmte sich für seine Aufgabe. »Sie haben mir erzählt, dass Sie und Mr Desmond der Ansicht gewesen seien, Ihr Onkel habe vor seinem Tod vor irgendetwas furchtbare Angst gehabt. Das stimmt doch, nicht wahr?«

»Ja, das ist richtig.«

»Nun, und in diesem Zusammenhang ist mir etwas aufgefallen. Als Ihr Onkel auf den Gleisen bei Dyke's Crossing gefunden wurde, war er gekleidet wie zu dem Zeitpunkt, als er die Tafel verließ – in festlicher Gala. Aber sagen Sie mir doch bitte: War er ein Mann, der viele Anzüge besaß? Und wechselte er häufig seinen Anzug, oder trug er einen Anzug mehrere Tage lang, weil er es so am bequemsten fand? Männer haben da ja sehr unterschiedliche Gepflogenheiten, nicht wahr?«

Helen erwog die Frage sorgfältig. »Ich glaube, ich weiß genau, worauf Sie hinauswollen, Mr Bathurst«, sagte sie schließlich. »Natürlich hatte mein Onkel die Angewohnheit, seinen Anzug je nach Anlass zu wechseln. Doch in letzter Zeit trug er meistens einen Straßenanzug aus blauem Kammgarn. Das Zweireiher-Jackett hat ihm besonders gut gestanden, deshalb zog er diesen Anzug den anderen vor.«

»Gut«, sagte Anthony, »und dieses Jackett würde ich nun gerne einmal sehen. Ob das wohl möglich wäre, Miss Ashley?«

»Natürlich. Ich hole es Ihnen, Mr Bathurst.«

Bevor er sie daran hindern konnte, war die junge Frau aus dem Zimmer geschlüpft. Das war nun nicht unbedingt Mr Bathursts Absicht gewesen. Sie kehrte jedoch schnell zurück und trug das Jackett über dem Arm. Anthony nahm es ihr ab.

»Sie müssen verzeihen, wenn ich nun allzu neugierig erscheine, Miss Ashley. Erteilen Sie mir die Erlaubnis, die Taschen zu durchsuchen?«

Helen Ashley nickte; sie war völlig einverstanden. Abgesehen von einer halb gefüllten Streichholzschachtel waren die Seitentaschen leer. Aus der Innentasche des Jacketts zog Anthony eine lederne Geldbörse, die er vor Helens Augen öffnete. Darin lagen fünf Ein-Penny-Briefmarken und vier Ein-Pfund-Noten. In einem Seitenfach steckten die verschiedensten Zettel und Papiere. Vorsichtig zog Mr Bathurst sie heraus; es waren sieben an der Zahl. Der erste war ein gewöhnlicher Briefumschlag, auf den mit Bleistift eine Adresse geschrieben war: *»Cornelius Van Hoyt, Letchworth Mount, nahe Leighton, Shropshire«*. Einen kurzen Augenblick lang fesselte das Kuvert Mr Bathursts Aufmerksamkeit, dann legte er es beiseite. Der zweite Zettel war eine noch unbeglichene Rechnung des Tierarztes Mr Blake-Dewhurst aus Mapleton für die Untersuchung des »Wolfshunds namens Boris«. Mr Bathurst merkte sich die Daten, die der Tierarzt eingetragen hatte. Weiterhin fanden sich drei Hotelrechnungen für Aufenthalte in Cardiff, Shrewsbury und Derby. Dem sechsten Papier widmete Mr Bathurst weitaus mehr Zeit. Darauf stand: *»Erbitte Vorschlag für Repertoire:* Der einzige Weg, Der Gefangene von Zenda *und* Die Postkutsche von Lyon *– alle drei könnten als ›Liebesdramen‹ bezeichnet werden.«* Anthony schaute auf und begegnete dem gespannten Blick von Miss Ashley. Er drehte den zerknitterten Zettel um und las, was auf der Rückseite geschrieben stand: *»J. Vincent Damery – Theateragent – Shaftesbury Avenue. Jederzeit nach 20 Uhr.«* Bei dem siebten und letzten Zettel handelte es sich um eine herausgerissene Seite aus einem Taschenkalender; das Datum zeigte den 26. November. Darauf stand *»Painswick«* und darunter standen noch zwei Wörter oder Teile von Wörtern in einer kaum lesbaren Schrift. Anthony konnte mit Mühe so etwas wie *»Page«* und *»Col«* daraus entziffern.

»Nun, Mr Bathurst«, unterbrach Helen Ashley seine Anstrengungen, »sind Sie etwas klüger?«

»Diese Frage ist gar nicht so leicht zu beantworten, Miss Ashley. Oder jedenfalls so zu beantworten, wie Sie es erwarten würden. Aber man weiß ja nie. Allerdings sollte jede Zusatzinformation, die ein Ermittler ausgräbt, ihm letztlich zu mehr Wissen verhelfen, meinen Sie nicht auch?« Anthony legte die Papiere wieder in die Brieftasche und reichte sie Miss Ashley, die sie mit besorgtem Blick entgegennahm.

»Ist Mr Desmond noch im Hause?«, erkundigte er sich.

»Er musste dringender Geschäfte wegen heimfahren. Aber wenn es ihm irgend möglich ist, will er schon morgen wiederkommen. Das ist wirklich sehr nett von ihm, aber andererseits weiß er ja auch, dass ich ihn brauche.«

»Das verstehe ich sehr gut. Genau das hätte ich auch von einem Mann wie ihm erwartet, nicht mehr und nicht weniger.«

Suchend schweifte Mr Bathursts Blick durch das Zimmer. »Eine Sache noch, Miss Ashley, bevor ich mich auf den Rückweg nach London begebe. Würden Sie mir erlauben, einen Blick in das Scheckheft Ihres Onkels zu werfen?«

»Warum denn das, Mr Bathurst?« Helens Blick war eine merkwürdige Mischung aus Gefasstheit und Mut.

»Es könnte hilfreich sein, Miss Ashley. Und Sie würden mir doch sicher nicht den Zugriff auf etwas verweigern, das mir helfen könnte, den Mord an Ihrem Onkel aufzuklären?«

»Da haben Sie natürlich recht, Mr Bathurst«, gab Helen zu. »Aber leider kann ich Ihrer Bitte unmöglich entsprechen. Ich kann Ihnen aus dem Grund kein Scheckheft zeigen, weil mein Onkel kein Bankkonto besaß.«

»Ach tatsächlich, Miss Ashley! Und was ist wohl der Grund für diesen, ähm, Anachronismus?«

»Mein Onkel hat sich eben stets geweigert, ein Konto zu eröffnen. Es war eine Marotte von ihm. Er pflegte zu sagen, dass jeder, der einen anderen auf sein Geld aufpassen lasse, selbst einen Aufpasser brauche. Mir war schon klar, wie albern diese Einstellung für einen modernen Menschen ist, und ich habe ihm deswegen oft Vorhaltungen gemacht. Doch sie haben nichts gefruchtet. Mein Onkel war in diesem Punkt geradezu stur. Ich würde sagen, er wurde bereits mit einem mehr als üblichen Maß an Eigensinn geboren, und seine späteren Erfahrungen haben diese Charaktereigenschaft noch verstärkt.«

»Wie hat Ihr Onkel denn seine Rechnungen bezahlt, Miss Ashley?«

»Fast immer mit Bargeld.«

»Und wo hat er es aufbewahrt?«

Helen Ashley wirkte ob der Frage erschrocken. »Sie meinen –« Sie brach ab, als fürchtete sie, eine unbequeme Wahrheit auszusprechen.

»Der Safe, Miss Ashley, der Safe! Es ist vorstellbar, dass dort drin ein Vermögen verborgen lag, Banknoten von hohem Wert.« Mr Bathurst sprang von seinem Stuhl auf; in diesem Moment kam ihm ein neuer Gedanke. »Das geht übrigens auch Sie an, Miss Ashley. Es könnte Ihre Zukunft ruinieren. Sie verstehen, was ich meine? Wenn die Banknoten im Safe die gesamte finanzielle Reserve Ihres Onkels bildeten – sein Vermögen, wenn Sie so wollen –, was ist Ihnen dann noch geblieben?«

Das Gesicht der jungen Frau war vor Anspannung kreidebleich geworden. »Ich verstehe nur zu gut, was Sie meinen, Mr Bathurst. Tatsächlich haben Mr Desmond und ich darüber gesprochen; und jetzt ist es natürlich noch viel schlimmer für mich, weil ja auch das Päckchen verschwunden ist, das mein Onkel in seinem letzten Brief erwähnte. Vielleicht werde ich nun nie mehr erfahren, womit Onkel Eustace mich bedenken wollte.« Tränen schimmerten in ihren Augen, was Mr Bathurst jedoch gar nicht zu bemerken schien, obwohl er ihr ins Gesicht sah. Seine Gedanken hatten einen neuen Kurs eingeschlagen. Helens Worte hatten ihm den Keim einer Idee eingegeben, nach der er schon seit einiger Zeit suchte. »Sie meinen natürlich den zweiten Brief, den Ihr Onkel in der Nacht seines Todes schrieb. Dürfte ich vielleicht noch einmal einen Blick darauf werfen? Haben Sie ihn zufällig zur Hand?«

Helen Ashley durchquerte das Zimmer und zog den Brief aus einer Schublade. »Ich werde ihn stets in Ehren halten«, sagte sie. »Abgesehen von dem, was er für mich tun wollte, waren dies die letzten Worte, die mein Onkel geschrieben hat. Allein deswegen schätze ich diesen Brief.«

Anthony musterte die junge Frau mit forschendem Blick. Ein neuer Gedanke war ihm dank einer spontanen Eingebung gekommen, doch er beschloss, ihn vorerst nicht laut werden zu lassen. Mehr als einmal hatte er schon davon profitiert, wichtige Informationen nicht vorzeitig preisgegeben zu haben. Stirnrunzelnd überflog er den Brief. »Der hier erwähnte Cornelius Van Hoyt, dessen Adresse wir nun kennen … Sie haben nie gehört, dass Ihr Onkel den Namen erwähnte, vielleicht im Verlauf eines Gesprächs oder –?«

»Niemals, Mr Bathurst«, fiel sie ihm ins Wort. »Ich kann Ihnen versichern, dass mir dieser Name gänzlich unbekannt ist. Ich habe ihn nie gehört. Und Mr Desmond ebenso wenig. Ich habe ihn nämlich danach gefragt.«

»Vielen Dank, Miss Ashley. Sie müssen entschuldigen, wenn ich nun noch eine letzte Frage stelle … eine Frage, die vielleicht ein wenig heikel ist.«

Miss Ashleys Wangen verfärbten sich leicht. »Ja, Mr Bathurst?«

»Dieser Mr Desmond, wer ist er, was tut er? Wie ist seine Stellung hier im Hause?«

Helen Ashley antwortete mit Würde. »Mr Desmond ist mein Freund, Mr Bathurst. Ich kenne ihn seit knapp zwei Jahren. Er hat mir die Ehre erwiesen, um meine Hand anzuhalten.«

Mr Bathurst verneigte sich vor ihr. »Noch einmal muss ich Ihnen für Ihre offene Antwort danken, Miss Ashley.

Das war alles, was ich wissen wollte. Es ist mir nur darum gegangen, seine Beziehung zu Ihnen zweifelsfrei festzustellen. Für den Augenblick werde ich Sie nicht weiter belästigen. Und bei unserer nächsten Begegnung bin ich vielleicht schon in der Lage, Ihnen neue Informationen zu geben. Nur Mut, und denken Sie stets daran, dass wir immer dann die dunkelste Stunde erleben, bevor der Morgen graut.« Kurz nahm er ihre Hand. »Seien Sie meines tiefsten Mitgefühls versichert.«

Eine halbe Stunde später, als Anthony Bathurst sich bequem im Eckplatz eines Erste-Klasse-Abteils zurücklehnte, fasste er die Ergebnisse des Tages zusammen. Er war mit der optimistischen Erwartung nach Rodding gereist, etwas zu finden, das ihm helfen würde, den Fall besser zu verstehen. Selbst jetzt war er noch nicht ganz sicher über den wahren Wert seiner Entdeckungen. Unaufhörlich kreisten seine Gedanken um die Korrespondenz – wenn man sie denn so nennen konnte –, die der Tote für wichtig genug gehalten hatte, um sie in seiner Brieftasche aufzubewahren.

Kurze Zeit später beschloss Mr Bathurst, die Hotelrechnungen als unwichtig abzutun und sich lediglich die Namen der Orte zu merken: Cardiff, Derby und Shrewsbury. Damit blieben vier Schriftstücke, die von Interesse waren. Während Anthony so dasaß und rauchte, widmete er sich in Gedanken zunächst der Seite, die aus dem Taschenkalender herausgerissen worden war. Sir Eustace Vernon musste das Blatt aus einem bestimmten Grund aufbewahrt haben. *»Painswick – Page – Col«*. Die beiden letzten Wörter konnten *page* und *column* bedeuten – »Seite« und »Spalte« – und bezogen sich möglicherweise auf ein Buch, eine Zeitung oder ein anderes Druckerzeugnis. Aber »Painswick« … Was in aller Welt mochte »Painswick« bedeuten? Das einzige Painswick, von dem Anthony Kenntnis besaß, war ein Ort in Gloucestershire. Irgendwo meinte er gelesen zu haben, dass es als »die Königin der Cotswolds« bezeichnet werde. Was aber diese Ortschaft sonst irgendwie besonders machte, hätte er nicht sagen können.

Mr Bathursts Gedanken wandten sich nun dem Briefumschlag mit der Anschrift Cornelius Van Hoyts zu. Das, so befand er, war doch mal ein ausnehmend nützlicher Fund. Der Satz aus dem Brief des Toten an seine Nichte fiel ihm wieder ein: *»Er möchte diesen Gegenstand schon seit zwei Jahren sehnlichst besitzen …«* Hier tat sich eine Spur auf, der er unbedingt folgen sollte. Aber hatte das Sinn, bevor er in andere Richtungen ermittelt hatte? Was war mit »Mr J. Vincent Damery, Theateragent« in der Shaftesbury Avenue? Was hatte Sir Eustace mit diesem Mann zu schaffen? War im Laufe von Sir Eustace' Berufsleben etwas geschehen, das sein Interesse an Liebesdramen geweckt hatte? Damit eröffnete sich ein ganz neues Feld. Und schließlich, aber beileibe nicht unwichtig: Warum war die Tierarztrechnung zu den anderen Papieren gesteckt worden? Sicher, sie war noch nicht beglichen, aber das waren andere Verbindlichkeiten des Vernon-Haushaltes zu dieser Jahreszeit gewiss auch nicht. Die Tatsache, dass die Forderung noch nicht bezahlt war, wog nicht schwer genug, um sie getrennt von anderen Rechnungen in der Brieftasche aufzubewahren. Außerdem stammte sie aus jüngster Zeit. Für die Untersuchung des »Wolfshunds namens Boris«. Ebender Hund, den Hammond gefüttert hatte, bevor die Tragödie in Vernon House ihren Anfang nahm. Ebenjener Hund, den Stevens, der Chauffeur, nicht hatte füttern können, weil Sir Eustace seinem Fahrer aufgetragen hatte, eine Botschaft an Sam McLaren zu überbringen. Steckte mehr dahinter?

»Sonderbar … sehr sonderbar«, murmelte Mr Bathurst vor sich hin, während er an der Victoria Station aus dem Zug stieg. Und die drei Liebesdramen! Gab es da nicht einen »Boris«, einen Jagdhund, in der Romanvorlage des *Gefangenen von Zenda*? Oder kam der Hund in der Fortsetzung vor, in *Rupert von Hentzau*? Er glaubte, den Namen im Buch gelesen zu haben – in der Theaterbearbeitung war kein Hund vorgekommen, soweit er sich erinnern konnte. Das hatte etwas zu bedeuten. Zweifellos!

Jemand fasste ihn an der Schulter. Rasch drehte Mr Bathurst sich um.

KAPITEL 16

Ein Mann mit Hängebacken

»Guten Abend, Mr Bathurst. Ich habe auf Sie gewartet«, begrüßte ihn Inspector Craig gesellig.

»Was gibt's, Inspector? Haben Sie Neuigkeiten? Oder wollen Sie mit mir zusammen das alte Jahr verabschieden?«

Craig schüttelte den Kopf. »Das nicht, Sir. Sicherlich nicht. Die Wahrheit ist, dass ich eben zum Lagebericht bei Sir Austin Kemble war und er mir aufgetragen hat, mich sofort bei Ihnen zu melden. Er sagte mir, dass Sie vermutlich mit diesem Zug aus Rodding kommen würden. Das ist das ganze Geheimnis, Sir. Ich bin also zum Bahnhof gefahren und habe auf Sie gewartet.«

Anthony warf einen Blick auf seine Uhr. »Sehr gut, Inspector. Ich bin schon sehr gespannt, was Sie mir zu sagen haben. Da Sir Austin Sie schickt, wird es zweifellos etwas Interessantes sein. Ich kenne da eine nette kleine Bar in der Nähe, wo wir ungestört reden können. Kommen Sie.«

Einige Minuten später nahm Craig – nachdem er mit Kennermiene sein drittes Guinness genossen hatte – eine Zigarette aus dem Etui, das ihm von Anthony Bathurst präsentiert wurde, und beugte sich über den Tisch, der sie trennte. In seinen Augen loderte das Jagdfieber.

»Als ich Sie am Bahnhof grüßte, Mr Bathurst, da fragten Sie nach Neuigkeiten. Und die habe ich! Das ist der wahre Grund, warum ich zum Bahnhof kam.«

Mr Bathurst nickte anerkennend. »Nichts anderes habe ich erwartet«, murmelte er.

»Erinnern Sie sich an das Stück harten Tabak, das Mr Desmond, wie er angab, am Mordabend im Garten von Vernon House aufhob? Während der Suchtrupp Ausschau nach Sir Eustace hielt?«

»Ich erinnere mich sehr gut an dieses Stück Tabak, Inspector. Es war ungefähr sechs mal drei Zoll groß, und links unten konnte man ein Stück von einer gelben Banderole erkennen, mit der Aufschrift ›*Dark Willie*‹. Sie hatten eine Fotografie davon in die Dienstagsausgabe der Zeitungen setzen lassen, Craig – eine ausgezeichnete Idee, die Information auf diese Weise zu verbreiten. Und hat sich etwas daraus ergeben?«

»Deshalb wurde ich ja von Sir Austin zu Ihnen geschickt, Mr Bathurst. Sie haben die Zeitungsanzeige gesehen und damit natürlich auch meinen Aufruf an sämtliche Tabakhändler im Land. Wie auch immer, ich werde Ihr Gedächtnis auffrischen, indem ich den genauen Wortlaut zitiere.« Ernst zog er die Dienstagsausgabe der *Morning Message* aus der Manteltasche. Er schlug die Zeitung auf, fand die gewünschte Seite und strich sie auf dem Tisch glatt. »Hören Sie, Mr Bathurst: ›Auf der Fotografie oben‹, las er vor, »sehen Sie ein Stück Plattentabak. Die Polizei Mapleton vermutet, dass der Mörder von Sir Eustace Vernon diesen Tabak am Weihnachtsabend auf dem Grundstück verloren hat. Für Hinweise von Händlern, die sich erinnern, ebendiesen Tabak kürzlich verkauft zu haben, und daher eine Beschreibung des Käufers geben können, wäre die Polizei dankbar.‹« Er schaute sein Gegenüber an. »Was halten Sie von der Idee, Mr Bathurst?«

»Sehr nützlich, Craig. Immerhin möglich, dass Sie mit dieser Kampagne Erfolg haben. Und – was ist passiert? Sind Sie auf Öl gestoßen?«

Craig erlaubte sich den Anflug eines befriedigten Grinsens. »Nun ja, dieser Tabak ist ungewöhnlich, das müssen Sie doch zugeben. Entspricht nicht unbedingt dem Standardgeschmack, nicht wahr? Es war ja nicht so, als hätten wir nach Golden Virginia oder Flake Feinstem gesucht, nicht wahr? Um zur Sache zu kommen: Ich habe fünf Antworten erhalten.«

»Also mindestens vier zu viel«, bemerkte Mr Bathurst lakonisch.

Der Inspector hob eine Hand in schwachem Protest. »Lassen Sie mich doch erst einmal ausreden, Mr Bathurst. Ich schätze, Sie werden überrascht sein. Die ersten vier Rückmeldungen bekam ich ausschließlich aus London – Poplar, Silvertown, Islington und Crutched Friars. Davon trifft vermutlich keine ins Schwarze. Es ist die letzte Meldung, der ich Bedeutung beimesse. Und Sie vermutlich auch, wenn ich Sie erst mal eingeweiht habe.«

»Dann lassen Sie mal hören.« Anthonys Interesse war geweckt, denn er merkte, wie sehr der Inspector an seine Entdeckung glaubte.

»Die fünfte Meldung erreichte uns aus Weymouth in Dorsetshire. Der fragliche Tabakhändler hat sich sogar die Mühe gemacht, heute Morgen mit dem Zug nach London zu fahren und beim Yard vorzusprechen. *Er* ist also auf jeden Fall von dem Wert seiner Aussage überzeugt. Sir Austin hatte Anweisung gegeben, dass ich sofort gerufen würde, sollte sich etwas ergeben. Man schickte also nach mir. Der Mann heißt Cridge. Er betreibt ein Geschäft für Schreibwaren, Süßwaren und Tabak in der Park Street in Weymouth. Nun hören Sie sich mal seine Geschichte an: Am frühen Morgen des 24. Dezember – Heiligabend, wohlgemerkt – habe ein großer, kräftiger Mann seinen Laden betreten und nach ›Schiffstabak‹ gefragt. Er wolle ihn zum Kauen, sagte der Mann. Offenbar hatte Cridge einige Platten ›Dark Willie‹ im Schaufenster ausgestellt, daher kam es nicht überraschend, dass Kunden danach fragten, so eben auch dieser Mann. Cridge ist bereit zu beschwören, dass der Presstabak, den Mr Desmond im Garten aufhob – ich habe ihn heute Nachmittag das Stück untersuchen lassen – derselbe ist, den er Heiligabend an diesen bestimmten Mann verkaufte. Volltreffer! Was sagen Sie dazu, Mr Bathurst?«

»Kann er den Käufer vielleicht ein wenig näher beschreiben?«

»Ein hochgewachsener, kräftig gebauter Mann von ungefähr ein Meter achtzig. Alter zwischen fünfzig und sechzig. Ein besonderes Merkmal, das Cridge auffiel, waren seine ›Hängebacken‹. Dieser Cridge ist kein Dummkopf, das kann ich Ihnen versichern. Und ich sag Ihnen noch etwas, das er im Verlauf der Vernehmung von sich gegeben hat. Er meinte, dieser Kunde habe einen reichlich nervösen Eindruck gemacht. Er habe einen dunkelblauen Wintermantel von relativ guter Qualität getragen, vielleicht sogar neu. Und während er also vor dem Tresen stand, habe er ständig seine Hände in den Taschen vergraben und wieder herausgezogen.«

»Wie bitte?«, fragte Mr Bathurst, der nun wirklich aufhorchte. »Wiederholen Sie das noch einmal, Inspector.« Nachdem Craig der Aufforderung nachgekommen war, konnte Anthony sich ein Schmunzeln nicht verkneifen. »Da haben Sie aber eine schwierige Aufgabe vor sich, Craig: Den Zufallskunden eines Tabakhändlers in Weymouth wiederzufinden – und es ist schon eine ganze Woche her. Ich beneide Sie keineswegs darum. Wie wollen Sie's denn angehen?«

Craig schaute ihn fragend an. »Ist Ihnen denn keine Idee zu diesem merkwürdigen Kunden gekommen, Mr Bathurst?« Er beeilte sich, seine Frage zu präzisieren. »Natürlich stelle ich hier lediglich Mutmaßungen an, das gebe ich gern zu … Aber man muss schon ein bisschen spekulieren können, um in meinem Beruf gut zu sein. Verstehen Sie, worauf ich hinauswill?«

»Das habe ich vorhin nicht getan, Craig, jetzt aber tue ich es schon. Und es würde mich nicht wundern, wenn Sie nicht so weit danebenlägen. Sie halten diesen Kunden im

Tabakladen für einen der Männer, die Sam McLaren angegriffen haben, um Sir Eustace Vernons Brief in die Finger zu bekommen. Obwohl ich beim besten Willen keinen vernünftigen Grund dafür erkennen kann, warum jemand diesen Brief in seinen Besitz bringen wollte. Ich wünschte, ich könnte es!« Er zündete sich eine neue Zigarette an. »Und ich habe diesem Problem mehr als nur einen Gedanken gewidmet.«

Der Blick, mit dem Craig ihn betrachtete, zeugte von widerwilliger Bewunderung. Der Inspector begann allmählich zu begreifen, dass es wenig gab, was Mr Bathursts Aufmerksamkeit entging. »Sie haben's erfasst, Sir. Das ist die Spur, der ich nachgehe. Die Erkenntnis kam mir urplötzlich, als Cridge seine Aussage machte. Mir ist die Jammermiene des alten Sam wieder eingefallen und wie er von ›großen, starken Kerlen‹ redete. Ich weiß, es war ein Schuss ins Blaue, aber dennoch glaube ich, dass ich auf der richtigen Fährte bin. Ulkig, dass Ihnen das Gleiche eingefallen ist wie mir.« Er strich sich mit den Fingern über die Wange. Auch Mr Bathurst wurde nachdenklich.

»Sehr wahrscheinlich, dass Sie auf der richtigen Fährte sind, Inspector. Ich werde Ihnen da gewiss nicht widersprechen oder etwas gegen Ihre Theorie vorbringen. Mein Problem ist jedoch, dass ich keine Verbindung zwischen dem Überfall auf Sam McLaren und dem Mord an Sir Eustace sehe. Ich weiß nicht, wohin uns diese Spur führen soll.«

»Man kann eben nicht erwarten, dass alles sofort mit allem verbunden ist, Mr Bathurst, wenn ich das so sagen darf. Ich bin schon ganz zufrieden, wenn ich neue Fakten aufdecke. Dann bekomme ich das Gefühl, dass ich doch allmählich einer Lösung näher komme.«

»Das ist ja bis zu einem gewissen Grad alles gut und schön, Craig. Was aber, wenn die neuen Fakten den alten widersprechen? Dann fange ich an, mir Sorgen zu machen, und merke, dass ich die Fäden, die ich in der Hand halte, nicht mehr hinreichend kontrollieren kann. Möchten Sie noch eine Zigarette, Inspector? Und da Sie mir nun so viel berichtet haben, werde auch ich Ihnen etwas anvertrauen.« Er entzündete ein Streichholz und gab dem anderen Feuer. »Heute bin ich wieder in Rodding gewesen, das wissen Sie sicher. Wie Sir Austin Kemble Ihnen gesagt hat, bin ich noch einmal hingefahren, weil ich ein oder zwei Dinge doch recht unbefriedigend fand. Ich kann Ihnen nun etwas sehr Interessantes und zugleich Absonderliches berichten, das ich heute in Vernon House erfahren habe. Meine Informantin war Miss Ashley, an der Wahrheit der Aussage dürfte also kein Zweifel bestehen. Sir Eustace Vernon war, was Sie und ich als ›wohlhabend‹ bezeichnen würden. Ein vergleichsweise reicher Mann, stelle ich mir vor – obwohl er in dem Brief, den Miss Ashley in ihrem Schlafzimmer fand, das Gegenteil beteuerte. Sind Sie darin mit mir einer Meinung?«

»Das würde ich auch so sehen, Sir.«

»Dann wird es Sie überraschen zu erfahren, Inspector, dass der Mann nicht über ein Bankkonto verfügte. Er scheint sein ganzes Geld im Haus verwahrt und sämtliche Rechnungen in bar beglichen zu haben. Was halten Sie davon? Irgendwie vorsintflutlich, finden Sie nicht?«

»Sonderbar ist es auf jeden Fall«, räumte Craig ein. »Und wo im Haus wurde das Geld aufbewahrt? Wusste Miss Ashley das?«

»Jetzt, da sie ein wenig Zeit hatte, alles zu überdenken – und ich glaube, sie hat mit Mr Desmond gesprochen –, meint sie, Sir Eustace müsse es in seinem Safe aufbewahrt haben.«

»Ich fange an, zu verstehen«, murmelte der Inspector. »Aus dem Safe wurde also Geld gestohlen, von dem Miss Ashley gar nicht wusste, dass es da war. Das macht schon einen Unterschied aus, oder?«

»So habe ich es Miss Ashley auch gesagt. Der Fall bekommt dadurch ein ganz anderes Gesicht. Deshalb habe ich es Ihnen mitgeteilt. Im Safe mag sogar ein kleines Vermögen in Banknoten gelegen haben. Miss Ashley macht sich nun große Sorgen, dass ihr gar nichts mehr geblieben sein könnte. Ihre Lage sieht ziemlich ernst aus. Ihr besonderes Erbstück – was immer es auch gewesen sein mag – ist ja nun auch verschwunden, vergessen Sie das nicht.«

»Es ist ein sogenannter ›unmöglicher‹ Fall«, empörte sich Craig. »Nirgendwo findet sich eine heiße Spur – und seit dem Mord ist schon fast eine Woche vergangen.« Kummervoll schaute er seinen Gefährten an, als erwartete er von ihm einen Hinweis.

Mr Bathurst stand vom Tisch auf und knöpfte sorgfältig seinen schweren Mantel zu, dann schob er die Hände tief in die Taschen. »So schlecht stehen die Dinge gar nicht, Inspector. Eigentlich glaube ich, schon zwei Drittel des Weges zur Lösung zurückgelegt zu haben. Aber einer der Punkte, die mir noch Sorgen bereiten, ist die Identität jener Frau, die vor Hammond das Messer zückte und dem Mädchen eine Todesangst einjagte. Die Frau, deren Kleid, nein, deren Rock, sie ist –« Plötzlich brach er ab, während in seinen grauen Augen eine Idee aufleuchtete. »Ich frage mich …«, murmelte er vor sich hin. »Ich frage mich …«

KAPITEL 17

Eins zu null für den Seemann

Mr Albert Fish, Vollmatrose auf dem Torpedobootzerstörer *HMS Semiramis*, spazierte zum Gartentor seines Elternhauses und spuckte feierlich auf das Stück des King's Highway, das vor Summerland Cottages verlief. Fish war in Mapleton geboren und aufgewachsen und hatte schon viele ähnliche Meisterleistungen in der noblen Kunst des Spuckens in allen Teilen des britischen Weltreiches vollbracht. Sein zehntägiger Heimaturlaub endete mit dem morgigen Tag, und er nährte in sich eine gewisse Feindseligkeit gegen die Bewohner von Vernon House in Rodding. Denn diese hatten zugelassen, dass während seines Urlaubs ein Mord passierte, und damit die Beschaulichkeit seines Stelldicheins mit Gracie Hammond empfindlich gestört. Wieder mal sein verdammtes Pech, sagte er sich niedergeschlagen. Der Seemann fuhr fort, besagtes Pech lebhaft und nach allen Regeln der Kunst zu verfluchen, wie es einem Mitglied der königlichen Marine zustand. Er machte sich derart ausgiebig Luft, dass er Mr Bathursts Anwesenheit nicht bemerkte, der sich ihm von hinten näherte.

»Habe ich die Ehre, das Wort an Mr Albert Fish zu richten?«

Mr Fish musterte den Fragesteller skeptisch. Dann wälzte er den Priem, mit dem er schon seit geraumer Zeit beschäftigt war, von der einen in die andere Backe.

»Nu' machen Sie man halblang«, entgegnete er schließlich taktvoll.

Mr Bathurst lächelte verbindlich. »Miss Hammond von Vernon House hat mir gesagt, ich könnte das Glück haben, Sie zu Hause anzutreffen, wenn ich sofort herkäme. Das sind die Summerland Cottages, nicht wahr?«

»Den lieben langen Tag«, gab Albert verdrossen zurück.

Wieder lächelte Mr Bathurst. »Ich weiß, Sie sind ein viel beschäftigter Mann, Mr Fish«, sagte er, »und ich würde Sie großzügig entlohnen, wenn Sie mir vielleicht zehn Minuten Ihrer kostbaren Zeit widmeten. Ich brauche nämlich Ihre Hilfe.«

»'ne halbe Minute, Chef. Sie haben sich die Freiheit genommen, grad eben den Namen einer gewissen jungen Dame zu erwähnen. Wenn Sie wegen ihr gekommen sind, dann können Sie gleich einpacken. Das läuft nicht. Nix da! Das Mädel gehört –«

»Sie verstehen mich falsch, Mr Fish. Ich beabsichtige keineswegs, Ihnen die junge Dame abspenstig zu machen. Mir ist bewusst, dass allein der Versuch dazu reine Zeitverschwendung wäre. Ich will mit Ihnen über den Mord an Sir Eustace Vernon sprechen. Und wie bereits gesagt, bin ich gewillt, für die Information zu bezahlen, die Sie mir wahrscheinlich geben können.«

Der Matrose nahm die beiden Ein-Pfund-Noten an. »Ich fürchte allerdings, dass Sie's die zwei Scheine nicht wert finden«, sagte er mit einem Grinsen. »Aber was soll's«, fuhr er fort, »ist Ihr Begräbnis, nicht meins. Ich hab ja den Preis nicht festgelegt.«

»Sie müssen mir schon zugestehen, dass ich weiß, was ich tue, Mr Fish. Ein Wert kann sich auch verändern, wissen Sie?«

Albert verzog den Mund zu einem breiten Grinsen. »Es fehlt Ihnen wohl nicht an den kleinen grauen Viechern, die immer auf den Käse scharf sind, was, Chef? Sie haben's so richtig dicke, glaub ich. Aber nur weiter im Text. Was genau woll'n Sie wissen? Nu' sagen Sie schon!«

»Sie können zunächst als gegeben annehmen«, sagte Anthony, »dass ich Scotland Yard repräsentiere.«

»Was?«, rief der Seemann aus. »Dann nehmen S' man bloß die Scheinchen hier wieder zurück. Auf so was fall ich nicht rein. Mich kriegen Sie nicht für Bestechung und Schmiergelder dran. Die Marine is' sich dafür zu schade, darauf können Sie Gift nehmen!«

Mr Bathurst hob die Hand und bedeutete Fish, seinen Fischzug wieder einzustecken. »Keine Sorge, Mr Fish«, verkündete er, »seien Sie versichert, dass Sie keinerlei Gefahr laufen, und dass Ihr Ruf keinen Schaden nehmen wird. Sehen Sie in mir einen inoffiziellen Mitarbeiter von Scotland Yard, wenn Sie mögen und es Ihnen die Sache erleichtert.«

Albert gab durchaus Anzeichen von Erleichterung zu erkennen. »Na schön. Aber Sie haben mich ganz schön aufgescheucht. Ja, das haben Sie, so viel steht fest. Was woll'n Sie nun also wissen? Denn ich hab ja gerade gesagt, dass ich glaub, ich hätt' nicht viel zu erzählen. Dafür würd' ich an Ihrer Stelle nich' unbedingt 'n paar Scheinchen abdrücken.«

»Laut Ihrer Freundin Miss Hammond müssen Sie sich an Heiligabend ungefähr eine halbe Stunde lang auf dem Anwesen von Vernon House aufgehalten haben. Entspricht das den Tatsachen?«

»Wenn sie's sagt, dann isses so, da würd' ich wohl dasselbe meinen. Hab gelernt, das immer so zu machen, dann spart man sich Scherereien.«

»Ein wenig rätselhaft formuliert«, bemerkte Anthony, »aber ich glaube Ihnen aufs Wort. Lassen Sie uns einen Schritt weitergehen. Laut Ihrer jungen Freundin waren Sie also von elf Uhr fünfzehn bis elf Uhr fünfundvierzig im Garten von Vernon House. Stimmt das so ungefähr?«

»Nich' nur ungefähr«, dröhnte Albert. »Die Kirchturmuhr hat zwölf geschlagen, als ich auf der Straße nach Mapleton war. Muss also gegen Viertel vor zwölf gewesen sein, wie ich meiner Gracie Lebwohl gesagt hab.«

»Und«, fuhr Mr Bathurst fort, »auf dem Heimweg – Sie hatten ja die Hauptstraße von Rodding genommen, wie Sie sagen –, haben Sie da jemanden auf der Straße gesehen?«

»Aber keine Menschenseele!«

»Haben Sie jemanden überholt?«

»Auf keinen Fall, Chef. Zwischen Vernon House und hier bin ich niemand begegnet.«

»Kennen Sie den Baumgürtel, der sich links von der Straße befindet, wenn Sie in Richtung Vernon House gehen? Der wäre dann also zu Ihrer Rechten gewesen, als Sie von dem Herrenhaus kamen?«

»Den kenn ich sogar sehr gut. Hab mehr als ein Stelldichein dort gehabt … Sind praktisch, diese Bäume. Sie brauchen Gracie aber nix davon erzählen. Die Bäume sind da, wo dem Major Prendergast sein Haus ist … Aber warum woll'n Sie das alles bloß wissen?«

»Sie haben nicht zufällig einen Mann gesehen, der sich unter den Bäumen versteckt hat, oder auch mehrere Männer?«

Albert schüttelte den Kopf.

»Ich hab da keinen nich' gesehen«, sagte er, »aber damit will ich nich' gesagt haben, dass da keiner gewesen wär, denn es is 'n ziemlich dickes Holz und ganz schön dunkel da unter den Bäumen. Aber ich hab ja auch nich' Ausschau gehalten nach Kerlen, die Verstecken spielen.«

Anthony rechnete schnell im Kopf nach. Laut Sam McLarens Aussage hatte er von ungefähr Viertel nach zehn, als der Angriff stattgefunden hatte, bis zwölf Uhr fünfzehn oder so ähnlich, als er sich wieder aufgerappelt hatte, in dem Graben gelegen. Aber es war durchaus möglich, dass der Matrose die Gestalt des alten Mannes im Graben nicht hatte sehen können.

»Als Sie das Grundstück von Vernon House verließen,

Mr Fish, auf welcher Straßenseite sind Sie da gegangen, links oder rechts?«

»Auf der linken«, erwiderte Albert prompt, »mach ich immer so.«

Wieder dachte Anthony scharf nach. »Wie spät war es, als Sie nach Vernon House gingen?«

Fish widmete dieser Frage intensives Nachdenken. »So gegen Viertel vor elf, würd' ich meinen.«

»Aha!«, rief Mr Bathurst. »Und ist Ihnen da jemand aufgefallen?«

Das, so sagte er sich, wäre ein passenderer Zeitpunkt, zu dem Fish jemanden gesehen haben *könnte*, denn Sam McLaren meinte ja, der Angriff auf ihn sei gegen Viertel nach zehn erfolgt.

Doch wieder schüttelte Albert seinen massigen Kopf. »Kann nich' sagen, dass ich wen gesehen hab, Chef. Nö … keine Menschenseele.«

»Sie haben nicht zufällig jemanden am Straßenrand liegen sehen?«

»Nee, Chef. Ich hab's Ihnen ja gesagt. Ich hab keinen Menschen nich' gesehen. Glaub nich', dass ich auch nur eine müde Seele –« Er brach ab und überlegte. »Aber jetzt sag ich Ihnen mal was, wo Sie mich das alles fragen. Ich sag Ihnen, was passiert is', wo ich auf Sir Eustace' Haus zuging. Da is' nämlich ein Automobil an mir vorbeigefahren.«

»Der Wagen hat Sie überholt? Meinen Sie das?«

»Nee … überholt … nee. Wie schon gesagt, an mir vorbeigefahren isser! Er is' aus der Gegenrichtung gekommen, ich weiß noch, wie mich die Scheinwerfer geblendet haben. Und jetzt sag ich Ihnen noch was, Sir ... Ist schon komisch, wie mir das alles auf einmal wieder einfällt. Ich hatt's total vergessen, aber jetzt, wo Sie gefragt haben, kommt's alles wieder. Da hinten bei dem Waldstreifen, wo Sie von gesprochen haben, da, wo der Major Prendergast wohnt, ungefähr hundert Yards hinter mir, würd' ich schätzen – also, ich will verdammt sein, wenn der Wagen da nicht gehalten hat! Ganz plötzlich hör ich, wie er anhält, und dreh mich um. Frag mich, warum er hält. Der Mond war ganz hell, müssen Sie wissen, Sir, sodass man tatsächlich was sehen konnte, sogar auf die Entfernung. Mir kam's so vor, als säh' ich aus dem Wagen 'nen Mann aussteigen. Also, ausgestiegen ist auf jeden Fall einer, das kann ich beschwören, und für mich sah's aus wie 'n Mann.«

»Das finde ich interessant, Mr Fish, das finde ich höchst interessant. Wie weit sind wir hier von Dyke's Crossing entfernt? Oder: Wie weit ist Dyke's Crossing von dem Baumgürtel entfernt, wo Sie den Wagen halten sahen?«

»Wenn Sie zwei Meilen schätzen«, erklärte der unerschrockene Matrose, »dann liegen Sie keine hundert Yards daneben.«

»Hm. Ich weiß, dass ich Ihre Erinnerung arg strapaziere, Mr Fish, aber Sie sind ja auch ein außergewöhnlicher Mann. Haben Sie eine Ahnung, was der Mann getan hat, als er, wie Sie glauben, aus dem Wagen stieg?«

»Da fragen Sie mich zu viel, Sir ... Hab darüber kaum nachgedacht. Weil ich hatte ja nur das Treffen mit meinem

Mädchen im Kopf, Sie verstehen schon. Kann deshalb nur sagen, dass er aus'm Auto ausstieg und in den Wald reinging.«

»Und Sie sind weiter in Richtung Haus gegangen, nehme ich an?«

»Ich bin weitergegangen. Wenn er unbedingt Verstecken spielen wollte, dann ging mich das ja nix an, oder?«

»Wahrscheinlich nicht.« Anthony verstummte und zündete sich zum Nachdenken eine Zigarette an.

»Wollen Sie auch eine?«, fragte er seinen Begleiter.

»Nee, danke schön«, erwiderte Albert. »Ich rauch nich' so viel. Geben Sie mir 'n Stück Spearmint, dann bin ich glücklich.« Er mampfte zufrieden an seinem Kautabak.

»Die meisten von uns rauchen ohnehin zu viel«, äußerte Mr Bathurst vorsichtig. »Haben Sie in den nächsten zwei Stunden etwas vor, Mr Fish?«

Albert erwog die Frage mit der ihr zustehenden Gründlichkeit. »Warum?«

»Möchten Sie vielleicht mit mir in Richtung Rodding spazieren, auf der Straße, die Sie auch am Mordabend genommen haben? Ich würde gern einmal einen Blick in diese Baumgruppe werfen. Nur so aus Neugier. Mir ist natürlich bewusst, dass ich damit noch mehr von Ihrer kostbaren Zeit in Anspruch nehme. Ich gehe auf jeden Fall dorthin, und wenn es Ihnen möglich wäre, mich zu begleiten, würde Ihre Kenntnis der Landschaft und der Lage der Örtlichkeiten zueinander die ganze Sache für mich wesentlich einfacher machen.«

»Da bin ich genau der Richtige, Sir. Aber Sie dürfen mich nich' zu lange aufhalten. Ich werf heute bei der Darts-Meisterschaft im *Cauliflower and Crumpet* –«

»Sagen Sie nur Bescheid, wenn Sie aufbrechen müssen«, unterbrach ihn Anthony. »Jederzeit, wann es Ihnen am besten passt. Das ist doch ein faires Angebot, nicht wahr?«

Albert sprang über das Gartentor, hinter dem er bisher gestanden und die Unterhaltung geführt hatte.

»Dann man los, Chef. Für *die* Bedingungen lass ich mich anheuern. Mir nach!«

Anthony schloss sich dem Matrosen an, der mit wiegendem Seemannsgang ein tüchtiges Tempo vorlegte. Sie sprachen nur wenig, aber Mr Bathurst war zufrieden, denn es verschaffte ihm Muße, seinen Begleiter eingehender zu betrachten. Mr Fish ließ sich nicht anmerken, dass es ihn störte. Nach einer halben Stunde gelangten sie an eine Kreuzung. Mr Fish deutete mit dem Daumen nach links. »Da rüber geht's nach Dyke's Crossing«, verkündete er. »Die Bahnstrecke nach London is parallel zu der Straße, auf der wir jetzt stehen.«

Anthony zeigte auf einen Bach, der in die gleiche Richtung floss. »Das ist wohl der Rodd?«

»Ganz recht, Sir. Aber auch wenn der Bach *Rodd* – ›Angel‹ – heißt, kriegst du kaum mal einen Fisch raus.« Wieder grinste er breit und zeigte vor Freude über seinen Geistesblitz strahlend weiße und ebenmäßige Zähne.

»Da sollten Sie doch froh sein«, entgegnete Mr Bathurst.

»Ich? Was meinen Sie denn damit?«

»Berührt uns da nicht ein wundersam mildes Mitgefühl? Sie als ›Fish‹...«

»Jetzt sind Sie mir 'n bisschen zu clever, Sir«, gab Albert gut gelaunt zu. »Das hab ich nicht so ganz kapiert ... Da sind die Bäume, Sir, Sie können sie von hier aus sehen. Da drüben, links von der Straße.«

Nachdem sie eine leichte Kurve hinter sich gebracht hatten, sah Anthony den Baumgürtel.

»Und da ist Vernon House, oder besser gesagt: Da is' der Rauch, wo aus dem Kamin rauskommt.« Der Seemann schirmte seine Augen vor der Wintersonne ab und zeigte auf etwas in der Ferne. Seine scharfen Augen mochten wohl Rauch erspähen – Anthony konnte lediglich die Kamine des Hauses erkennen.

Zehn Minuten in forschem Marschtempo brachten sie zu der Stelle, die Mr Bathurst als Ziel bestimmt hatte.

»Nun is' aber«, hob Miss Hammonds Verlobter an, »vieles an der Sache bloß 'n Ratespiel. Oder 'n Glücksspiel, um es mal so zu sagen. Es war dunkel, nur der Mond hat geschienen, und ich war ja ganz schön weit weg. Warten Sie kurz ... Lassen Sie mich erst mal die Position bestimmen.« Er schaute die Straße entlang und schien zu rechnen. Dann ging er die gesamte Strecke zu dem Baumgürtel und wieder zurück zu Mr Bathurst. Der stand da, tief in Gedanken versunken.

»Was sind das für Bäume, Fish? Erlen?«

»Nehm's an. Ist ja ziemlich feucht und sumpfig hier, wie Sie sehen. Da unten ist das Tal vom Rodd. Sehen Sie mal, wie schnell der fließt.« Der Matrose widmete sich wieder seiner Rechenaufgabe. Nach einigen Sekunden schien er zu einem Ergebnis gekommen zu sein. »Also –, ich glaub, ich könnt' es jetzt sagen, Chef. Wie ich schätze, stand ich da oben, als ich mich umgedreht hab.« Er deutete auf einen imaginären Punkt auf der Straße. »Der Kerl muss also ungefähr hier geparkt haben und is' dann irgendwo dort drüben den Abhang runtergegangen.« Seine Hand, die schaufelartige Ausmaße hatte, wies auf die bezeichnete Stelle, und Mr Bathurst konnte sich der Vorstellung nicht erwehren, dass Mr Fish beim Cricket nicht nur Bälle fangen würde. Er trat unter die Bäume. Als er mehrere Schritte gegangen war, schaute er über das sanft abfallende Ufer auf die schwellenden Wasser des einsamen Rodd, eine friedlich wirkende Szenerie. Mit den Augen schätzte er die Entfernung ab. »Zu weit entfernt«, sagte er sich, »falls meine Annahme korrekt sein sollte. Nur ein sehr kräftiger Mann könnte ...« Er ging in seiner eigenen Spur zurück, und schließlich fing er an, Kreise zu beschreiben. Plötzlich verharrte er und richtete den Blick auf den Boden. Der war in unmittelbarer Ufernähe vergleichsweise weich, und das Gras hatte ein moosartiges Aussehen. Mr Bathursts Aufmerksamkeit war von einer Fußspur geweckt und gefesselt worden. Mindestens acht Abdrücke konnte er zählen, und sie führten zweifellos von der Straße hierher. »Kommen Sie mal, Fish!«, rief er. »Schauen Sie sich diese Spur an. Meinen Sie, die könnte von Ihrem mitternächtlichen Kraftfahrer stammen?«

Albert betrachtete die Spuren eingehend. »Könnt' wohl sein, Sir.« Er versuchte, den Abdrücken bis zur Straße zu folgen. Dann kehrte er zu Mr Bathurst zurück. »Sehr wahrscheinlich, Sir. Mehr als nur wahrscheinlich. Sie scheinen mir grad an der richtigen Stelle zu sein, der Stelle, von wo der Kerl losgegangen sein würde.«

»Ich will ganz offen zu Ihnen sein, Fish. Ich habe mir meine eigene kleine Theorie über den Mord an Sir Eustace Vernon zurechtgelegt und möchte nun einen Teil von ihr auf die Probe stellen. Wollen wir gemeinsam den Fußspuren folgen?«

Albert Fish nickte gehorsam. Seine Neugier war geweckt worden und demzufolge sein Interesse an der Angelegenheit beträchtlich gewachsen. Ihre Aufgabe war relativ einfach. Die Spuren führten zu einem Baum, der wahrscheinlich der größte des Hains war. Hinter dem Baum waren keine Spuren mehr zu erkennen. Mr Bathurst blieb stehen.

»Nun, Mr Fish«, sagte er bedeutsam. »Fällt Ihnen irgendetwas auf?«

Albert schüttelte verständnislos den massigen Kopf. Er wirkte ein wenig überfordert. »Kann ich nich' sagen, Chef. Tut mir leid, wenn ich Sie enttäuscht hab. Aber 's war schließlich Ihre Idee!«

»Schauen Sie!« Mr Bathurst zeigte gebieterisch auf den Stamm des Baums. Und wieder war Albert nicht auf Draht und schüttelte bloß den Kopf. Mr Bathurst holte weiter aus. »In welcher Weise, oh Alberto Poissonnio, unterscheidet sich dieser Baum von den meisten anderen der Umgebung? Sehen Sie sich gut um, bevor Sie Ihr Urteil fällen. Und nehmen Sie sich Zeit, mein Freund.«

Mit feierlichem Ernst ließ Albert seinen Blick über die Bäume wandern, wobei sein großes, rundes Gesicht einen nahezu eulenhaften Ausdruck annahm. Für eine geraume Weile schien ihm gar kein Licht aufzugehen, doch endlich leuchtete es auf und erhellte sein breites Gesicht. »Das große Loch in dem Baumstamm da«, verkündete er. »Die meisten andern haben keins. Oder wenigstens nich' so 'n großes.«

»Sie werden besser, mein lieber Freund«, bemerkte Anthony. »Sie blühen geradezu auf, wenn man Sie ermutigt. Genau das wären auch meine Worte gewesen. Nun werden wir sehen, ob meine Theorie der ersten Prüfung standhält.« Er beugte sich herab und spähte in das merkwürdig geformte Loch im Stamm. Es war vollständig mit einer schwarzen moosartigen Masse bewachsen, wie man sie in dieser Art Baumlöcher zu finden pflegt. Vorsichtig steckte Mr Bathurst seine Hand hinein. An der linken Seite der Öffnung befand sich eine große Höhlung, von der der moosige Bewuchs offenbar vor Kurzem entfernt worden war. Der Seemann sah das Gesicht seines Begleiters mit unverhohlener Befriedigung aufleuchten. Dann zog Mr Bathurst seine Hand wieder heraus.

»Mich laust der Affe, Chef!«, schrie Albert Fish ehrlich erstaunt. »Ein Revolver!«

»Ein Revolver, ganz gewiss, Mr Fish, und mehr als das – *der* Revolver, wie ich glaube.« Er drehte die Waffe in seiner Hand. »Hallo – was haben wir denn hier?« In den Griff waren zwei Buchstaben graviert: Initialen.

»T. D.!«, rief der Seemann. »Dann muss er Mr Desmond

gehör'n! Dem Burschen, wo Sir Eustace' Nichte heiraten soll – Miss Ashley.«

»Sieht ganz so aus, Fish, zweifellos.« Anthony sah den Matrosen ernst an. »Fish«, sagte er, »ich muss Sie bitten, über diese Sache absolutes Stillschweigen zu bewahren. Erzählen Sie keiner Menschenseele davon. Nicht einmal Gracie Hammond. Vielmehr – vor allem nicht Gracie Hammond. Verstehen Sie? Kann ich mich auf Ihr Wort verlassen?« Zwei weitere Geldscheine wechselten den Besitzer.

»Könn' Sie, Sir«, versicherte der tief beeindruckte Albert. Mit seinem riesigen Handrücken fuhr er sich über den Mund. »Auf jeden Fall. Und vielen Dank auch, Sir. Verlassen Sie sich nur auf mich. Sie sind 'n Gentleman.«

»Ich würde nicht so weit gehen, das zu behaupten«, entgegnete Mr Bathurst.

KAPITEL 18

Mr Bathurst trifft einen alten Bekannten wieder

»Das macht dann vier Pence, Nobby. Und nimm bloß deinen Ärmel vom Tresen. Hier hast du deinen Kuchen. Und was kann ich nun für Sie tun, Sir?« Sam McLaren äugte über die Theke auf die hochgewachsene Gestalt, die außerhalb des Lichtkegels seines Kaffeewagens stand. Dann glomm in seinem sichtbaren Auge ein Funke von Überraschung und Wiedererkennen auf. »Also – du meine Güte, Sir!«, rief er in heiterem Ton. »Hab Sie zuerst gar nich' erkannt. Wenn ich mich nich' arg vertue, dann sind Sie einer von den Gentlemen, wo ich auf der Wache gesehen hab, nach meinem kleinen Weihnachtsabenteuer. Is' doch richtig, oder?«

»Vollkommen richtig, McLaren«, bestätigte Mr Bathurst, »ich habe gemerkt, dass Sie mich nicht gleich erkannt haben. Geben Sie mir bitte einen Kaffee und einen Cracker. Ich würde gerne mit Ihnen über ein oder zwei Dinge plaudern. Ich stehe Ihnen doch nicht im Weg, oder? Sie haben im Moment nicht allzu viel zu tun?«

»Nie zu viel, um mit ’nem Gentleman zu plaudern, Sir. Hat mir mein alter Opa aus Aberdeen beigebracht. Der hat immer gesagt: ›Sam, lass dir nie die Gelegenheit entgehen, mit ’nem Gentleman zu reden. Denn das is’ lehrreich, und du weißt nie, was dabei rumkommt. Und außerdem kost’ es nix. War überhaupt ein feiner Mensch, mein Großvater, ja, das war er«, fügte Sam versonnen hinzu, »und wir war’n alle Mann stolz auf ihn. Hatte auch ’nen guten Ruf bei den Nachbarn. Ein Mal, das weiß ich noch, haben ihn sechs Polypen auf die Wache schaffen müssen. Un’ dann schlägt er noch vier von den Gaunern k. o. Und die war’n auch k. o. – das könn’ Sie mir glauben.«

»Ein Mann nach meinem Herzen«, pflichtete Anthony ihm bei. »Es ist immer schön, wenn ein Mensch sich unter widrigen Umständen behaupten kann. Wie Sie sich aber vielleicht denken können, bin ich nicht gekommen, um mit Ihnen über Ihre Vorfahren zu reden. Obschon ich keinerlei Zweifel hege, dass es ein interessantes, um nicht zu sagen: lehrreiches Thema wäre. Nein, ich möchte, wenn das möglich ist, unsere Unterhaltung von Weihnachten ungefähr an der Stelle weiterführen, wo wir aufgehört haben. Können Sie mir folgen, McLaren?«

Sam wirkte ein wenig verwirrt. »Kann ich nich’ so richtig sagen, Sir. Nicht so ganz, mein ich. Können Sie nich’ ’n bisschen Klartext reden?«

»Vielleicht verstehen Sie besser, worauf ich hinauswill, wenn ich Ihnen ein paar Fragen stelle. Zunächst einmal: Können Sie mir noch irgendetwas zu der Angelegenheit sagen, die ich mal als ›Affäre Sir Eustace Vernon‹ bezeichnen will?«

Sam schüttelte langsam den Kopf und rückte an einer Tasse im Regal herum. »Nö, Sir, gar nix. Was meinen Sie denn genau?«

»Ist noch etwas geschehen?«

»Nix.«

»Niemand hat versucht, mit Ihnen Kontakt aufzunehmen? Kein Brief, keine Nachricht?«

Sam drehte sich auf dem Absatz um und spie entrüstet aus: »Keine einzige verdammte Zeile, Sir! Ich hab Ihnen ja am Weihnachtsabend schon gesagt, dass Sam McLarens kleiner Traum vom Paradies futsch war. Daran hat sich nix geändert, und was noch schlimmer is': Ich hab schon die ganze Zeit das scheußliche Gefühl, dass ich wohl niemals erfahr, wie viel ich überhaupt verloren hab. Das kann einem Mensch schon zusetzen. Wie 'n Schmerz überall. Noch wochenlang, nachdem der olle Aristo mit mir gesprochen hat, hab ich geträumt, was da alles Schönes auf mich zukommen tät'. Un' wissen Sie, was mein schönster Ausflug ins Traumland war?« Er hielt inne, und Mr Bathurst hätte nun Gelegenheit gehabt zu antworten. Aber er schüttelte nur, mit der Situation angemessenem Staunen, den Kopf. »Dann werd ich's Ihnen verraten, Sir. So 'n kleines schnuckeliges Plätzchen auf'm Land, mit 'n bisschen Grund und Boden dabei, 'n bisschen Federvieh un' vielleicht ein Schweinchen oder auch zwei, un' dann natürlich 'ne nette Kneipe in der Nähe. 'ne kleine Kneipe, wo meine Wenigkeit pünktlich und regelmäßig jeden Morgen hätt' reinschauen können. Und abends wär ich natürlich auch gegangen. Hätt' glatt noch 'n Orden dafür gekriegt.« Sams Miene war von tragischer Entsagung durchzogen, als er seine rosigen Erwartungen mit der Schäbigkeit seiner derzeitigen Existenz verglich.

Anthony machte eine mitfühlende Geste. »Lassen Sie die Hoffnung nicht vorschnell fahren, McLaren. Ein Spiel ist erst verloren, wenn die anderen gewonnen haben, das wissen Sie doch! Denken Sie stets dran: Morgen ist auch noch ein Tag.«

»Ja, und so ziemlich der gleiche, soweit's mich angeht, Sir. Das isses ja, was mich so traurig macht.« Er wandte sich einem neuen Kunden zu.

»An dem Abend, als Sie zu Sir Eustace' Anwesen gegangen sind, McLaren«, fuhr Anthony eine Minute später fort, »können Sie sich erinnern, ob da vielleicht ein Wagen an Ihnen vorbeigefahren ist, der Ihnen entweder entgegenkam oder Sie überholt hat?«

»Aber kein einziger, Sir! Das einzig Lebendige, wo ich getroffen hab, waren diese beiden Saukerle, wo mir aufgelauert haben. Können Sie meine ›Sparringspartner‹ nennen, wenn Ihnen das besser gefällt.« Bei der Erinnerung daran rieb er sich schaudernd die Nase.

»Was diese beiden Männer angeht – Inspector Craig sieht sich außerstande, sie aufzuspüren, McLaren. Er hat sich in der ganzen Gegend erkundigt, und nicht nur in diesem Bezirk, sondern auch in den angrenzenden, doch gänzlich ohne Erfolg. Überall hat er eine Niete gezogen. Niemand scheint auch nur einen flüchtigen Blick auf die beiden erhascht zu haben.«

Sam rieb sich verzagt den Kopf. Unmut blitzte aus seinem Auge. »Ich hab mehr als bloß 'n Blick von den beiden erhascht, Sir. Die haben sich mir gründlich vorgestellt. Ich –«

»Ach, übrigens, Sam«, fiel ihm Anthony ins Wort, »hat einer der beiden zufällig einen schweren Mantel getragen, wahrscheinlich einen dunklen? Haben Sie wenigstens das erkennen können?«

»Das stimmt, Sir! Die Kerls haben beide dunkle Mäntel getragen! Sie haben den Nagel auf'n Kopf getroffen, da gibt's gar kein Vertun. Woher haben Sie 'n das bloß gewusst?«

»Bringen Sie mich nicht in Verlegenheit, McLaren. Aus einer kalten Winternacht auf einen schweren Mantel zu schließen, einen dunklen noch dazu …«

Sam schien Mr Bathursts Einwände gar nicht gehört zu haben. »Wenn meine Meinung irgendwas wert is' – aber das glaub ich nich' –, dann haben diese beiden Nichtsnutze, wo mir die Weihnachtsgrüße um die Ohr'n gehauen haben, eigentlich wie entsprungene Sträflinge ausgesehen. Würd' mich gar nich' wundern, wenn ich eines schönen Tags zu hören krieg, dass das die Kerle war'n, wo den armen Sir Eustace kaltgemacht haben. Nö, das würd' mich kein bisschen nich' wundern.« Geschickt jonglierte er mit einer Tasse Kaffee, bevor er sie einem Kunden reichte. »Sonst noch was Neues über das Verbrechen, Sir?«

»Kaum, McLaren. Der Inspector tappt nach wie vor im Dunkeln.«

»Wie geht's denn der jungen Lady? Die junge Dame, wo da oben in Vernon House lebt … War sie nich' die Nichte von dem alten Knaben? Er hat ihr ordentlich was hinterlassen, nehm ich doch an?«

»Im Gegenteil, McLaren. Soweit wir im Moment wissen, hat er überhaupt nicht gut für sie gesorgt. Denn in jener Nacht ist in Vernon House sowohl ein Mord als auch ein schwerer Raub verübt worden. Miss Ashley hat einen großen Verlust erlitten, sehr viel größer, als wir zunächst angenommen haben. Sogar ein spezielles Erbstück – wenn man es so nennen kann – scheint mit der übrigen Beute gestohlen worden zu sein.« Anthony schaute auf und sah, dass der alte Kaffeestandbesitzer ein zutiefst betroffenes Gesicht machte.

»Was?«, rief er aus. »Sie wollen doch nich' … Also wenn das ma' nich' 'n verdammtes Pech ist. Schlimmer als wie meins, und ich hab geglaubt, mein Pech wär schon schlimm genug. Gibt immer Leute auf der Welt, denen's noch schlechter geht als unsereinem, man muss nur 'n bisschen suchen. Oje, oje, oje!« Mitleidig klapperte er mit den Zähnen. »Was will sie denn nu' machen?«

»Was *kann* sie denn machen? Der Fall liegt in den Händen der Polizei. Und jeden Moment kann sich etwas Neues ergeben. Daran arbeiten wir mit vereinten Kräften.«

Sam zuckte pessimistisch die Achseln. »Aber vielleicht auch nich. Hab keine besonders hohe Meinung von der Polizei. Die kann doch nichts weiter wie den Verkehr regeln! Glaub nich', dass man Supermann sein muss, um die meisten Wachtmeister hinters Licht zu führ'n. Danke schön, Sir.« Er nahm die Zigarette und steckte sie sogleich an.

»An Ihrem Stand bekommen Sie doch bestimmt eine Menge Dorfklatsch zu hören, McLaren. War da jemals etwas dabei, das mit dem Mord zu tun hatte?«

»Einmal, Sir. So 'n wirres Gerede. Die meisten, die ich hier so als Kundschaft hab, die brauch' man nich' groß ermutigen. Die reißen das Maul auf und hängen ihre blöden Zungen in den Wind. Nö, ich hab nix gehört, wo von Interesse wär.«

»Verstehe. Nichts, dem Sie irgendwelche Bedeutung beimessen. Jedenfalls glaube ich Ihnen aufs Wort.« Mr Bathurst schaute auf seine Armbanduhr. »Ab jetzt wird's hier wohl lebhafter?«

»Stimmt, Sir. Ab dieser Stunde läuft das Geschäft eins a. Die beste Zeit vom Tag für mich.«

»Wie lange haben Sie Ihren Stand schon, Sam?«

»Am zweiten Juni sind's fünf Jahre, Sir. Und ich hab 'n gutes Geschäft aufgebaut. Einen Stand, wo mir einträglichen Gewinn bringt.« Er grinste Anthony an, und der fühlte sich mehr denn je an den alten Piraten Pew erinnert. »So einträglich, dass ich daran denke, 'n Angebot anzunehmen. Einer von den Hiesigen hat Interesse angemeldet, und wenn er meine Bedingungen akzeptiert, werd ich wohl mit ihm abschließen. Bin nich' mehr so scharf auf diesen Ort wie früher. Diese Sache da hat den Unterschied ausgemacht – bin irgendwie enttäuscht, könnt man sagen.«

»Ich kann Ihren Standpunkt sehr gut verstehen«, sagte

Mr Bathurst. »Das ist ja nur natürlich. Den meisten Menschen würde es so ergehen. Ach, sagen Sie, wo wohnen Sie eigentlich? Falls ich Sie noch einmal sprechen möchte?«

»Bei Mrs Croucher, Nummer 83, Mafeking Street, Mapleton. Grad vom Bahndepot die Straße runter, kann Ihnen jeder in Mapleton zeigen. Ich bin hier bekannt wie 'n bunter Hund.«

»Danke, ich werde mir die Adresse merken. Oh, und eine Frage noch, McLaren, bevor ich mich wieder auf den Weg mache. Sie wohnen ja schon eine ganze Weile in Mapleton … Können Sie sich an irgendwelche privaten Theateraufführungen in Vernon House oder sonst wo in der Nachbarschaft erinnern?«

Sam legte seine Stirn in Falten. »Kann ich nich', Sir. Aber ich würd' natürlich auch nix davon mitkriegen. Mir würd' keiner was sagen … Is' nich' grade mein Metier. Aber warum wollen Sie das wissen, Sir, wenn ich fragen darf?«

Er schien bass erstaunt, dass Mr Bathurst ihm eine solche Frage stellte.

Anthony lachte. »Reine Neugier, Sam. Auf Wiedersehen.« Er drückte das übliche *pourboire* in McLarens ablehnende Hand und machte sich auf den Weg, bevor der Alte eine Erwiderung formulieren konnte. Ungefähr hundert Yards ging Mr Bathurst tief in Gedanken versunken dahin. »*Der einzige Weg*«, murmelte er vor sich hin, »*Der Gefangene von Zenda*, *Die Postkutsche von Lyon* …« In diesem Augenblick fiel es ihm wie Schuppen von den Augen: So und nicht anders musste es sich abgespielt haben!

KAPITEL 19

Fünfhundert Pfund für den verstorbenen Mr Damery

Es war in diesem Stadium des Falles – der später in den Erzeugnissen der Tagespresse unter dem Titel »Die Knallbonbon-Morde« etliche Spalten füllen sollte –, dass Mr Bathurst begann, sein Feld zu bestellen. Wie er im Nachhinein einem erlesenen Zirkel, bestehend aus Sir Austin Kemble, Lady Fullgarney und ihrem Gatten Sir Matthew, erklärte, war dies der Zeitpunkt, als er endlich auf den Kern der harten Nuss stieß und sich daranmachen konnte, diesen zu knacken. Er gebe gern zu, sagte er seinen Gästen, dass er bis dahin sozusagen »geschwommen« sei.

Mr Bathurst beschloss, dass er drei wichtige Besuche zu machen hatte. Er wollte Mr Cornelius Van Hoyt aufsuchen, denn er sagte sich nicht zu Unrecht, dass dieser Mann sich als wahre Goldgrube für einen eminent wichtigen Punkt der Ermittlungen erweisen könnte. Und abgesehen von Mr Van Hoyt galt es, noch zwei weitere Personen zu befragen.

Es wurde Mr Bathurst immer deutlicher, dass er es mit einem unsäglich niederträchtigen Verbrechen zu tun hatte, mit einem Delikt, das so kaltblütig geplant worden war, dass die Aufdeckung große Schwierigkeiten bereiten musste. Das gleiche Gefühl hatte er gegen Ende des »Pfauenauge«-Falles gehabt; dieses Verbrechen jedoch, in das er rein zufällig gestolpert war, war noch teuflischer konzipiert und skrupelloser verübt worden. Glasklar stand ihm die Erkenntnis vor Augen, dass das Schicksal ihn wieder einmal dazu ausersehen hatte, mit einem Meisterverbrecher die Klingen zu kreuzen, mit einem Mann, der keinen nennenswerten Fehler gemacht und nichts unversucht gelassen hatte, um die Justiz zu narren. Davon fühlte sich Mr Bathurst jedoch nicht im Mindesten abgeschreckt. Langsam, aber sicher sammelte er die Fäden der mysteriösen Affäre in seinen geübten Händen und war guter Hoffnung, dass er in wenigen Tagen in der Lage sein würde, den Fall abzuschließen. Daher wollte er zuerst den Schauspielagenten J. Vincent Damery in der Shaftesbury Avenue aufsuchen. Ein Blick in das aktuelle Londoner Telefonbuch offenbarte unter der genannten Anschrift allerdings keine Person mit diesem Namen. Unverzagt und kaum überrascht griff Mr Bathurst zum Telefon und sprach mit den Herausgebern des ausgezeichneten Adressbuches. Fünf Minuten hartnäckiger Nachfragen bescherten ihm schließlich die gewünschte Information.

Ein »J. Vincent Damery« hatte bis vor ungefähr drei Jahren auf einer Etage des Hauses Nr. 34 in der Shaftesbury Avenue residiert, zurzeit aber waren die Räume an einen gewissen Mr Spencer Sanderson vermietet. Mr Bathurst dankte seinem Informanten in gebührender Kürze, denn am Telefon gestattete er sich niemals überflüssige Worte.

Als er vor dem Haus anlangte, stellte er fest, dass es sich um ein Ladenlokal handelte – doch in einem Fenster über dem Geschäft las er die Worte *»Spencer Sanderson, Theateragent«*. Mr Bathurst betrat das Gebäude durch den Seiteneingang und stieg eine Treppe hoch. Er klopfte an ein Fenster, auf dem deutlich lesbar *»Auskünfte«* stand. Sofort öffnete ihm ein Mann mittleren Alters. Mr Bathurst händigte ihm seine Karte aus. Der Mann betrachtete sie und schaute dann fragend auf den Besucher.

»Mr Spencer Sanderson?«, erkundigte sich Anthony.

»Er ist da, Sir, gewiss. Müssen Sie ihn persönlich sprechen?«

»Ich glaube, das wäre das Beste – wenn es Ihnen nichts ausmacht. Ist er denn im Moment frei?«

»Ich werde nachfragen, Sir. Wären Sie so freundlich, einen Augenblick zu warten?«

Der Mann verschwand und kehrte nach erstaunlich kurzer Zeit zurück.

»Mr Sanderson kann Sie jetzt empfangen, Sir. Zufällig hat er im Moment keine Termine. Wenn Sie bitte hier entlang kommen würden …?«

Mr Bathurst zwängte sich durch einen engen Korridor und betrat ein Zimmer, in dem ein leichenblasser Mann hinter dem Schreibtisch hockte. Er war offenkundig vom Fach.

»Setzen Sie sich, Mr Bathurst«, dröhnte seine tiefe Stimme. »Was kann ich für Sie tun?«

»Womöglich gar nichts, Mr Sanderson. Mein Auftrag

ist nämlich höchst ungewöhnlich. Tatsächlich wollte ich eigentlich zu dem Gentleman, der Ihr Vorgänger war, und nicht zu Ihnen – die Rede ist von Mr J. Vincent Damery.«

»Mr Damery ist vor drei Jahren verstorben, wie ich Ihnen bedauerlicherweise mitteilen muss. Doch möglicherweise kann ich Ihnen helfen, wenn Sie mir die Angelegenheit in groben Zügen umreißen.«

»Das ist sehr freundlich von Ihnen, doch ich bezweifle, dass Sie mir helfen können. Ich komme in der Angelegenheit des verstorbenen Sir Eustace Vernon von Vernon House, Rodding. Ich habe guten Grund zu der Annahme, dass Sir Eustace geschäftlich mit Mr Damery zu tun hatte. Allerdings weiß ich nicht, wann das gewesen ist, und leider auch nichts Genaues über die Art dieser geschäftlichen Beziehung.«

»Sir Eustace Vernon … Ist das nicht der Mann, der vor Kurzem ermordet wurde – vor ungefähr einer Woche? Darf ich vielleicht einmal fragen, in wessen Namen Sie hier sind?«

»Sie haben völlig recht, was die Identität des Gentleman betrifft, Mr Sanderson. Und mich können Sie als eine Art ›Aushilfe‹ von Scotland Yard betrachten.« Anthony setzte ein gewinnendes Lächeln auf.

»Nun, auch wenn alles, was Sie sagen, zutrifft, Mr Bathurst, fürchte ich, dass ich Ihnen in dieser Angelegenheit wohl kaum von Nutzen sein kann. Als ich die Agentur übernahm, habe ich fast alle alten Akten und Briefe fortgeworfen. Persönlich habe ich niemals mit Sir Eustace Vernon zu tun gehabt.«

»Meine Suche scheint demnach zum Scheitern verurteilt zu sein. Das hatte ich bereits befürchtet. Dennoch gibt es vielleicht einen Hoffnungsschimmer. Haben Sie zufällig einen der Angestellten behalten, die unter Mr Damery tätig waren?«

Mr Sandersons düstere Miene hellte sich auf. »Das ist eine Idee. Aber sicher! Tatsächlich ist noch ein Angestellter von Damery bei mir: sein Sekretär nämlich, Sie haben ihn gerade kennengelernt. Er heißt Payne. Selbstverständlich können Sie ihn befragen.« Sanderson läutete. »Payne«, sagte er, als der Sekretär erschien, »Sie waren doch lange Zeit bei dem verstorbenen Mr Damery in Stellung, nicht wahr?«

»Das war ich, Sir, über zwanzig Jahre. Ich bin jetzt siebenundfünfzig, und ich war zweiunddreißig, als ich zu Mr Damery –«

»Schön, Payne. Wenn Sie jetzt diesem Gentleman einige Fragen beantworten würden?«

»Folgendes möchte ich wissen«, sagte Mr Bathurst. »Können Sie sich erinnern, ob Ihr früherer Arbeitgeber Mr Damery geschäftlich mit einem gewissen Sir Eustace Vernon zu tun hatte?« Noch während er sprach, hätte er schwören können, dass Paynes Augen vor Überraschung aufleuchteten. Doch der Mann beantwortete Mr Bathursts Frage bereitwillig genug.

»Nun, Sir … ja … und nein.«

»Würden Sie das bitte näher erklären?«

»Ich weiß, es klingt absurd, Sir«, sagte Payne und wandte sich an seinen Arbeitgeber, als wollte er für sein rätselhaftes Verhalten mildernde Umstände erbitten, »aber es ist trotzdem die Wahrheit. Ich kann nur so viel sagen: Mr Damery erhielt eine Summe von fünfhundert Pfund – ja, so viel, glaube ich, war es – von Sir Eustace Vernon, aber wofür er das Geld bekam, das kann ich beim besten Willen nicht sagen. Mr Damery hat es nicht für angebracht gehalten, mir das mitzuteilen. Mehrere Briefe trafen ein, die entweder den Poststempel von Rodding oder von Mapleton trugen, aber der Chef hat nie auch nur ein Sterbenswörtchen darüber verloren.«

»Verstehe«, sagte Anthony. »Sie wissen wohl, dass Sir Eustace an Heiligabend ermordet wurde?«

»Ich hab's natürlich in der Zeitung gelesen. Eine ganz mysteriöse Geschichte, nicht wahr?«

»Äußerst mysteriös. Und ich hatte gehofft, dass ich heute vielleicht etwas erfahren würde, das ein wenig Licht auf die ganze Angelegenheit wirft. Doch leider, vor allem durch das bedauerliche Ableben von Mr Damery –«

»Entschuldigen Sie, Sir«, fiel ihm Payne ein wenig aufgeregt ins Wort, »eine Sache würde ich gerne noch fragen, bevor Sie gehen. Ich habe Sir Eustace zwar nie gesehen, denn soweit ich weiß, ist er nie hierhergekommen, aber glauben Sie, dass er in irgendeiner Weise mit dem Theater verbunden war?«

Mr Bathurst schmunzelte.

»Das ist ein guter Gedanke, Payne. Im Moment allerdings glaube ich es eher nicht. Wie kommen Sie darauf?«

»Nun, Sir, dann will ich damit rausrücken. Obwohl Mr

Damery mir nie verraten hat, von welcher Art seine Geschäfte mit Sir Eustace waren, hab ich mir doch so meine Gedanken gemacht. Und Sie sollen gerne wissen, was ich mir dabei zusammengereimt habe. Ich hatte da nämlich einen Verdacht, dass ein Mann namens Bradley Deane, ein Schauspieler, irgendwie in die Geschichte verwickelt gewesen ist.« Payne hielt inne und versank in Nachdenken. Anthony packte zu.

»Warum? Auf welche Beweise gründen Sie diese Behauptung? Sie müssen doch einen Grund haben, um –«

»Auf Beweise wohl kaum, wenigstens nicht auf stichhaltige, wie Sie wohl sagen würden. Aber so viel weiß ich: Während der Zeit, von der ich grad erzählt hab, ist Bradley Deane zwei Mal in die Agentur gekommen und hat mit dem Chef gesprochen, und bei der zweiten Gelegenheit komme ich zufällig an dem Zimmer vorbei, in dem sie grad sitzen. Und da, ich bin mir fast sicher, hab ich das Wort ›Rodding‹ gehört.«

»Dieser Mann, dieser Bradley Deane – wo hält er sich auf? Wissen Sie das zufällig? Irgendeine Ahnung, wo er stecken könnte?«

Paynes Stimme sank zu einem Flüstern herab. »Ich habe ihn nie mehr gesehen, Sir. Hätte es aber auch nicht wirklich erwartet. Außerdem bin ich mir ziemlich sicher, dass er nie wieder beim Chef gewesen ist. Und falls doch, dann hab ich ihn nicht gesehen.«

»Was für ein Mann war er, wie hat er ausgesehen? Können Sie ihn beschreiben?«

Payne wog seine Antwort sorgfältig ab. »Ich würd' ihn um die fünfzig schätzen. Glatt rasiert, selbstverständlich. Manche hätten vielleicht gesagt, dass er ein schöner Mann sei. Hatte jedenfalls so ein richtiges Schauspielergesicht.«

»Ich kann mich auch an den Mann erinnern, jetzt fällt es mir wieder ein«, sagte Spencer Sanderson. »Deane ist auch mir mehr als einmal über den Weg gelaufen. War allerdings bloß ein viertklassiger Schauspieler. Ist nie wirklich von der Provinzbühne und den Tourneen weggekommen und hat viel im Tingeltangel gearbeitet, bevor er in ein ›festes Haus‹ kam. Ich kann Ihnen sagen, wo er sich öfters rumgetrieben hat: in der *Brown Mouse* auf der Commercial Road. Da lungern abends immer noch einige herum, die ihn recht gut kennen. Ich war kürzlich noch mal da und hab einige von denen gesehen.«

»Wann haben Sie Deane zum letzten Mal gesehen, Payne?«, fragte Mr Bathurst.

»Vor ungefähr sechs Jahren, Sir, schätze ich. Wüsste nicht, woran ich's festmachen soll, aber sechs Jahre müssten so ungefähr hinhauen. Auf jeden Fall in den letzten zehn Jahren.«

Mr Bathurst nahm seine Brieftasche aus der Manteltasche und zog einen Gegenstand heraus. Er schob ihn über den Schreibtisch auf Sanderson und Payne zu. »Wenn man die verstrichene Zeit und noch so einige andere Faktoren berücksichtigt – würden Sie sagen, dass dies Mr Bradley Deane ist?«

Payne und sein Arbeitgeber riefen unisono: »Das ist der Mann!« – »Das ist Deane, wie er leibt und lebt!«

»Vielen Dank, Gentlemen«, verkündete Anthony. »Sie waren mir eine große Hilfe. Die *Brown Mouse,* haben Sie gesagt? Commercial Road? Guten Tag, meine Herren, ich werde Sie nun nicht weiter behelligen.« Mr Bathurst verneigte sich leicht und verließ das Büro.

KAPITEL 20

Vermisst!

In der *Saloon Bar* des gemütlichen Gasthauses, das unter dem Namen *Brown Mouse* firmierte, herrschte reges Treiben, als Mr Bathurst zur Tür hereinkam. Hier drin war es warm und gemütlich, in krassem Gegensatz zu den vorherrschenden klimatischen Bedingungen der Jahreszeit. Anthony hatte ja bereits von Mr Sanderson gehört, dass einige alte Bekannte von Bradley Deane dort Stammgäste seien, und war daher zuversichtlich, zumindest einen von ihnen in dem Etablissement zu finden. Er hatte auch guten Grund zu dieser Annahme, denn wenige Professionen hinterlassen deutlichere Spuren auf den Gesichtern als jene, die ihre Anhänger der Kunst des Thespis verdankt. Abgesehen von besonderen Kostümen und Frisuren zeigt sich im Antlitz des Mimen der ständige Gebrauch von Puder und Theaterschminke, und Mr Bathurst, einst angesehenes Mitglied der Oxford University Dramatic Society, wusste, wonach er Ausschau halten musste.

Er war davon überzeugt, dass seine Glückssträhne anhalten würde und seine Mühen an diesem Winternachmittag nicht völlig verschwendet waren. Bei einer hennaroten Hebe, von der er sogleich als »Engelsgesicht« tituliert wurde, gab er seine Bestellung auf. Da Mr Bathurst heiteren Sinnes war, ließ er sich durch diesen Kosenamen keineswegs aus der Fassung bringen. Geschickt wich er dem Eröffnungszug zu einer Unterhaltung aus und schaute sich stattdessen gründlich in der *Saloon Bar* um. Viele Stammgäste standen in Grüppchen beisammen. Anthony hatte sich bereits gedacht, dass die Gäste hauptsächlich zwei Kategorien angehören würden: Da waren zum einen die Gentlemen, die nach getaner Arbeit »ausruhten« und nicht wünschten, in eine komplizierte Befragung verwickelt zu werden; zum anderen hielten sich hier vermutlich die Darsteller aus dem nahen Tingeltangel auf, die zwischen den »Nummern« eine alkoholische Aufmunterung brauchten. Mr Bathurst warf einen Blick auf seine Uhr und entschied, dass es für die zweite Kategorie noch zu früh war.

Ein zweites Mal ließ er seinen Blick durch die leicht zwielichtig wirkende Szenerie schweifen. Und entdeckte unversehens zwei Männer, die an einem Tisch ganz hinten links saßen. Sie sahen nicht so aus, als bezögen sie einen Wochenlohn oder gar ein Monatsgehalt, sondern wie Schauspieler, die auf ihre Abendgagen angewiesen waren. Anthony beschloss, bei diesen beiden sein Glück zu versuchen. Er bestellte einen zweiten Drink, hörte zum zweiten Mal seinen schmeichelnden Kosenamen von der hennaroten Hebe und schlängelte sich unauffällig zu dem Tisch hinten links in der Ecke. Als er den kleineren der beiden Gentlemen

»Es ist ein Misserfolg, Junge, es ist ein totaler Misserfolg« sagen hörte, wusste er, dass sein erster Eindruck richtig gewesen war.

Mr Bathurst fasste Mut und schmiedete das Eisen, solange es noch heiß war. Noch war in der *Brown Mouse* nicht viel Betrieb, und es würde auch noch ein Weilchen dauern, bis allzu viele Menschen den Tresen bevölkerten. Jetzt war die beste Zeit und Gelegenheit. Mr Bathurst schritt also geradewegs auf die beiden zu, wobei er höflich den Hut lüftete.

»Gentlemen«, begann er, »bitte verzeihen Sie, dass ich störe, aber ich erlaube mir näher zu treten, weil es möglicherweise in Ihrer Macht steht, mir behilflich zu sein. Sie gehören, wie ich vermute, einer Profession an, die mir höchste Bewunderung und Respekt abnötigt. Doch zunächst – verzeihen Sie mein Versäumnis – erlauben Sie mir, dass ich Sie zu einem Drink einlade. Was darf es sein?«

Der Ältere der beiden senkte kaltblütig das Augenlid in Richtung seines Gefährten und sprach bedächtig: »Royal.«

Mr Bathursts graue Augen zwinkerten verständnisinnig, während er sich erhob, um die teure Bestellung aufzugeben. »Wäre den Herren G.H. Mumm für den ›Fizz‹ recht?«, fragte er mit vollendeter Nonchalance.

»Absolut recht, mein Junge.« Ein paar Minuten später stießen die drei auf Mr Bathurst an. »Auf Ihre Gesundheit, Sir.«

»Danke. Und nun, Gentlemen, werde ich Ihnen die Richtung weisen, in welcher Sie mir, wie ich glaube, helfen können.« Anthony beugte sich vor und stellte seine nächste Frage in gedämpftem Ton: »Kennt einer von Ihnen zufällig einen Mann namens Bradley Deane?«

Der Ältere leerte genüsslich sein Glas, dann nickte er. »Kenne ich, Sir. Hab ihn oft getroffen! Aber nicht ›auf den Brettern‹. Sondern hier im Haus, und zwar mehr als nur ein paarmal. Was wollen Sie denn von ihm?«

»Lassen wir das mal für einen Moment beiseite. Wo haben Sie sich kennengelernt?«

»In Derby. Hab mit ihm in 'nem Stück gespielt … Weihnachtsstück für Kinder … Glaub, es war *Aladin*. Ich war Aladins Mutter und nie im Leben besser! Wir haben vor vollem Haus gespielt, sechs Wochen lang ausverkauft. Ich hatte eine Szene mit Deane, wo ich 'n gefülltes Kalbsbries als Requisit reingeworfen hab. Das war immer der Höhepunkt der Show! Ich –«

»In Derby, sagten Sie? Waren Sie noch in anderen Orten?«

»In vielen, mein Junge! Ich hab nich' nur aus dem Kelch des Erfolgs mit ihm getrunken, *no, Sir,* sondern auch den Bodensatz geschlürft. Wir sind von unserer Tournee durch die Midlands – es war Leamington, wenn ich mich recht erinnere – arm wie die Kirchenmäuse zurückgekehrt.«

»Das tut mir leid«, murmelte Mr Bathurst. »Nun aber das Wichtigste: Wann haben Sie Deane zuletzt gesehen?«

Urplötzlich schien sein Informant mit Stummheit geschlagen zu sein. Dann jedoch besann er sich. »Hier, mein Junge. In dieser Bar. Ich glaube, sogar an diesem Tisch. Er hat sich ’ne halbe Krone von mir geborgt. Oder hat es nur versucht, das weiß ich nich’ mehr so genau. Aber Vorsicht! Da betreten Sie vermintes Gelände.« Seine volltönende Stimme sank zu einem Flüstern herab. Er sprach Mr Bathurst ins Ohr: »Bradley Deane ist verschwunden! Er war schon fast pleite, als er versuchte, mich anzupumpen. Hab ihn an ’nem Abend vor fünf oder sechs Jahren noch mal hier gesehen, und da sagte er, dass er wieder auf die Beine gekommen sei. Ich hatte so ein Gefühl, als ob er im Süden auf Tournee gehen würde. Aber er hat mir nix Genaueres gesagt, und der Anstand hat es mir verboten, da nachzuhaken. Danach hab ich Bradley Deane nie wiedergesehen. Bis zum heutigen Tag nicht. *No, Sir* – nie mehr.«

»Hatte er Verwandte? Eine Ehefrau?«

»Weder ’ne Mieze noch ’n Balg! Und schon gar keine Eheliebste! Aber er ist verschwunden, mein Junge – ganz plötzlich und ohne Vorwarnung. Hab mir schon oft Gedanken darüber gemacht. Kam mir merkwürdig vor, dass er von einem Tag auf den anderen fort war.«

»Könnte er das sein?«, fragte Anthony. Der ältere Mime schaute auf den Gegenstand, den Mr Bathurst ihm unter die Nase hielt, und nickte mit Nachdruck.

»Ist schon ’ne Weile her, Junge, und die Zeit schreibt auch den Hübschesten ihre Spuren ins Gesicht, aber er sieht jedenfalls dem Bradley Deane, den ich gekannt hab, ziemlich ähnlich. Sehr ähnlich«, verbesserte er sich.

»Ich danke Ihnen«, sagte Mr Bathurst. »Ich hatte gehofft, dass Sie sich in diesem Sinne äußern würden.«

»Was haben Sie denn mit Bradley Deane zu schaffen, nach so vielen Jahren?«

»Sie werden die Antwort auf diese Frage in ungefähr einer Woche erhalten«, versicherte Mr Bathurst. »Auf Wiedersehen! Sicherlich haben Sie nichts dagegen, wenn ich Sie jetzt verlasse. Ich wünsche Ihnen noch alles Gute!«

KAPITEL 21

Das Chosrau-Kreuz

Während der siebzehn Jahre, die er nun in England lebte, hatte Cornelius Van Hoyt, Millionär und Liebhaber schöner Dinge, seinen Wohnsitz in zwei Grafschaften gehabt, die ersten zehn Jahre in Devonshire und die übrigen sieben in Shropshire. Der Grund dafür mag am besten in seinen eigenen Worten angegeben werden: »Die beiden schönsten Grafschaften in ganz England«, so pflegte er zu sagen, »sind Shropshire und Devonshire – und ich weiß nicht, welche die lieblichere von beiden ist.«

Mr Bathurst stellte fest, dass Shrewsbury ein höchst ansprechendes und malerisches altes Städtchen war. Besonders faszinierten ihn die Bezeichnungen der Hauptverkehrsstraßen: Sie hießen *Dog Pole* und *Wyle Cop*. Der Gasthof, dessen ehemaliges Stallgebäude als Unterstellplatz für Automobile diente, wirkte sehr komfortabel. Anthony parkte seinen Wagen, stieg aus und schnippte ein wenig eingetrockneten Schlamm von den hellen Reifen. Mit dem Wirt war er sogleich in bestem Einvernehmen. Er speiste allein in einem Zimmer mit Stabwerksfenstern, und da er geradezu unanständig hungrig war (selbst für seine Begriffe), kam er schon bald zu dem Schluss, noch nie zuvor derart saftige Lammkoteletts oder köstlicheren Camembert genossen zu haben. Nach dem üppigen Mahl begab er sich zu Bett. In dem geräumigen Himmelbett mit den nach Lavendel duftenden Laken verbrachte er eine geruhsame Nacht und erwachte in der kalten, kristallenen Schönheit eines englischen Januarmorgens. Ein Morgen voller Farbtöne, wie sie nur aus dem Füllhorn der rosenfingrigen Eos stammen können.

»Wünschen Sie Ihren Wagen heute Morgen, Sir?«, erkundigte sich der beflissene Wirt, als Mr Bathurst gerade im Begriff war, Orangenmarmelade und Toast in Angriff zu nehmen, bei der besten aller Mahlzeiten des Tages: dem Frühstück.

»Das weiß ich gar nicht so genau«, erwiderte Anthony so charmant, wie nur er es verstand. »Wissen Sie was? Mir ist danach, mein Ziel zu Fuß zu erreichen. Es ist so ein herrlicher Morgen!«

»Sehr wohl, Sir. Wenn Sie jedoch Ihren Wagen brauchen, lassen Sie es mich nur rechtzeitig wissen, dann sag ich einem der Männer Bescheid. Werden Sie zum Lunch wieder hier sein, Sir?«

Anthony biss genießerisch eine Ecke der knusprigen braunen Toastscheibe ab, bevor er antwortete. »Wahrscheinlich nicht. Rechnen Sie auf jeden Fall nicht mit mir. Falls ich nach der Lunchzeit zurückkehre, wird mir ein Snack an der Bar durchaus genügen.«

»Sehr wohl, Sir. Werden Sie einen weiten Weg haben, Sir?«

Mr Bathurst schaute den Wirt für einen Moment fragend an, doch dann erkannte er, dass dessen Frage eher auf Diensteifer als auf Neugier beruhte.

Lächelnd erwiderte er: »Bis Leighton. Das ist mein heutiges Ziel. Mal angenommen, ich möchte zu Fuß dorthin – wie lange würde ich wohl brauchen?«

»Wenn Sie sofort nach dem Frühstück aufbrechen, Sir, und ein mittleres Tempo anschlagen, dann sollten Sie um die Mittagszeit in Leighton sein.«

»Gut. Dann werde ich es wohl so machen.«

In weniger als einer Stunde hatte er die Brücke über den Severn erreicht und ließ die Stadt hinter sich. Eine ganze Weile schritt er am Ufer des Flusses entlang, der in westlicher Richtung strömte, und begann nun besser die wahre Schönheit der »Buschland«-Grafschaft zu verstehen. Der Wrekin-Hügel – beinahe grotesk anzusehen in der Ferne – begleitete ihn auf manchen Wegstrecken, und einmal blieb Mr Bathurst ein paar Minuten lang stehen, um die römischen Ruinen von Viroconium zu bewundern. Um Viertel vor eins war er in Leighton angelangt.

Die erste Frage, die Mr Bathurst sich nun vorlegte, bestand in einer alliterierenden Alternative: Lunch oder Letchworth Mount? Es mochte an der forschen Wanderung liegen oder auch an der Wirkung der beißend kalten, frischen Luft oder aber lediglich Macht der Gewohnheit sein – Letchworth Mount lockte ihn jedenfalls vorerst nicht. In einem alten Gasthof namens *Moran Arms* bekam Mr Bathurst ein reichhaltiges Mahl vorgesetzt. Mrs Kinnersley war zwar nicht darauf eingerichtet, Gäste zu beköstigen, aber der Gentleman könne, wenn es ihm genehm sei, einen Happen in ihrer Wohnung hinter der Bar zu sich nehmen. Sie könne ihm zwar nichts Großartiges anbieten, aber sie habe für sich eine Rindfleisch-Nieren-Pastete zubereitet, die sicherlich auch für zwei reiche. Mr Bathurst konnte nicht umhin, ihr ein Kompliment für ihre hervorragenden Kochkünste zu machen. In der Kategorie Pasteten könne ihr kaum einer das Wasser reichen, sagte er. Und er sei durchaus ein Kenner! Ob sie zufällig wisse, in welcher Richtung Letchworth Mount liege, das Heim eines gewissen Mr Van Hoyt?

Mr Bathurst bedankte sich für die ausführliche Wegbeschreibung, und bis zum heutigen Tag erzählt Susannah Kinnersley, Witwe des vor neun Jahren verstorbenen Josiah Kinnersley und alleinige Besitzerin des *Moran Arms*, von dem jungen Gentleman mit den hübschen grauen Augen, der an einem schönen Januartag mit ihr eine Rindfleisch-Nieren-Pastete verspeiste.

Letchworth Mount war ein beeindruckendes Herrenhaus auf einem ebenso prachtvollen Grundstück. Auf den ersten Blick schätzte Mr Bathurst das Gebäude als Bau aus der Tudor-Zeit ein, womit er zufällig recht hatte. Cornelius Van Hoyt hatte das Anwesen von einem gewissen Sir George Parry gekauft, dessen Familie es in Besitz gehabt hatte, seit der erste George Parry unter Königin Elizabeth gegen die spanische Armada gekämpft hatte.

Anthony hatte das Glück, den gegenwärtigen Besitzer zu Hause anzutreffen. Nachdem er seine Karte abgegeben hatte, erklärte dieser sich bereit, ihn zu empfangen. Mr Van Hoyt war ein kleiner Mann mit rötlichem, sorgfältig gestutztem Bart. Merkwürdigerweise hatte er stechende dunkle Augen, und diese ungewöhnliche Kombination erregte sogleich Mr Bathursts Aufmerksamkeit. Die schwarzen Augen musterten die Schrift auf Mr Bathursts Visitenkarte.

»Mr Bathurst?«, fragte Van Hoyt. »Was verschafft mir die Ehre Ihres Besuchs?«

Anthony streckte ihm höflich-bescheiden die Hand hin. »Mir ist bewusst, Mr Van Hoyt, dass ich zunächst um Entschuldigung bitten muss, denn ich nehme vollkommen unbefugt Ihre Zeit und Gastfreundschaft in Anspruch. Deshalb werde ich Ihnen mein Anliegen so rasch wie möglich darlegen. Darf ich zuvor fragen, ob Sie sich über das Tagesgeschehen auf dem Laufenden halten?«

Der Millionär wirkte ein wenig überrascht. »Das tue ich. Selbstverständlich. Warum fragen Sie?«

»Sie haben also zweifellos etwas über die seltsamen Umstände des Mordes an Sir Eustace Vernon gelesen, der an Heiligabend in der Nähe von Mapleton verübt wurde?« Aufmerksam musterte er Van Hoyts Gesicht, um zu sehen, ob der Name des Toten Wirkung zeigte. Das Interesse des Mannes war sofort geweckt.

»Das habe ich durchaus, Mr, äh, Bathurst. Und ich fand die Nachricht sehr bedauerlich, wirklich höchst bedauerlich. Ich gehe sogar noch weiter und bekenne, dass sie einen tiefen Eindruck auf mich gemacht hat. Dafür gibt es jedoch einen Grund. Sir Eustace Vernon war mir nicht unbekannt, wie ich mit Fug und Recht sagen darf.«

Mr Bathursts Augen leuchteten befriedigt auf. »Aus ebendiesem Grund sehen Sie mich heute hier in der Rolle des Besuchers, Mr Van Hoyt. Ich wusste nicht, ob Sie tatsächlich mit ihm bekannt waren, aber ich habe es vermutet.«

»Und aufgrund einer bloßen Vermutung sind Sie den langen Weg zu mir gekommen?« Van Hoyts Miene verhärtete sich.

»Ich vermute nie etwas ohne hinreichenden Grund, Mr Van Hoyt, das können Sie mir glauben. Auf diese Art könnte ich nicht arbeiten. Aber ich will deutlicher werden: Ihr Name wurde in dem letzten Brief erwähnt, den Sir Eustace Vernon geschrieben hat.«

Nun fuhr der Mann überrascht auf. »Tatsächlich?«

»Ich gebe zu«, fuhr Mr Bathurst selbstkritisch fort, »der bloße Umstand, dass Ihr Name in seinem Brief auftaucht, deutet nicht zwangsläufig auf eine nähere Bekanntschaft hin. In jeder Korrespondenz können Namen von völlig unbekannten Personen auftauchen, das will ich gern einräumen. Ich bin jedoch überzeugt davon, Mr Van Hoyt, dass Sir Eustace Vernon Sie mindestens einmal besucht hat.«

»Das stimmt, Mr Bathurst. Ich sehe auch keinen Grund, warum ich es leugnen sollte. Er ist hier gewesen, vor ungefähr zwei Jahren.«

»Ich danke Ihnen für Ihre Offenheit«, erwiderte Anthony. »Und ich glaube, ich gehe ebenfalls recht in der Annahme, dass er Ihnen etwas zum Kauf angeboten hat. Obwohl ich nicht weiß, *was* es war. Ich weiß lediglich, dass das Objekt, das er Ihnen anbot, sehr wertvoll gewesen sein muss. Gerade für Sie als Sammler. Wie Sie sehen, sind mir Ihre persönlichen Neigungen bekannt.«

Van Hoyt erhob sich von seinem Stuhl und schritt zum Fenster. Dort verharrte er für einige Augenblicke und schaute in die schöne Landschaft, tief in Gedanken versunken. Plötzlich drehte er sich um, wie von einem jähen Impuls getrieben. Anscheinend hatte er sich zu einer Entscheidung durchgerungen.

»Ich sehe keinen Grund, warum ich Ihnen irgendetwas verschweigen sollte, Mr Bathurst. Wie ich annehme, sind Sie in ›amtlicher‹ Funktion hier. Haben Sie jemals etwas vom ›Chosrau-Kreuz‹ gehört?«

Mr Bathurst zog die Augenbrauen zusammen. »Sie meinen einen Teil des –«

»Das größte bekannte Fragment des Heiligen Kreuzes Christi, das es im Abendland gibt. Das heilige Holz ist in einen fein ziselierten Goldrahmen eingefasst, die Kreuzesinschrift liegt bei. Man glaubt, dass das Kreuz im Jahre 614 nach Persien gebracht und 628 von Herakleios zurückgeführt worden ist. Dann scheint es ziemlich lange verschwunden gewesen zu sein, um schließlich in der Grabeskirche wieder aufzutauchen. Vor einigen Jahren ging das Gerücht, es sei auch von dort entfernt worden und habe zwischenzeitlich einen Platz in der Kirche der Heiligen Barmherzigkeit in London gefunden. Von dort ist es dann verschwunden.« Van Hoyt legte eine kurze Pause ein, dann fuhr er fort: »Stellen Sie sich also meine Überraschung vor, Mr Bathurst, als mir diese höchst heilige Reliquie vor zwei Jahren in ebendiesem Zimmer von Sir Eustace Vernon offeriert wurde!«

»Und natürlich kam er zu Ihnen, weil er wusste, dass Sie Sammler sind.«

»Vielleicht noch aus einem anderen Grund. Es ist in gewissen informierten Kreisen wohlbekannt, dass ich ein besonderes Interesse an religiösen Objekten habe. Zum Beispiel besitze ich eine wirklich großartige *Via Dolorosa*, eine Bursa aus dem Mittelalter. Sie ist aus dunkelrotem Seidendamast und gleicht jener, die im Victoria and Albert Museum ausgestellt ist. Außerdem habe ich zwei sehr schöne Marienbildnisse und einen prachtvollen flämischen Prozessionsumhang mit einer Darstellung der Kreuzigung. Sir Eustace kannte meine besonderen Vorlieben, deshalb suchte er mich auf.«

»Warum haben Sie das Chosrau-Kreuz denn nicht schon damals erworben? Hegten Sie Bedenken, dass Sir Eustace vielleicht nicht der rechtmäßige Besitzer war?«

Van Hoyt errötete bis in die Haarwurzeln. »Es ist nicht meine Sache, Mr Bathurst, die Rechtmäßigkeit von Besitz infrage zu stellen. Sammler können es sich nicht leisten, allzu zimperlich zu sein. Nein, ich habe es damals nicht gekauft, weil ich Sir Eustace so verstanden hatte, dass er wünschte, der Verkauf solle noch eine gewisse Zeit lang hinausgeschoben werden. Zu mir war er gekommen, um mir gewissermaßen das Vorkaufsrecht anzubieten. Ich signalisierte mein Einverständnis, den Ankauf zu einem Zeitpunkt zu tätigen, der ihm am genehmsten wäre. Im Gegenzug sicherte er mir zu, dass er niemand anderen als möglichen Käufer in Betracht ziehen würde, ohne mich vorher zu verständigen.«

»Kam Ihnen das nicht ein wenig seltsam vor?«

»In der Tat!«, bekräftigte Van Hoyt. »Ich habe meine Bedenken auch geäußert, doch Sir Eustace Vernon erklärte, er habe sehr wichtige persönliche Gründe, das Kreuz noch eine Weile zu behalten – Gründe, die unmöglich öffentlich gemacht werden könnten. Also musste ich seinen Wunsch akzeptieren. Ich muss jedoch ehrlicherweise zugeben, dass ich ungemein interessiert daran war, das Kreuz in meinen Besitz zu bringen. Das ist auch jetzt noch der Fall. Wenn das Angebot noch gilt, Mr Bathurst, dann möchte ich unbedingt –«

Anthony hob die Hand. »Das Angebot gilt *nicht* mehr, Mr Van Hoyt, denn leider wurde in der Nacht, als Sir Eustace einem Mord zum Opfer fiel, auch das Kreuz aus seinem Safe gestohlen.«

»Wollen Sie damit sagen, dass der Mörder die Tat nur beging, um das Kreuz zu rauben?«

Mr Bathurst zuckte die Achseln. »Das wäre doch anzunehmen, finden Sie nicht?«

»Aber wer in aller Welt ist der Täter? Ich erinnere mich noch genau, dass Sir Eustace mir sagte, kein Mensch wisse davon, dass sich das Chosrau-Kreuz in seinem Besitz befinde.«

»Das mag sich damals so verhalten haben, heute jedoch nicht mehr. Die Umstände haben sich verändert.«

»Sicherlich, sicherlich«, stimmte der Millionär zu und nickte bedächtig. »Er mag unvorsichtig gewesen sein, und dann ist die Information herausgesickert und skrupellosen Dieben zu Gehör gekommen. Heutzutage ist der organisierte Raub sakraler Objekte ein lukratives Geschäft.«

»Es gibt eine weitere Merkwürdigkeit in diesem Fall, Mr Van Hoyt, und ich denke, es ist nur fair, wenn ich sie Ihnen verrate. Ich sagte bereits, dass Ihr Name in Sir Eustace' letztem Brief genannt wurde. Das Chosrau-Kreuz, wie Sie es nennen, war Sir Eustace' Legat an seine Nichte, eine gewisse Miss Helen Ashley, und der Brief scheint kurz vor seinem Ableben geschrieben worden zu sein. Miss Ashley ist vermutlich seine einzige Verwandte, und mehr konnte er ihr nicht hinterlassen. In dem Brief ist lediglich von einem ›Päckchen im Safe‹ die Rede. Ich hege jedoch keinen Zweifel, Mr Van Hoyt, dass sich in diesem Päckchen das Chosrau-Kreuz befand, denn Sir Eustace bestimmte ausdrücklich, dass es Ihnen übergeben werden sollte. Ich nehme an, Sie würden mir da nicht widersprechen?«

»Ich habe keinerlei Grund anzunehmen, dass Ihre Vermutung falsch ist, Mr Bathurst. Das Kreuz war das einzige Bindeglied zwischen Sir Eustace und mir.« Mr Van Hoyt strich sinnend über seinen Bart, es wirkte fast wie eine Liebkosung. Mr Bathurst konnte jedoch in den Tiefen der schwarzen Augen die große Enttäuschung erkennen, die der Millionär erlitten hatte.

Anthony erhob sich. »Ich darf Ihre Zeit nun nicht länger in Anspruch nehmen«, äußerte er. »Mein Besuch hat durchaus Früchte getragen. Ich bin nämlich im Dunkeln getappt, solange ich nicht wusste, was sich tatsächlich in Sir Eustace' Päckchen befand. Nun, da ich es weiß, wird sich mein Weg zur Auflösung des Rätsels weit weniger holprig gestalten.«

»Ich bin froh, dass ich Ihnen behilflich sein konnte, Mr Bathurst. Und ich hoffe sehr, dass Sie das Kreuz wiederfinden. Falls ja, dann vergessen Sie bitte nicht, Miss Ashley zu informieren, dass sie mich immer noch als Käufer in Betracht ziehen möge. Ich hoffe inständig, dass sie den Wünschen ihres Onkels nachkommt und mir das Vorkaufsrecht einräumt. Leben Sie wohl.«

Anthony schüttelte dem Mann die Hand. »Auf Wiedersehen, Mr Van Hoyt, und noch einmal vielen Dank! Ich will Ihre Hoffnung nicht enttäuschen, aber ich fürchte, dass Sie das Chosrau-Kreuz niemals besitzen werden.«

»Wie bitte? Sie glauben also, dass es für immer verschwunden ist?«

Mr Bathurst schüttelte den Kopf. »Das habe ich so nicht gesagt.« Er verneigte sich. »Obwohl ich Ihnen auch nicht widersprechen würde.«

Noch am gleichen Abend fraßen die hellen Räder seines Crossley die Meilen auf dem Weg zurück nach London.

KAPITEL 22

Sir Austin Kemble leistet einen Beitrag

Wütend schmetterte Sir Austin den Hörer auf die Gabel. »Warum zum Teufel behelligt mich Macmorran mit solchen Lappalien?«, murrte er vor sich hin. »Habe ich nicht genug zu tun, dass ich mich auch noch mit seinen Problemen herumschlagen muss?« Er schaute auf die Uhr und sah, dass er innerhalb der nächsten Viertelstunde mit Mr Anthony Bathurst rechnen konnte. Dieser war pünktlich, und Sir Austin erhob sich, um seinem Besucher die Hand zu reichen.

»Verdammt froh, Sie zu sehen, Bathurst, und das meine ich ganz ehrlich. Worum geht's – Mapleton?«

»Ganz recht, Sir Austin. Seit unserer letzten Begegnung habe ich dort einiges ermittelt, und zwar in mehr als einer Richtung. In einer Minute werde ich Sie über den neuesten Stand in Kenntnis setzen. Aber zuvor: Wie stehen die Aktien bei Craig? Neulich abends habe ich ihn ja kurz gesprochen, als ich von meinem Besuch in Vernon House zurückkehrte. Da hatte er sich gerade an die Tabak-Fährte geheftet. Wie kommt er voran? Gibt es neue Entwicklungen in unserem Fall?«

Sir Austin präsentierte sein Zigarrenetui. »Um die ungeschminkte Wahrheit zu sagen, mein lieber Bathurst: Ich bin weit davon entfernt, beeindruckt zu sein. Wüsste ich nicht, dass Sie den Fall ebenfalls bearbeiten, hätte ich Macmorran darauf angesetzt. Hierbei sind unsere besten Köpfe gefordert.«

Anthony gestattete sich ein Augenzwinkern. »Bei meiner Seel', Sir Austin, ich glaube fast, Sie lassen sich zu Schmeicheleien herab.« Er bediente sich aus dem Zigarrenetui und schränkte seine letzte Bemerkung etwas ein. »Wenn ich Sie nicht besser kennen würde, wollte ich damit sagen.«

»Ich meine es wirklich ernst, Bathurst. Mehr als je zuvor. Aber Sie werden die Lage ja binnen Kurzem selbst beurteilen können. Dann sehen Sie, was ich meine. Ich erwarte in Kürze Inspector Craig. Er will mich aus einem bestimmten Grund sprechen, deshalb habe ich ihn gleichzeitig mit Ihnen hergebeten. Hab mir gedacht, so kann ich gleich zwei Fliegen mit einer Klappe schlagen.«

Mr Bathurst gestattete sich einen Moment, um den wohlriechenden Rauch seiner Zigarre zu inhalieren. Dann zog er nachdenklich die Augenbrauen zusammen. »Verstehe, Sir. Gestatten Sie, dass ich mich auf diese Redensart beziehe und Ihnen eine Frage stelle. Glauben Sie, dass der Mörder – oder die Mörderin – in Vernon House auch zwei Fliegen mit einer Klappe schlug? Dass die beiden Morde von derselben Hand verübt wurden? Ich frage deshalb, weil meine Gedanken just in dem Moment, als Sie die Bemerkung machten, diese Richtung nahmen.«

Sir Austin war ein wenig unbehaglich zumute. Wie schon viele Male zuvor konnte er den verborgenen Sinn hinter der Bathurst-Frage nicht so recht erkennen.

»Ich bin Ihnen gegenüber in gewisser Weise im Nachteil, Bathurst«, sagte er schließlich. »Ich hatte noch keine Zeit, den Fall in seiner Gänze zu betrachten, aber aus dem, was ich in Rodding gesehen und gehört habe, neige ich selbstverständlich zu der Annahme, dass die beiden Verbrechen von derselben – wollen wir sie ›Instanz‹ nennen? – begangen wurden, wenn auch nicht unbedingt von ein und demselben Täter. Haben Sie etwa inzwischen eine neue Information aufgetan, die diese Theorie zunichte macht? Das würde mich doch sehr interessieren.«

Anthony schüttelte leicht den Kopf. »Verstehen Sie mich nicht falsch, Sir. Ich wollte beileibe nicht kritisieren, wie Sie sich zu dem Fall stellen. Mir geht es lediglich um Ihre Meinung, um sie sozusagen meiner hinzuzufügen. Denn ich weiß doch, dass Sie sich in Psychologie bestens auskennen!«

Sir Austin lehnte sich befriedigt in seinem Sessel zurück, Anthony meinte fast, ihn schnurren zu hören. »Ich glaube, ich weiß, was Sie meinen, Bathurst«, äußerte der Polizeichef. »Erst nach jahrzehntelanger Erfahrung und größtem Einsatz … Und nur dann, wenn man auch ein Faible für seine Profession besitzt.«

Unvermittelt brach er ab, denn das Telefon hatte geläutet. »Selbstverständlich«, hörte Anthony ihn sagen, »gewiss. Schicken Sie ihn sofort in mein Büro. Mr Bathurst ist bei mir, aber das ist in Ordnung.« Er legte den Hörer auf. »Craig ist eingetroffen, Bathurst.«

Wenige Sekunden später trat der Inspector ins Zimmer.

»Guten Tag, Sir Austin, guten Tag, Mr Bathurst. Sie haben mir ausrichten lassen, dass ich geradewegs zu Ihnen durchgehen soll, Sir«, fügte er erklärend an.

»Ganz recht, Craig, ganz recht. Mr Bathurst und ich haben Sie bereits erwartet. Wie ich höre, haben Sie uns Wichtiges mitzuteilen.«

Craig nahm Platz. »Nun, Sir, in gewisser Weise schon und andererseits auch wieder nicht. Ich muss jedoch dringend mit Ihnen sprechen. Was den Fall angeht, so kann ich gleich gestehen, dass ich nicht die Fortschritte mache, die ich mir erhoffe. Die Tabak-Fährte ist ins Leere gelaufen, ich habe nicht mehr herausgefunden als das, was Sie auch bereits wissen. Nachdem ich Cridges Aussage hatte, habe ich zuversichtlich geglaubt, jetzt endlich etwas Greifbares in der Hand zu haben, aber da hatte ich mich wohl geirrt. Breit gestreute Ermittlungen in Rodding, Mapleton und im ganzen Distrikt haben ebenfalls nichts ergeben. Ich komme dem Mann, den ich finden will, einfach nicht auf die Spur. Ich habe sogar versucht, Sir Eustace Vernons Vorfahren aufzuspüren, denn von Anfang an fand ich, dass sorgfältige Ermittlungen in dieser Richtung –«

»Dieser Punkt erscheint mir auch äußerst wichtig, Inspector«, unterbrach ihn Mr Bathurst. »Es würde mich ungemein interessieren, welchen Erfolg Sie auf diesem Feld verbuchen konnten – wenn überhaupt einen.«

»›Wenn überhaupt‹ trifft es eher, Mr Bathurst«, gab Craig ein wenig trübselig zu. »Auch in Bezug auf mögliche Vorfahren Sir Eustace' sind meine Ermittlungen im Sande verlaufen. Aber dennoch – und das sollte Ihnen besser gefallen als die Aufzählung meiner Misserfolge – gibt es da zwei Dinge, die es wert sind, mitgeteilt zu werden.«

Anthony hob eine Hand. »Warten Sie bitte noch eine Sekunde damit, Craig, wären Sie wohl so freundlich? Bevor Sie mir etwas mitteilen, lassen Sie mich die Sache umdrehen. Zunächst einmal werde ich Ihnen etwas erzählen. Es ist nur recht und billig, dass Sie es unverzüglich erfahren, denn es könnte Ihre Sichtweise des Falles ändern. Haben Sie sich schon einmal Gedanken über die Waffe gemacht, mit der Sir Eustace Vernon ermordet wurde?«

Craig kratzte sich nachdenklich an der Wange. »Das habe ich, Mr Bathurst. Dr. Tempest zufolge, der die Kugel aus der Wunde entfernte, ist Vernon vermutlich mit einer kleinen ›Automatik‹ erschossen worden, einem amerikanischen Modell. Ich glaube jedoch nicht, dass jemand in Vernon House eine solche Waffe besitzt. Meiner Meinung nach lässt sich hier die Handschrift eines Außenstehenden erkennen – obwohl natürlich einer der Hausbewohner den Auftrag erteilt haben könnte.«

»Ich verstehe nur zu gut, dass Sie darauf gekommen sind, Craig, und es ist möglich, dass Sie mit Ihrer Theorie vollkommen richtig liegen. Deshalb möchte ich Ihnen die Waffe zeigen, mit der dieses Verbrechen begangen wurde. Ich hatte nämlich das Glück, sozusagen über die heiße Spur zu stolpern, die mich zu dem Revolver führte. Und ich bin gewiss der Erste, der zugibt, dass ich ein ganz unverschämtes Glück gehabt habe!« Bathurst lächelte nachsichtig. »Dr. Tempest hat das Modell durchaus richtig bestimmt.«

Craig hob ehrlich erstaunt den Kopf. »Sie setzen mich in Erstaunen, Sir, da gibt es gar kein Vertun. So ein Glück hatte ich leider nicht. Dürfte ich den Revolver jetzt einmal sehen?«

Anthony zog die Waffe aus der Tasche und übergab sie zunächst dem Polizeichef zur Begutachtung. Craig schaute mit großen Augen zu, wie Sir Austin den Revolver in seinen Händen hin und her wendete.

»Wie können Sie so sicher sein, Bathurst?«, fragte er. Dann jedoch fiel sein Blick auf die Initialen, die in den Griff graviert waren. »T. D.!«, rief er aus. »T. D.? Aber das wäre ja – Terence Desmond, nicht wahr, Bathurst?«

»Diese Schlussfolgerung ist nicht von der Hand zu weisen, Sir.«

»Aber woher stammt die Waffe?«, warf Craig erregt ein. »Aus Vernon House, nehmen Sie das an?«

»Als ich nach gewissen Beweisen suchte, bin ich zufällig auf sie gestoßen«, erzählte Mr Bathurst. Dann berichtete er von seiner Begegnung mit Albert Fish und dem was sich schließlich daraus ergeben hatte. »Ich hatte Glück, wie gesagt. Ich dachte, dass Fish, der sich nicht lange vor dem Mord im Park von Vernon House aufgehalten hatte, mir vielleicht gewisse Dinge mitteilen könnte – in solchen Fällen weiß man ja nie, ob nicht irgendwer eine wichtige Beobachtung gemacht hat. Aber dass ich auf die Tatwaffe stoßen würde, damit hätte ich niemals gerechnet. Wie auch immer, eines ergibt das andere, und hier sehen Sie das Ergebnis.« Er streckte die Hand nach dem Revolver aus.

»Was halten Sie selbst davon, Bathurst?«, fragte der Polizeichef mit rauer Stimme.

»Sie meinen, ob ich Terence Desmond verdächtige?«

Sir Austin nickte.

»Nun, was das betrifft … Ich habe mir gewisse Theorien zu dem Fall zurechtgelegt, die mich zufriedenstellen – die meine Intelligenz zufriedenstellen, sollte man lieber sagen –, aber was mir immer noch fehlt, ist das entscheidende Bindeglied. Offen gesagt, Sir: Ich kann nicht zu dem *fons et origo* des Problems vordringen.« Anthony schaute auf und lächelte den gespannt lauschenden Sir Austin an. »Ich bin der Lösung jedoch schon ganz nahe, und irgendwann wird sie mir ins Auge springen. Ganz unvermittelt, wie ich vermute. Wenn es so weit ist, werde ich mich zu den Initialen auf dem Revolver äußern. Doch bis dahin …« Er brach ab und zuckte die Achseln.

Craig hatte währenddessen fasziniert auf den Gegenstand der Unterredung gestarrt. Plötzlich kam wieder Leben in ihn. »Ich muss gestehen, dass ich Mr Bathursts Ausführungen nicht ganz folgen kann. Zum Beispiel verstehe ich die Anspielung gerade auf diesen ausländischen Herrn nicht … Trotzdem bezweifle ich nicht, dass die Geschichte, die er uns erzählt hat – die Aussage des Matrosen Fish –, immens wichtig ist. Der Mann, der den Revolver im Baumstamm versteckte, *muss* der Mörder von Sir Eustace Vernon sein. Das ist so sicher wie das Amen in der Kirche. Jedenfalls werde ich den jungen Desmond ein wenig mehr im Auge behalten. Und nun zu meinen Hinweisen. Soll ich sie Ihnen mitteilen, Sir Austin? Passt es jetzt?«

»Lassen Sie nur hören, Craig.«

»Nun, Sir, es ist so: Ich habe mir sämtliche Gäste der Hausgesellschaft noch mal genau angesehen. Ich gehe lieber kein Risiko ein, das kann ich mir nicht leisten. Obwohl wir damit den Kreis der Verdächtigen beträchtlich erweitern, kann doch die Tatsache nicht übersehen werden, dass Sir Eustace am Abend seiner Ermordung von einer Menge Menschen umgeben war.« Der Inspector hatte schnell gesprochen, wurde nun jedoch langsamer und konzentrierte sich auf das, was er eigentlich sagen wollte. »Das Motiv! Wir drei, die wir hier sitzen, wissen, wie wichtig ein Motiv ist, aber wo ist es in diesem Fall zu finden? Was *ist* das Motiv für die beiden Morde? Sie mögen Ihre Meinung darüber haben, Sir Austin, und Mr Bathurst hier wieder eine andere, und ich schließlich habe meine. Und wahrscheinlich haben wir es am Ende mit drei verschiedenen Ansichten zu tun. Die auch wiederum alle falsch sein können. Aber *etwas* habe ich doch herausgefunden! Im Verlauf der Vernehmungen habe ich erfahren, dass *eine* Person der Hausgesellschaft ganz erheblich von Sir Eustace' Tod profitiert. Und ich meine damit nicht Major Prendergast. Ich spreche von Morris Trentham.«

»Drücken Sie sich deutlicher aus, Craig«, warf Anthony ein. »Wie kommen Sie darauf?«

»Sir Eustace und Trentham waren zusammen dick im Ölgeschäft. Ihr Vertrag sieht Folgendes vor: Stirbt einer der Partner, dann soll der Überlebende sämtliche Profite einstreichen dürfen, ebenso aber eventuelle Verluste in vollem Umfang tragen. Das Unternehmen hat sich als Goldgrube erwiesen, und Trentham wird ein hübsches kleines Vermögen einstreichen. Und er braucht das Geld dringend.«

»Woher wissen Sie das?«

Craig grinste. »Ich habe in den letzten Tagen Bekanntschaft mit einem Angestellten von ihm geschlossen. Ich muss schon sagen, es ist erstaunlich, wie viel Bier dieser Bursche kippen musste, bevor er endlich mit der Sprache rausrückte. Außerdem hab ich ihm zwei, drei Wetttipps versprochen. Ist schon toll, wie die Leute darauf anspringen. Auf jeden Fall verhält es sich so, dass der Tod von Sir Eustace Vernon Morris Trentham aus der Patsche geholfen hat. Das habe ich zweifelsfrei feststellen können.«

Sir Austin schaute Mr Bathurst an, doch der merkte es gar nicht, denn er hielt die Augen geschlossen. Die Trentham-Verbindung hatte ihm offenbar Stoff zum Nachdenken gegeben. Sinnend rieb er die Fingerspitzen aneinander.

»Auch ich hege ein gewisses Interesse an den Trenthams, Craig, schon seit einer ganzen Weile. Ich hatte schon länger so eine Ahnung, dass –« Er brach ab. »Können Sie mir ihre Adresse geben?«

Craig schmunzelte. »Das kann ich, Sir. Nummer 29, Courtland Gardens, Kensington. Wollen Sie Trentham einen Besuch abstatten?«

Anthony lächelte verschmitzt. »Es besteht die entfernte Möglichkeit, dass ich dort einmal vorsprechen werde, Inspector. Tatsächlich hatte ich es bereits in Erwägung gezogen, bevor ich Ihren Bericht hörte.«

Craig schnaubte ein wenig verächtlich. »Es heißt ja, hinterher sei man immer schlauer, Sir … Trotzdem nehm ich Sie beim Wort. Nun zu meiner zweiten Neuigkeit.« Voller Vorfreude rieb er sich die Hände. »Sie betrifft Miss Ashley.«

»Einer nach dem anderen«, murmelte Sir Austin. »Wer weiß, wo wir noch landen werden, bevor wir hier fertig sind. Was ist mit Miss Ashley?«

»Sie steht gewiss nicht unter Verdacht, Sir, so war das nicht gemeint. Aber es ist etwas Interessantes vorgefallen. Vorgestern Abend erhielt sie einen Briefumschlag, einen ganz gewöhnlichen Briefumschlag, Poststempel London, E. C. Die Handschrift war ihr unbekannt. Doch in diesen Briefumschlag waren Banknoten im Wert von zehntausend Pfund eingelegt – in einem Extraumschlag. Sonst nichts, kein Absender, keine Anrede, keine Initialen – nichts. Ein hübscher kleiner Geldsegen, nicht wahr, Sir Austin?«

Mr Bathurst sprang auf, ungemein erregt. In seinen Augen glühte das Jagdfieber. »Ein unbekannter Wohltäter, denken Sie das, Craig?«

»Entweder das, oder ein Verbrecher, den das Gewissen quält«, erwiderte der Inspector.

»Oder eine höhere Macht«, orakelte Sir Austin Kemble. »*À brebis tondue, Dieu mesure le vent.*«

»Nennen Sie es, wie Sie wollen«, meinte Craig. »Sie können aber nicht leugnen, dass es sehr überraschend kommt.«

Anthony schüttelte lächelnd den Kopf. »Nicht so überraschend, wie Sie vielleicht glauben, Inspector. Es tut mir leid, wenn ich Sie enttäuschen muss, aber ich finde es nicht im Mindesten erstaunlich, dass Miss Ashley nun diesen Brief erhalten hat. Ich könnte fast, und zwar wahrheitsgemäß, behaupten, dass ich in den letzten Tagen etwas in der Art erwartet habe.«

Craig gestattete sich ein Hüsteln. Sir Austin runzelte die Augenbrauen im vergeblichen Versuch, die neuen Erkenntnisse unter einen Hut zu bringen. In diesem Augenblick läutete sein Telefon aufdringlich und setzte seinen Bemühungen ein vorzeitiges Ende.

»Ja? … Sir Austin Kemble am Apparat. Wer spricht? Was … Painswick ist tot? Ich fasse es nicht! Ich hatte zwar so eine Ahnung gehabt, dass er krank war. … Während seines Urlaubs? … Oje, oje, wie unendlich traurig … Mein herzliches Beileid allen … Es tut mir sehr, sehr leid, Doktor. Vielen Dank, dass Sie mich angerufen haben. Ganz recht … eine Tragödie … Ein großer Verlust, in der Tat … Ein Mann, auf den wir nur schwerlich verzichten können.« Er legte auf. Als er sich umdrehte, sah er Mr Bathursts leuchtende Augen voller Interesse auf sich gerichtet.

»Painswick! Sir Austin! Sie haben gerade ›Painswick‹ gesagt. Wer oder was ist Painswick?«

Einen Moment widmete Sir Austin Kemble dem stillen Gedenken an den Toten. Dann sagte er: »Ein sehr alter

Freund von mir, Bathurst. Major Arnold Painswick. Wir waren zusammen in Sandhurst. Bis zum gestrigen Abend, als er an Lungenentzündung starb, hat Painswick das Gefängnis Seiner Majestät in Portsea geleitet. Zu Weihnachten nahm er seinen Urlaub, wie ich gerade hörte, und fuhr heim nach Leicestershire. Dort fing er sich eine fiebrige Erkältung ein … an der er gestern Nacht verstarb. Dr. Carrington, der Gefängnisarzt, wusste, dass Painswick und ich befreundet waren –«

»Wie heißt der Arzt?«, fiel ihm Anthony ins Wort.

»Carrington. Warum? Ach so, Sie denken an den Arzt in Rodding. Vermutlich ein Verwandter. Den Carrington in Portsea habe ich nie kennengelernt, kann es Ihnen also nicht sagen.«

»Sir Austin«, sagte Mr Bathurst feierlich. »Ich glaube, ich kann nun mit einiger Zuversicht behaupten, dass der Fall beinahe abgeschlossen ist. Sie haben mir mehr geholfen, als ich je zu hoffen gewagt hätte. Nun werden wir rasch handeln müssen, Craig. Ich melde mich in Kürze wieder bei Ihnen. Ich kann mich doch vorbehaltlos auf Ihre Kooperation verlassen?«

KAPITEL 23

Craig geht ein Licht auf

Unschlüssig fuhr sich der Inspector mit dem Handrücken über den Mund. »Natürlich stehe ich bereit, wenn es erforderlich ist. Aber ich tappe doch noch sehr im Dunkeln. Was haben dieser Major Painswick und dieser andere Dr. Carrington mit unserem Fall zu tun?«

»Das können Sie ganz leicht feststellen, Craig. Tatsächlich wollte ich gerade vorschlagen, dass Sie in dieser Richtung ermitteln.« Anthony trat hinter den Schreibtisch und redete in gedämpftem Ton auf Sir Austin ein. Der lauschte aufmerksam und nickte dann mehrmals.

»Wie Sie wünschen, mein lieber Junge. Ich habe schon einige Male auf Ihr Urteil gebaut und damit richtig gelegen. Also werde ich es wieder tun.«

»Ich danke Ihnen, Sir Austin.«

Mr Bathurst wandte sich wieder an den Inspector. »Fahren Sie umgehend nach Portsea, Craig. Sagen Sie dem Gefängnisarzt Dr. Carrington, dass Sie im Mapleton-Fall ermitteln und von Sir Austin Kemble persönlich ermächtigt sind, Erkundigungen einzuziehen. Finden Sie heraus, welche Art Verbindung zwischen Sir Eustace Vernon und Major Painswick bestand. Denn ich bin zuversichtlich, dass es da einen Briefwechsel gegeben haben muss – irgendwann gegen Ende November, wenn ich mich nicht irre. Sobald Sie diese Information haben, verständigen Sie mich. Ich werde dann bereit sein. Es fehlt nur noch die Prüfung des letzten Gliedes in meiner Beweiskette.«

Am nächsten Morgen reiste Inspector Craig von der Londoner Waterloo Station nach Weymouth. Ihm war im Grunde nicht so recht klar, was er eigentlich in Portsea ermitteln sollte. Immerhin aber kehrte er in die Stadt, zumindest in die Nähe der Stadt zurück, in der er seinen Zeugen Cridge aufgetan hatte. Das verschaffte Craig eine gewisse Befriedigung und machte ihm Lust auf die Aufgabe, die vor ihm lag. Außerdem würde seine Stimme von nun an Gewicht haben in diesem Fall, den er als den rätselhaftesten seiner bisherigen Laufbahn betrachtete. Seine Mitarbeit konnte ihm nicht schaden, sondern würde ihm im Gegenteil außerordentliche Vergünstigungen einbringen. In so engem Kontakt mit dem Polizeichef höchstpersönlich arbeiten zu dürfen, konnte der Karriere eines Inspectors nur förderlich sein.

Nachdem Craig seinen Ausweis vorgezeigt hatte, wurde er nach angemessener Wartezeit in das Gefängnis eingelassen und zu Dr. Cyril Carringtons Ordinationszimmer geführt. Zweifellos mussten dieser Mann und der Hausarzt des verstorbenen Sir Eustace Vernon in Rodding Cousins oder Brüder sein. Beide waren breitschultrig, hatten ähnliche Gesichter mit einer hohen Stirn und die gleiche Haarfarbe. Craig vermutete sogar, dass Lionel und Cyril Carrington Zwillinge waren, denn auf den ersten Blick sah es so aus, als wären die beiden gleichaltrig.

»Ich habe nicht die leiseste Ahnung, warum Sie mich sprechen wollen, Inspector, äh, Craig.« Dr. Carrington starrte fragend auf die Visitenkarte, die ihm überreicht worden war. »Vielleicht haben Sie von dem bedauerlichen Tod unseres Direktors Major Painswick gehört? Sind Sie deswegen hergekommen?«

»Nicht so ganz, Doktor. Lassen Sie mich bitte erklären. In gewisser Weise bezieht sich mein Besuch auf Major Painswick. Ich bin mit den Ermittlungen im Mordfall Rodding beauftragt.«

In Dr. Cyril Carringtons Augen flackerte mehr als nur ein wenig Interesse auf. »Was Sie nicht sagen – der Mord an Sir Eustace Vernon? Mit den Umrissen des Falles bin ich vertraut. Lionel Carrington, der Hausarzt des verstorbenen Sir Eustace Vernon, der in der Mordnacht im Haus war, ist mein älterer Bruder. Hat mir lediglich ein Jahr voraus.«

Craig nickte. »Etwas in der Art hatte ich bereits vermutet, Doktor. Sie sehen sich sehr ähnlich, wenn ich so sagen darf. Dass Sie mit dem Fall schon ein wenig vertraut sind, könnte sich als nützlich erweisen. Als Sie gestern anriefen, ist Sir Austin Kemble und mir sogleich die Namensähnlichkeit aufgefallen, daher beschloss ich, Sie unverzüglich aufzusuchen. Dr. Carrington, ich möchte Sie Folgendes fragen: Hatten Sie überhaupt einmal mit dem verstorbenen Sir Eustace zu tun?«

Dr. Carrington wirkte ein ganz klein wenig überrascht. »Meinen Sie – persönlich?«

»Nun, nicht genau das … Hatten Sie oder Major Painswick mit ihm zu tun? Das wäre vielleicht die bessere Formulierung.«

»*Ich* ganz bestimmt nicht. Für unseren Direktor kann ich mich natürlich nicht verbürgen. Er hätte mir allerdings auch nie etwas darüber gesagt. Aber warum wollen Sie das denn wissen? Glauben Sie, dass zwischen Major Painswick und Sir Eustace ein Kontakt bestanden hat?«

»Ja, das glauben wir. Und zwar gegen Ende November.«

»Obwohl ich in den letzten Jahren tatsächlich drei- oder viermal zu Besuch bei meinem Bruder in Rodding war, habe ich Sir Eustace nie kennengelernt. Mein Bruder hat diesen Mann sehr bewundert, besonders seiner Tapferkeit wegen, die er bei dem schrecklichen Feuer an den Tag legte, und er hat mich zweimal zu Vernon House mitgenommen. Aber zufällig war Sir Eustace dann nicht da. Ist Ihr Anliegen eigentlich sehr dringlich?«

»Durchaus, Doktor. Wissen Sie vielleicht, wo ich ein wenig mehr –?«

»Sie könnten mit Cannon sprechen, mit Major Painswicks Privatsekretär. Er kümmert sich um den Großteil seiner Korrespondenz. Es ist einfach erschreckend, wissen Sie, dass der Major auf diese Weise von uns gehen musste … und es ist erst eine Woche her.«

»Ist dieser Cannon jetzt vielleicht zu sprechen?«, fragte Craig.

»Ich werde mich erkundigen, wenn es Ihnen nichts ausmacht, einen Moment zu warten.«

Während Carrington fort war, sah sich Craig in dem Zimmer um. An den Wänden hingen drei oder vier Gruppenfotos. Zwei zeigten das Rugby-Team des St. Bart's Hospital in London und eines die Laiendarsteller einer Theateraufführung im Krankenhaus. Auf jeder Aufnahme konnte Craig ohne Probleme den Mann erkennen, der ihm gerade gegenübergesessen hatte. Dr. Carrington ließ ihn nicht lange warten.

»Wenn Sie mir bitte folgen wollen, Inspector – Cannon hat jetzt Zeit für Sie. Und mehr noch: Er glaubt, dass er Ihnen sogar helfen kann. Ich erwähnte, in welcher Angelegenheit Sie gekommen sind, und es sah so aus, als könnte er etwas darüber wissen.«

Von frischer Zuversicht erfüllt folgte der Inspector dem Arzt zum Büro von Cannon, dem Sekretär. Dieser war ein junger Mann Anfang dreißig. Er trug eine Brille und als weiteres körperliches Handicap ein schlecht sitzendes Gebiss. Seine künstlichen Zähne klapperten vernehmlich, als er dem Inspector Guten Tag wünschte. Trotz seines Aussehens und eines grässlichen Modegeschmacks schien er ein äußerst fähiger junger Mann zu sein.

»Dr. Carrington hat mich bereits in groben Zügen über Ihr Anliegen informiert, Inspector«, begann er, »und ich glaube, ich kann Ihnen behilflich sein. Jedoch nur, was Major Painswicks Korrespondenz betrifft, in jedem anderen Fall werden Sie, so fürchte ich, eine Niete ziehen. Der plötzliche Tod unseres Direktors, der an Heiligabend als kerngesunder Mann seinen Urlaub antrat, hat mir naturgemäß jede Menge Arbeit beschert. Es ist wirklich ein herber Schlag. Auf des Majors Gesundheit hätte ich jede Summe gesetzt.«

»Ich danke Ihnen im Voraus für Ihre Mühen, Mr Cannon. Der besagte Briefwechsel hat, wie ich glaube, letzten November stattgefunden.«

Cannon nickte eifrig. »Das stimmt. Ich kann mich noch sehr gut dieser Briefe entsinnen. Sir Eustace Vernon korrespondierte mit Major Painswick in Sachen Gefängnisreform. Sir Eustace war ein Philanthrop, möchte ich behaupten, und die Gefängnisreform eines seiner Steckenpferde. Er war sehr interessiert an der Frage, was Strafgefangene nach der Haftentlassung aus ihrem Leben machen. Ich glaube, er versuchte, ihnen eine passende Arbeit zu verschaffen, wo immer es ihm möglich war. Insbesondere hatte er zwei Sträflinge ins Auge gefasst, die ihre Haftstrafen gegen Ende Dezember verbüßt hatten. Ihre Namen waren Collins und Page. Vielleicht erinnern Sie sich an den Fall. Es war ursprünglich eine Bande von drei Verbrechern, und einer von ihnen war als Kronzeuge aufgetreten. Die Spezialität der Bande war die sogenannte ›Fassadenkletterei‹, und mehr als einmal kam es bei ihren Delikten zu Gewaltausübung. Der Richter verhängte Höchststrafen, also fünfzehn Jahre Haft. Sir Eustace Vernon war es vor allem um diese beiden Männer zu tun. Tatsächlich sind sie sogar eine Woche vor Verbüßung ihrer vollen Zeit entlassen worden. Sie hatten sich durch Wohlverhalten Straferlass verdient, und da es Weihnachten war, nahm Major Painswick es auf seine Kappe, sie am Morgen des Heiligabends aus der Haft zu entlassen.«

Craigs Kopf summte vor Aufregung. Derselbe Tag, das konnte ja kein Zufall sein! »Noch eine letzte Frage, Mr Cannon. Hätten Sie zufällig eine Fotografie von Collins und Page zur Hand?«

Cannon überlegte einen Augenblick. »Ja, auch darin kann ich Ihnen helfen. Warten Sie einen Moment … Hier sind sie«, sagte er fünf Minuten später und zeigte dem Inspector eine Fotografie. »Es sind diese beiden dort, die neben dem Schließer stehen.«

»Ich leihe mir die Aufnahme aus, wenn Sie nichts dagegen haben«, sagte Craig. »Dr. Carrington wird sicher dafür bürgen, nicht wahr, Doktor?«

»Was haben Sie vor, Inspector?«, lautete Carringtons Gegenfrage. »Welche Verbindung besteht zwischen Page und Collins und der Angelegenheit, derentwegen Sie hergek –«

Aufgeregt fiel ihm Craig ins Wort. »Die Verbindung ist, dass Sir Eustace Vernon wegen dieser beiden Leute an Ihren verstorbenen Gefängnisdirektor Major Painswick geschrieben hat. Genau das ist es«, fügte er grimmig hinzu. »Ich habe gefunden, was ich so lange gesucht habe. Ich glaube nicht, dass ich Ihre kostbare Zeit noch länger in Anspruch nehmen muss, Doktor. Vielen Dank! Und Ihnen auch, Mr Cannon.« Er schüttelte den beiden die Hand und verließ mit raschen Schritten das Gefängnis.

Auf der Heimreise legte der Inspector einen längeren Zwischenstopp in Weymouth ein. Craig brauchte nicht lange, um die Park Street und den Schreibwaren- und Tabakhandel ausfindig zu machen. Und Cridge stand auch tatsächlich hinter der Theke, als der Inspector das Geschäft betrat. Sie begrüßten sich, dann flüsterte Craig dem Tabakhändler etwas ins Ohr und zog die Fotografie mit Messieurs Page und Collins aus der Tasche. Sofort deutete Cridge auf den größeren der beiden. »Das ist er!«, rief er. »Das ist der Mann, der am Weihnachtsmorgen bei mir den Tabak gekauft hat. Ich würde ihn unter Tausenden wiedererkennen!«

»Würden Sie auch einen Eid darauf schwören?«

»Auf jeden Fall! Da gibt's nicht den geringsten Zweifel, Inspector.«

»Das freut mich zu hören, Cridge«, sagte Craig mit zufriedenem Grinsen. »Diese Information wird für die Lösung des Mordfalls Rodding sehr hilfreich sein.« Er klopfte auf seine Tasche, in der er die Fotografie sicher verstaut hatte. »Die ganze Geschichte ist mir jetzt klar wie Kloßbrühe. Ich werde mir auch keine Vorlesungen mehr von wem auch immer anhören. Ich wette zehn zu eins, Cridge, dass die Lösung des ganzen Rätsels in meinen Händen liegt. Lesen Sie morgen oder übermorgen die Zeitungen. Auf Wiedersehen!«

Oftmals konnte man in nächster Zeit George Alfred Cridge vernehmen, der einem Kreis von Bewunderern erzählte, er sei der Allererste gewesen, der in die wahre Geschichte der »Knallbonbon-Morde« von Rodding eingeweiht worden sei. »Inspector Craig hat mir alles anvertraut«, pflegte er zu sagen, »und das stand mir vielleicht auch zu. Aber ich erzähl ja auch niemals Lügen, und das weiß so ein Inspector eben zu schätzen. Man hört ja so viel böses Gerede über die Polizei und ihre Methoden, aber ich für mein Teil kann sagen, ich hab sie anders kennengelernt. Hab dem Inspector einen Hinweis gegeben, der ihn auf die rechte Fährte führte, und das hat er gewusst und hat mich auch noch gelobt dafür. Er war fair, das war er! Noch mal das Gleiche, Miss, bitte!«

Sir Austin Kemble war drei Tage später doch etwas überrascht, als er hörte, dass Inspector Craig zwei Verdächtige im Mordfall Vernon verhaftet hatte – genau das war auch die Absicht des Inspectors gewesen. Sofort nach Erhalt der Nachricht rief Sir Austin Mr Bathurst an, doch die Art, wie jener die Neuigkeit aufnahm, ließ darauf schließen, dass er sie schon erwartet hatte.

»Er hat also zwei ›Verdächtige‹ verhaftet?«, sagte Anthony. »Wahrscheinlich zwei ehemalige Strafgefangene.«

»Ganz recht, Bathurst. Woher zum Teufel haben Sie das nur wieder gewusst?«

»Wie lauten ihre Namen?«

Sir Austin beugte sich über das Telegramm auf seinem Schreibtisch. »Ralph Page und James Bernard Collins«, las er vor. »Craig hat sie in einem Dorf in Essex festgenommen, Kelvedon Hatch, irgendwo in der Nähe von Navestock, glaube ich. Pages Bruder lebt dort. Sie sind jetzt in Mapleton. Craig will wissen, ob Sie mal hinfahren und sich die beiden ansehen wollen. Was meinen Sie?«

Hätte Sir Austin sehen können, was sich am anderen Ende der Leitung abspielte, dann hätte er ein rätselhaftes

Lächeln über Mr Bathursts Gesicht gleiten sehen. Dieser zögerte einen Moment mit der Antwort.

»Das könnte ich wohl machen, morgen irgendwann … Zuvor muss ich jedoch noch einige andere Leute besuchen, unter anderem in Mapleton. Vielen Dank für Ihren Anruf, Sir Austin. Ach, und übrigens: Es ist gut möglich, dass einer der beiden Verhafteten kürzlich ›einen nahen Verwandten‹ verloren hat.« Ohne auf Sir Austins Erwiderung zu warten, legte Anthony auf und schlug, immer noch lächelnd, das Telefonbuch beim Buchstaben »T« auf.

KAPITEL 24

Mr Bathurst als Frauenheld

Als ihr Mann das Zimmer betrat, fuhr Ruby Trentham erschrocken herum. Es wirkte beinahe so, als wäre sie bei etwas ertappt worden, das sie unbedingt geheim halten wollte. Morris Trentham warf, nicht zum ersten Mal in den letzten Tagen, einen nervös-argwöhnischen Blick auf seine Frau. Sie fasste sich mit der Hand an die Kehle und drehte sich hastig weg; es war deutlich, dass sie unter größter Anspannung stand. Morris Trentham war ein Mann mit einem groben, wuchtigen Gesicht, einem Gesicht mit einem Doppelkinn und schweren Lidern über leicht blutunterlaufenen Augen.

»Was zum Teufel ist nur in letzter Zeit los mit dir, Ruby?«, knurrte er. »Du schleichst im Haus herum wie ein verdammtes Gespenst. Das geht mir gewaltig auf die Nerven, das hab ich dir gestern schon gesagt. Warum kannst du nicht wie ein normaler Mensch herumlaufen?«

Seine grobschlächtigen Züge zeigten nun ihren hässlichsten Ausdruck. Jäh schoss Ruby Trentham das Blut in die Wangen. Abrupt drehte sie ihm das schöne Gesicht zu.

»Ich weiß nicht, was du meinst, Morris. Erkläre mir doch endlich, was du meinst! Du scheinst einen Argwohn gegen mich zu hegen. Ich drehe mich um und entdecke, dass du hinter mir stehst. Was hast du? Was quält dich? Mein Gewissen jedenfalls ist rein.«

»Was willst du damit sagen?«, fauchte er.

Ruby Trentham zuckte mit ihren wohlgerundeten Schultern. »Wenn du das nicht verstehst … Klarer kann ich es nicht ausdrücken, fürchte ich.« Kalt und feindselig starrte sie ihren wütenden Gatten an. Der war allerdings noch nicht fertig.

»Darf ich fragen, worauf genau du dich beziehst, wenn du von Gewissen sprichst?«, fragte er, ein wenig ruhiger.

Ruby musterte ihn misstrauisch. »Ich habe mich verteidigt, mehr nicht. Du wirkst in letzter Zeit so skeptisch, du lauerst auf alles, was ich sage oder tue … Also hab ich mich einfach verteidigt. Ich habe dir gesagt, dass ich kein schlechtes Gewissen habe. Ich konspiriere nicht gegen dich, falls du das befürchtest. Es tut mir leid, wenn das Wort ›Gewissen‹ dir so viel Angst macht.« Sie hielt kurz inne, dann fuhr sie fort: »Ich werde, wenn ich das nächste Mal mit dir spreche, meine Worte sorgfältiger wählen.«

Trentham murmelte etwas vor sich hin; dann brach es wieder aus ihm heraus. »Hör zu, Ruby«, sagte er bedeutungsschwer, »du kannst nicht leugnen, dass du dich seit dem Mord an Vernon reichlich merkwürdig benimmst. Das wäre jedem Mann aufgefallen, der noch bei Verstand ist. Ich übertreibe nicht. Ich wäre nicht erstaunt gewesen, wenn du

Trauerkleidung angelegt hättest. Das hätte zu deiner besonderen Schönheit gepasst«, höhnte er. »Oder vielleicht trägst du das Schwarz ja an deinem Herzen.«

Unter ihrem üppigen rabenschwarzen Haar wurde ihr Antlitz noch bleicher.

»Gerade du musst so etwas unterstellen«, entgegnete sie mit leiser Stimme. »Ich nehme an, du beurteilst mich, wie es alle Männer deines Schlages tun, nach deinem eigenen Moralkodex. Der Tod Sir Eustace' war ein großer Schock für mich. Jede Frau an meiner Stelle hätte ihn als schmerzlich empfunden. Ich müsste ja aus Eisen sein, wenn ich nicht trauern würde. Und wo wir gerade dabei sind: Es sah auch ganz danach aus, als wärest *du* betroffen gewesen.« Sie beobachtete die Wirkung ihres Pfeils. Ihr Gatte scharrte ziellos mit den Füßen. Bevor er etwas entgegnen konnte, griff Ruby erneut an und änderte überdies den Angriffspunkt, weil er größere strategische Wirkung versprach. »Ich könnte durchaus sagen – wenn ich übel gesinnt wäre und wilde Anklagen erheben würde, wie es so manche Leute tun –, dass Sir Eustace' Tod für *dich nicht* gerade ein Verhängnis war!«

Wieder flackerte der bedrohliche Zorn in seinen Augen auf. »Für Zufälle kann ich schließlich nichts, oder? Ich nehme an, dass es immer jemanden gibt, der vom Tode eines anderen profitiert. Aber eines sage ich dir: *Ich* kann beweisen, wo ich am Mordabend nach dem Dinner gewesen bin. Ein Kartenspiel geht nun mal nicht ohne Partner, von Patience einmal abgesehen. Es ist ja nicht so, als ob jeder, der sich an dem Abend in Vernon House aufhielt, ein ebenso sicheres Alibi vorzuweisen hätte.«

Ruby reagierte sogleich auf die verschleierte Anschuldigung. »Falls du mich damit meinst, Morris«, sagte sie, noch kühler und hochmütiger als zuvor, »so bin ich in der Lage, jede Minute ebenso zufriedenstellend nachweisen zu können wie du. Ich habe mich die ganze Zeit über entweder im Billardzimmer oder im Musikzimmer aufgehalten. Mit Bemerkungen dieser Art machst du mir keine Angst, falls das deine Absicht war. Vielleicht lässt sich mein Alibi, wenn die Wahrheit erst einmal ans Licht kommt, besser nachweisen als deines«, deutete sie dunkel an.

»Vielleicht … und vielleicht auch nicht!«, grollte Trentham.

Er stürzte aus dem Zimmer und schlug die unschuldige Tür hinter sich zu. Ruby Trentham sah ihm mit eisiger Verachtung nach. Als die Tür ins Schloss gefallen war, zuckte sie geringschätzig die Achseln.

Eine halbe Stunde später betrachtete sie mit einem Gefühl der Beklommenheit Mr Bathursts Visitenkarte. Welchen Grund sollte dieser Mann haben, sie zu besuchen? Ruby erinnerte sich an einen hochgewachsenen, schlanken Mann mit grauen Augen, der sie am Tag nach dem tragischen Ereignis befragt hatte. Ihr fiel wieder ein, dass er dieses undefinierbare Etwas besessen hatte, das die meisten Menschen mit dem Begriff »Persönlichkeit« zu erklären versuchen. Während der kurzen Befragung hatte sie gespürt, dass Mr Bathurst kein gewöhnlicher Mann war und dass die Wahrscheinlichkeit, ihn in einem geistigen Wettstreit zu besiegen, so hoch war, wie dass Ostern und Weihnachten auf einen Tag fallen. Dennoch sagte sie ihrem Mädchen, dass sie ihn empfangen wolle.

Mr Bathurst äußerte die üblichen Höflichkeitsformeln, dann schaute er auf seine Uhr. »Ich muss mich entschuldigen, dass ich Sie behellige, Mrs Trentham, aber ich habe höchst wichtige Nachrichten für Sie. Ist Mr Trentham wohl auch da?«

»Er ist vor ungefähr zwanzig Minuten fortgegangen, Mr Bathurst. Wollten Sie meinen Mann sprechen?«

»Nicht unbedingt, Mrs Trentham, ich kann meine Botschaft ebenso gut Ihnen überbringen. Es verhält sich so, dass Sir Austin Kemble, der Polizeichef, mich bat, Sie aufzusuchen. Er legte sogar großen Wert darauf. Ich habe nämlich etwas Wichtiges über die Mordermittlung zu vermelden.«

Scharlachrote Flecken erschienen auf den Wangen der Dame. »Ja?«, murmelte sie.

»Ja. Ich bin soeben von Scotland Yard informiert worden, dass Inspector Craig zwei Männer verhaftet hat, ihre Namen lauten Page und Collins. Die Beweise gegen die beiden sind erdrückend. Außerdem soll ich Ihnen noch etwas mitteilen, es betrifft den Besitzstand des verstorbenen Sir Eustace: Sir Austin Kemble wünscht, dass sämtliche Personen, die sich in der Unglücksnacht in Vernon House aufhielten, sich am Freitag wieder dort einfinden, und zwar abends um sieben Uhr. Es ist wichtig, dass wirklich alle kommen. Denn es steht einiges auf dem Spiel, das möchte ich noch einmal betonen. Wie die meisten reichen Männer hat Sir Eustace Vernon allzu vieles in der Schwebe gelassen.«

Mrs Trentham schaute jäh und herausfordernd auf. »Was wollen Sie damit …?«

Mr Bathurst lächelte, während ihr der verborgene Sinn seiner letzten Bemerkung aufging.

»Ich verstehe nun, was Sie meinen. Für einen Augenblick war ich verwirrt darüber, wie Sie es ausdrückten.«

Wieder schaute Mr Bathurst auf seine Uhr. Während er dies tat, läutete das Telefon, das auf einem Tischchen stand.

»Entschuldigen Sie mich für einen Moment«, sagte Ruby Trentham und ging zum Apparat. »Wie bitte?«, sagte sie mit merklich stockender Stimme. »Ja, ja, ich höre.« So verharrte sie ungefähr eine Sekunde lang, angespannt und sehr furchtsam, das Gesicht weiß vor Angst. Dann hellte sich ihre Miene auf. »Es ist schon gut«, sagte sie. »Sie brauchen sich nicht zu entschuldigen.« Als sie sich umdrehte, sah sie Mr Bathursts neugierigen Blick. »Da hat sich nur jemand verwählt«, erklärte sie.

»Das ist immer so lästig«, stimmte er mitfühlend zu, »aber meistens kann man nichts dagegen machen. Sie werden Mr Trentham doch ausrichten, dass er am Freitagabend kommen soll?« Er streckte ihr die Hand hin. »Vernon House um sieben Uhr. Sie werden es nicht vergessen?«

KAPITEL 25

Sam McLaren baut neue Luftschlösser

Nummer 83 in der Mafeking Street, ganz in der Nähe des Straßenbahndepots, war eines jener typischen modernen Doppelhäuser, deren exorbitante Preise es Spekulanten ermöglichen, ausgedehnte Reisen auf dem Kontinent zu unternehmen, während ihre Söhne einer glänzenden Zukunft als Dandys, Lords oder Irgendwas entgegensehen. Mrs Croucher, deren Mann vor fünf Jahren gestorben war, hatte sich gezwungen gesehen, ihr mageres Einkommen durch Untervermietung aufzubessern. In Sam McLaren hatte sie den idealen Hausbewohner gefunden. Zwar hatte er höchst unregelmäßige Arbeitszeiten, aber sie waren, um ein scheinbares Paradoxon zu bemühen, immerhin regelmäßig unregelmäßig. Seine Miete zahlte er stets pünktlich, und seine Räume wurden makellos sauber gehalten. Als Sam McLaren seiner Wirtin mitteilte, dass er möglicherweise seinen Stand verkaufen und Mapleton verlassen werde, war sie sehr betrübt. Sicherlich nicht frei von selbstsüchtigen Motiven, war ihr Schmerz doch echt, denn Mrs Croucher hatte ihren Mieter lieb gewonnen. Mehr als einmal hatte sie zu ihren

Freunden und Bekannten gesagt, dass Sam, obschon im Umgang mit seinen Kunden recht ungehobelt, sich in seinem Heim von einer ganz anderen Seite zeige. »Glauben Sie mir nur«, pflegte sie mit einem Kopfwackeln zu sagen, das beeindruckend wirken sollte, »vom alten Sam kann sich so mancher eine Scheibe abschneiden. Wie es beim heiligen Paulus heißt, kann er ›allen alles sein‹.«

Als Mr Bathurst bei Mrs Croucher vorsprach, schloss sie ihn sogleich in ihr Herz, in dieser Beziehung den meisten ihrer Geschlechtsgenossinnen nicht unähnlich. Zu Beginn der Unterhaltung gestattete sie sich sogar zu träumen, diesen netten Gentleman als Sams Nachfolger zu gewinnen, wenn das Schlimmste eintreten und der Kaffeestand tatsächlich verkauft werden sollte. Doch Mrs Crouchers Träume währten nicht lange, und schließlich sah sie sich, wenn auch widerwillig, dazu gezwungen, sie ganz und gar aufzugeben.

»Nein, Sir«, verneinte sie Mr Bathursts dritte Frage mit einem Kopfschütteln. »Mr McLaren ist im Moment leider nicht da. Ich erwarte ihn allerdings jede Minute. Gerade jetzt hat er viel zu tun, wie Sie vielleicht wissen. Im Januar läuft sein Geschäft am besten. So ein Kälteeinbruch, wie wir ihn jetzt gerade haben, beschert Mr McLaren immer die besten Umsätze.«

»Das glaube ich gern, Madam. Falls ich Ihnen nicht lästig falle, würde ich aber gern noch ein Weilchen warten, ob Mr McLaren tatsächlich auftaucht. Ich muss ihm nämlich etwas Dringendes mitteilen.«

»Kommen Sie doch herein, Sir, und warten Sie in seinem Wohnzimmer, und kein Wort mehr von Lästigfallen. Ich freue mich immer, wenn ich den Leuten einen Gefallen tun kann.«

Anthony folgte der ausladenden Gestalt von Mrs Croucher in das Zimmer des »alten Sam«. Nachdem sie ihn hineingelotst hatte, ließ die Wirtin ihrer Klatschsucht die Zügel schießen.

»Ich hoffe nur, es ist nichts, was ihn aufregt, Sir. Wissen Sie, er erzählt mir schon so einiges, und ich weiß noch, wie enttäuscht er über die Sache mit dem armen Sir Eustace Vernon in Rodding war. Sam hat mir mehr als einmal erzählt, was für Luftschlösser er gebaut hat, weil Sir Eustace ihm etwas versprochen hat, und wie sie dann alle eingestürzt sind. Seitdem ist er nicht mehr derselbe, überhaupt nicht.«

»Wie meinen Sie das, Mrs Croucher? Ist Mr McLaren krank gewesen?«

Die Wirtin vollführte einmal mehr ihr eindrucksvolles Kopfwackeln. »Nicht so richtig, was man ›krank‹ nennen würde, Sir. Der gute Sam benahm sich eher wie ein Mann, der einen schweren Schlag erhalten hat. Viele hätten's vielleicht nicht so gemerkt, aber weil ich ja mit ihm zusammenwohne, habe ich mitbekommen, wie er sich alles zu Herzen genommen hat. Kleine Dinge waren's, die's mir verraten haben … Man sagt ja, dass Grashalme anzeigen, aus welcher Richtung der Wind weht, nicht wahr? Er hatte keinen rechten Appetit mehr, und das, was ich ihm so gern gekocht hab, mochte er nicht mehr essen, hat es kaum noch angeguckt, Sir. Irgendwas hat ihm ganz furchtbar das Herz abgedrückt, da würde ich jeden Eid drauf schwören. Ich hab ihm mehr als einmal gesagt, er soll nicht dasitzen und über verschüttete Milch weinen, aber darauf hat er immer bloß gesagt: ›Sie verstehen das nicht, Mrs Croucher. Jemand hat mir genommen, was rechtmäßig mir gehört hat.‹ Grad neulich hat er nicht mal Kutteln mit Zwiebeln angerührt, und ich hatte sie extra noch in Milch gekocht! Und dabei ist es doch sein Leibgericht.«

Mr Bathurst nickte mitfühlend. Das war in der Tat auffällig. »Wo hat McLaren gearbeitet, bevor er sich mit dem Kaffeestand selbstständig machte? Wissen Sie das zufällig?«

Mrs Croucher schürzte fein die Lippen, dann platzte sie voller Triumph heraus. »Er war Regierungsbeamter, Sir! Im Staatsdienst, wenn Sie mich fragen. Ich hab ihn so oft von seiner Zeit im Schatzamt reden hören.«

»Tatsächlich, Mrs Croucher! Ich nehme an, er hatte das Pech, diese gute Stellung aus irgendeinem Grund zu verlieren.«

»Genau das glaube ich auch, Sir. Ich sag noch zu meiner Cousine Maria Champion – sie war eine Maria Crabbe, und als sie geheiratet hat, fing der Name immer noch mit einem C an, war aber schöner … Ihr Mann hatte den *Blind Beggar* drüben in Perringham … Jedenfalls hab ich ihr gesagt …« Mrs Crouchers Sermon fand ein jähes Ende. »Da kommt McLaren«, sagte sie. »Ich mache ihm die Tür auf, dann können Sie selber mit ihm sprechen. Ich bitte Sie nur um eins:

Wenn Sie schlechte Nachrichten haben, dann bringen Sie sie ihm schonend bei, denn er ist ein lieber alter Mann und überhaupt einer von den Guten. Keine Frau hat je einen besseren Mieter gehabt.«

»Nun, McLaren«, sagte Anthony, als der Alte hereinkam. »Wie ist es Ihnen in letzter Zeit ergangen?«

»Kein bisschen anders, Sir! Kein bisschen anders! Der alte Sam wird schuften müssen bis zum verdammten Ende, bis er sich die Radieschen von unten beguckt.« Bedrückt schüttelte er den Kopf.

»Was macht das Geschäft? Haben Sie Ihren Stand schon verkauft?«

Wieder schüttelte Sam seinen grauen Kopf. »Noch nich', Sir. Hab aber noch Hoffnung. War's das, warum Sie mich sehen wollten, Sir?«

»Nicht ganz. Ich könnte mir vorstellen, dass Sie mich vielleicht als Herold des Glücks, als Überbringer einer frohen Botschaft betrachten. Mehr darf ich Ihnen im Augenblick jedoch nicht verraten. Das muss bis heute Abend warten.«

»Heut' Abend? Aber warum …? Was …?«

»Ich will es Ihnen erklären. Sir Austin Kemble – der Polizeichef, den Sie vom Polizeirevier Mapleton kennen, als Sie Ihre Aussage machten – wünscht, dass Sie sich heute Abend um sieben Uhr in Vernon House einfinden. Ich kann Ihnen versichern, dass Sie etwas für Sie Vorteilhaftes zu hören bekommen werden.«

Sam sah aus wie die fleischgewordene Skepsis. »So haben die mich schon mal reingelegt!«, protestierte er. Wieder schüttelte er den Kopf. »Hab keine Lust, den Köder 'n zweites Mal zu schlucken.«

Anthony lächelte begütigend. »Keine Angst, Mr McLaren. Ich kann Ihnen die Überraschung Ihres Lebens versprechen, bei meiner Ehre.« Sam beäugte ihn misstrauisch. Mr Bathurst beeilte sich fortzufahren. »Ich will Ihnen auch verraten, Mr McLaren, dass Inspector Craig zwei Männer verhaftet hat, die des Mordes an Sir Eustace Vernon dringend verdächtig sind. Ihre Namen lauten Page und Collins. Es ist gut möglich, dass es diese beiden waren, die –«

»Mich überfallen haben! Ich werd nich' mehr!« Sam zitterte vor Aufregung.

»Ihre Aussage wird zweifellos erforderlich sein, bevor die Polizei ihre Ermittlungen abschließen kann. Noch eines, bevor ich mich verabschiede: Sie werden heute Abend nicht der einzige Besucher sein. Sämtliche Personen, die in der Mordnacht bei Sir Eustace zu Gast waren, sind von Scotland Yard angewiesen worden, sich in Vernon House einzufinden.«

Sams Auge sandte einen Blitz in Mr Bathursts Richtung. »Alle?«, murmelte er.

»Wir hoffen, dass alle kommen. Der Einzige, dessen Zusage noch aussteht, ist Father Jewell.«

»Warum tut die Polizei das? Was für 'n Spielchen soll'n das sein?«

»Eine kleine Idee von Sir Austin Kemble, mehr nicht. Vielleicht muss ich mich auch teilweise schuldig bekennen.

Aber Sir Eustace, wie Sie ja wissen, war ein reicher Mann. Machen Sie sich also auf ein paar erstaunliche Eröffnungen gefasst.«

»Werden auch welche von den Damen da sein, Sir?«

»Aber ja, Sam. Alle. Ein weiterer Anreiz für Sie.« Mr Bathurst erhob sich und knöpfte seinen schweren Wintermantel zu. »Und es ist auch just der passende Abend, Sam. Wir haben Freitag.«

»Zahltag meinen Sie, Sir?«, grinste McLaren.

»Nennen Sie es doch: ›Schatztag‹.«

»Schatz?«, fragte Sam ungläubig.

Mr Bathurst lächelte pfiffig. »Ein Schatz, Sam! Mrs Croucher, Ihre verehrte Wirtin, die sich meiner bis zu Ihrer Ankunft angenommen hat, sagte mir, Sie hätten ihr des Öfteren erzählt, Sie seien Beamter im Schatzamt Seiner Majestät gewesen.« Er lächelte gewinnend, um Mr McLaren zu einer vertraulichen Mitteilung zu veranlassen.

Der zögerte für den Bruchteil einer Sekunde, von widersprüchlichen Gefühlen gebeutelt. Doch dann überschritt er den Rubikon. »Stimmt schon, Sir. Aber dass ich 'n Beamter gewesen wär, das war bloß 'n Spaß, den ich mir mit ihr erlaubt hab und der mich heimlich zum Lachen gebracht hat. Eigentlich nämlich, Sir, im Vertrauen gesagt, war ich bloß 'n Bürobote.«

Mr Bathurst lachte herzhaft. »Verstehe.« Er bot dem alten Kaffeestandbesitzer die Hand und wiederholte die Worte, die er zu Ruby Trentham gesagt hatte: »Vernon House um sieben Uhr. Sie werden es nicht vergessen?«

KAPITEL 26

Die Gäste
VERSAMMELN SICH ERNEUT

Selbst dem scharfsinnigsten Psychologiestudenten wäre es schwergefallen, eine genaue Einordnung der mannigfaltigen Gefühle vorzunehmen, die in der Brust jener Personen tobten, die sich auf »Bitte« der ermittelnden Behörde erneut in Vernon House einzufinden hatten. Dr. Lionel Carrington wirkte sehr gefasst, doch ein Arzt ist darin geübt, sich zugunsten seiner Patienten zurückzunehmen. Dem Bürgermeisterehepaar von Mapleton, Alderman und Mrs Venables, war es gar nicht recht, wieder herzitiert worden zu sein, und Venables machte seinem Unmut dann auch ausgiebig Luft, wurde jedoch wie üblich nicht gehört. Major Prendergast und seine Frau Diana waren vielleicht die gelassensten Teilnehmer der Runde; sie legten eine reservierte Unnahbarkeit an den Tag, die das anerkannte Vorrecht der englischen *upper middle class* bildet. Der Major hatte einst am altehrwürdigen Winchester College studiert. Zwei Jahre lang hatte er dem dortigen Cricket-Team angehört, und ein zweistündiges, letztlich siegreiches Inning seiner Mannschaft gegen Eton bildete immer noch lebhaften Gesprächsstoff in sämtlichen vornehmen Vereinen. Prendergasts Frau gab sich unbefangen und heiter.

Ganz anders sah es bei Morris und Ruby Trentham aus. Einem scharfsichtigen Beobachter wäre gewiss nicht entgangen, dass die beiden sich nicht nur gegenseitig belauerten, sondern auch alle anderen argwöhnisch musterten. Sam McLaren, der im Arbeitszimmer nahe bei den Gartentüren saß, ertappte sich bei mehr als einem Blick auf die Dame, über deren schönes Gesicht immer wieder Wogen der Angst gingen. Dennoch hatte sie ihre leicht arrogante Kopfhaltung bewahrt, wie Anthony Bathurst nicht entging. Father Jewell, streng und geistlich-asketisch wie eh und je, war entgegen Mr Bathursts Befürchtungen erschienen und saß sogar neben ihm. Helen Ashley und Terence Desmond standen Seite an Seite.

Der verwirrteste Kopf in der Versammlung war möglicherweise Inspector Craig. Persönliche Anweisungen Mr Bathursts waren ihm durch Sir Austin Kemble übermittelt worden, bereits bei seiner Ankunft in Vernon House. Craig wusste, dass er sich keinen Fehler leisten durfte; Sir Austin würde eher eine Unwissenheit verzeihen als eine Nachlässigkeit. Die Uhr zeigte ein paar Minuten nach sieben, als der Polizeichef die Tür schloss und sich an die Versammlung wandte. Bereits bei seinen Eingangsworten entstand merkliche Unruhe.

»Ladies und Gentlemen«, begann er. »Vor einer guten Woche waren Sie in diesem Haus bei dem verstorbenen Sir Eustace Vernon zu Gast. Es ist, glaube ich, nicht nötig, noch einmal die Art und Weise zu schildern, wie er zu Tode kam. Vorerst mag der Hinweis genügen, dass die Polizei glaubt, die Mörder von Sir Eustace Vernon und Purvis, dem Butler, gefasst zu haben. Persönlich glaube ich, dass wir Ihnen eine Erklärung schulden, denn jeder von Ihnen stand, zumindest für eine gewisse Zeit, unter Verdacht. Das haben die Umstände zwangsläufig mit sich gebracht. Bedenken Sie, dass Sir Eustace ein reicher Mann war und dass sein Testament … Aber ab hier soll Mr Bathurst fortfahren!«

Als Mr Bathurst beherzt das Reden übernahm, griff sich Ruby Trentham an den Kopf, und Diana Prendergast fasste sich mit bebenden Händen an die Kehle. Auch die anderen wurden abermals von Unruhe ergriffen.

»Ich nehme doch an, dass Sir Austins einleitende Worte jegliche Bedenken beschwichtigt haben, die Sie aufgrund der Aufforderung hegen konnten, sich heute Abend wieder hier zu versammeln. Ich werde nun versuchen, die Ereignisse zu schildern, die vor den Morden stattgefunden haben, und ebenso einige Umstände, welche die Verbrechen überhaupt erst nötig machten. Es ist jedoch unerlässlich, dass ich die Geschichte in zwei Teilen erzähle, denn sie besteht aus zwei Teilen – und einer davon wäre von dem genialen Kopf, der den Plan entwarf, niemals erwartet worden. Es ist die alte Geschichte einer Rechnung, die nicht aufgeht, weil das Unvorhergesehene eintritt. Obwohl ich zugeben muss, dass sich in diesem Fall das Unvorhergesehene erst *nachher* ereignete.

Es geschah vor vierzehn Jahren, dass in dieser Gegend drei Männer verurteilt wurden. Sie waren erfahrene Einbrecher, auf ihr Konto gingen mindestens ein Dutzend raffinierter Raubzüge, welche selbst die klügsten Polizisten vor ein unlösbares Rätsel stellten. Einer der drei Männer mag mit Recht als ein Pionier der Fassadenkletterei angesehen werden. Seiner Gewandtheit und seinem athletischen Können war kein Gebäude zu hoch oder zu schwer zu erklimmen. Bei der Verhaftung trat dieser Mann als Kronzeuge auf und erhielt im Unterschied zu seinen beiden Komplizen eine sehr viel mildere Strafe. Die Namen der drei Herren lauten Ralph Page, James Bernard Collins und Charles Ramsay. Letzterer wusste, dass er von nun an gefährlich lebte. Seine Mittäter hatten ihn schon während des Prozesses wissen lassen, dass seine Tage gezählt sein würden, sobald sie aus der Haft entlassen wären. Collins ist so stark wie ein Löwe, und er schwor, Ramsay mit eigenen Händen zu erdrosseln, und wenn er dazu zwei Kontinente durchqueren müsste. Doch Ramsay, das Hirn dieser unheiligen Dreieinigkeit, der von nun an in schrecklicher Furcht vor Collins lebte, hat das natürlich anders gesehen.«

Mr Bathurst hielt für einen Moment inne. Die Stille im Raum wurde geradezu beklemmend. Nur das Ticken der Uhr war vernehmbar. Diana Prendergast starrte ihn an, als stünde sie unter einem Bann. Auf Ruby Trenthams Gesicht spiegelte sich eine Vielzahl von Gefühlen, darunter pure Angst. Auch die Männer zeigten sich unruhig. Mit nüchterner, leidenschaftsloser Stimme fuhr Mr Bathurst fort.

»Als Ramsay vor ungefähr zehn Jahren aus dem Gefängnis entlassen wurde, verschwand er. Es war seine erklärte Absicht, seine frühere Identität vollkommen auszulöschen. Er war alleinstehend und hatte nur eine einzige Verwandte, seine kleine Nichte. Er verfügte über beträchtliche Mittel, die er bei seinen Raubzügen erbeutet hatte. Er kam also nach Rodding … und lebte hier fortan als Eustace Vernon.« Helen Ashley keuchte überrascht auf. Desmond legte schützend den Arm um die junge Frau. Auch die anderen waren von Mr Bathursts unerwarteten Ausführungen förmlich elektrisiert. »In Rodding bemühte er sich darum, seine Vergangenheit wieder gutzumachen. Mit Leib und Seele brachte er sich in die Kommunalpolitik der benachbarten Gemeinde von Mapleton ein und krönte seine Jahre als angesehener Bürger mit einer Tat, die ihm den Rang eines Barons eintrug. Ich habe einen Mann sagen hören, dass er nie ein größeres Beispiel von Tapferkeit gesehen habe. Während dieser Momente wurde Vernon wieder zu Ramsay, dem Meisterkletterer, für den kein Haus zu hoch und keine Fassade unüberwindbar war. So konnte er vielen kleinen Kindern das Leben retten, und diese Tat wird ihm ewig zur Ehre gereichen.« Anthony gab Craig ein Zeichen, und der Inspector reagierte sogleich, indem er seinen Platz im Zimmer wechselte. Dann nahm Mr Bathurst seinen Faden wieder auf.

»Trotz allem musste Ramsay damit rechnen, dass Page und Collins eines schönen Tages entlassen würden. Er hatte zwar gehofft, schon aufgrund seiner neuen Identität die Spur verwischt und die Rachsüchtigen von sich abgelenkt zu haben. Dennoch ging er kein Risiko ein. Er tat sich mit einem zweiten Mann zusammen und ersann einen höchst raffinierten Plan, der ihn, war er erst einmal in die Tat umgesetzt, für alle Zeiten vor seinen Verfolgern schützen sollte. Dieser Komplize war natürlich nicht in alle Details des Plans eingeweiht, Ramsay hatte ihm nur die nötigsten Informationen gegeben. Hätte der Mann das Vorhaben in seiner Gesamtheit überblickt, dann wäre alles geplatzt.

Zunächst einmal musste Ramsay wissen, wann genau Page und Collins ihre Haftstrafe abgesessen hatten. Um dies in Erfahrung zu bringen, gab er sich als Wohltäter entlassener Strafgefangener aus. Sie kennen ja das Motto: ›Die Kerkermauern dürfen keinen Schatten werfen.‹ Er kontaktierte Major Painswick, den Gefängnisdirektor in Portsea, und erkundigte sich eingehend nach den beiden Häftlingen Page und Collins. Major Painswick wäre sicherlich höchst überrascht gewesen zu erfahren, dass der bekennende Philanthrop Sir Eustace Vernon in Wahrheit kein anderer war als Charles Ramsay, der vor Jahren in seiner Anstalt eingesessen hatte. Jedenfalls hatte Ramsay alles so vorbereitet, dass er seine Feinde überlisten konnte, vorausgesetzt, er erfuhr früh genug von ihrer Entlassung. Selbst wenn sie sich unverzüglich auf den Weg machen würden, um ihn aus seiner Deckung zu scheuchen, sollten eine oder zwei Stunden genügen, um seinen Plan in die Tat umzusetzen. Doch dann ergab sich ein neues Problem. Ramsay hatte aus dem Briefwechsel mit dem Gefängnisdirektor erfahren, dass Page und Collins in den ersten Tagen des neuen Jahres entlassen werden sollten. Zur Weihnachtszeit mildtätig gestimmt, veranlasste Major Painswick jedoch, dass die beiden an Heiligabend entlassen wurden – eine Woche vor dem Termin! Doch wieder einmal, und das in einem höchst kritischen Augenblick, war Ramsay das Glück hold. Denn die andere Seite machte einen Fehler! Purvis, die entweder Mrs Page oder Mrs Collins war – das wird noch zu ermitteln sein –, konnte sich in ihrer Rachsucht nicht beherrschen und teilte Ramsay die für ihn so wichtige Information brühwarm mit. Sie hatte sich mithilfe gefälschter Referenzen als Mann ausgegeben und sich den Posten in Ramsays Haus verschafft. Mit ihrer Hilfe waren die beiden Haftentlassenen Ramsay seit dem Weihnachtsmorgen dicht auf den Fersen. Sie hatten nämlich Purvis ihren Plan mitgeteilt, doch diese hatte nichts Besseres zu tun, als ihn ausgerechnet dem Mann anzuvertrauen, der das niemals hätte erfahren dürfen! Sie konnte der Versuchung nicht widerstehen, ihn leiden zu lassen, ihm die Botschaft seiner Verdammnis zu überbringen und sich dann an seiner Angst zu weiden. *Sie* nämlich schrieb die ominöse Mitteilung und steckte sie in den roten Knallbonbon!«

»Ich fange an zu verstehen«, warf Dr. Carrington ein. »Das also war die ›böse Nachricht‹, die Sir Eustace beim Dinner erhalten hat.«

»Ganz genau, Doktor«, fuhr Mr Bathurst fort, »und in ebendiesem Augenblick, so stelle ich mir vor, begann er die Vertrauenswürdigkeit seines Butlers infrage zu stellen. Es mag ein Blick gewesen sein, es mag sein, dass er die Handschrift doch erkannte … und Purvis war dem Tod geweiht.

Erinnern wir uns an die Aussage der Dienstmagd Palmer: ›Das ist etwas ganz Besonderes, Purvis, vergessen Sie es nicht.‹ Und dann trank Purvis das Gift, das Ramsay ihr in den Whisky getan hatte. Außerdem kam sein teuflisches Hirn auf die Idee, den roten Knallbonbon mit seiner bedrohlichen Botschaft bei dem ursprünglichen Verfasser zu deponieren. Und trotz dieser unerwarteten Komplikation blieb ihm noch Zeit, die Räder seiner Maschinerie in Gang zu setzen – nicht viel Zeit, aber gerade genug. Sein Vertrauter, sein Partner in diesem Spiel, erschien plangemäß, und als Collins und Page mordgierig durch den Park schlichen und ins Arbeitszimmer eindrangen – von Purvis per Lageplan informiert –, fanden sie ihr Opfer tot an seinem Schreibtisch vor! Durch Kopfschuss niedergestreckt. Es war unschwer zu erkennen, dass es sich um den niederträchtigen Ramsay handelte, trotz der Jahre, die verstrichen waren. Außerdem lag ja sein Abschiedsbrief auf dem Schreibtisch. Hatte er sie am Ende also doch hereingelegt! Ich stelle mir allerdings vor – das ist natürlich bloß eine Vermutung –, dass er ihnen ein Trostpflaster hinterlassen hatte, in Form eines ansehnlichen Bündels von Banknoten. Die eigentliche Absicht dahinter war jedoch, die beiden Männer, welche das Geld an sich nahmen, an den Galgen zu bringen. Page und Collins jedenfalls gaben tüchtig Fersengeld, und wer will es ihnen verdenken?«

In diesem Augenblick kam ein Polizist herein und bat darum, Sir Austin Kemble sprechen zu dürfen. Ernst lauschte der Polizeichef seinem Bericht und schickte den Mann dann weiter zu Inspector Craig. Auch dieser wechselte ein paar Worte mit dem Uniformierten, der daraufhin im Zimmer blieb. Mr Bathurst wartete ruhig ab, dann nahm er den Faden seiner Erzählung wieder auf.

»Aus gewissen Gründen, die ich im Augenblick noch nicht näher ausführen kann, lasse ich weitere Vorfälle, die sich nach Pages und Collins' Flucht in diesem Zimmer abgespielt haben, zunächst beiseite und komme zu dem Augenblick, in dem Hammonds Schrei durch das Haus gellte – zu dem Moment also, wo für die meisten von Ihnen die merkwürdigen Vorfälle jener Nacht einsetzten. Vorerst mag die Erklärung genügen, dass der Mann, den ich ›Ramsays Komplizen‹ nenne, sich im Arbeitszimmer aufhielt und die Rolle spielte, für die er sehr gut bezahlt worden war. Hammond kam vom Hundezwinger und ihr fiel auf, dass die Gartentüren des Arbeitszimmers offen standen. Sie trat also ein. Eine Frau stürzte mit einem Messer auf sie zu, legte ihr eine eiskalte Hand aufs Gesicht … Hammond schrie auf und fiel in Ohnmacht. Die Frau war aus dem Nebenzimmer mit dem Safe gekommen, denn die Safeschlüssel hatten ja vorher auf dem Tisch gelegen. Das Messer jedoch war gar kein Messer – es war das ›Chosrau-Kreuz‹! Es war von Ramsay während seiner Glanzzeit aus einem Gotteshaus geraubt worden, und nun wurde es ihm gestohlen. Und die Frau, die Hammond angefasst hat, befindet sich unter uns, in diesem Raum.« Hier verstummte Mr Bathurst.

KAPITEL 27

Mr Bathurst kann einen Erfolg und einen Misserfolg verbuchen

Alle Augen waren auf die anwesenden Damen gerichtet. Diana sah empört aus, Ruby Trentham war vor Aufregung und Angst erbleicht, Mrs Venables zeigte eine Miene höhnischer Verachtung und Helen Ashley schien dem Zusammenbruch nahe. Doch keine sagte ein Wort.

»Die meisten von Ihnen haben zweifellos eine Vorstellung von der Geschichte und dem Wert des sogenannten ›Chosrau-Kreuzes‹. Aber *ein Mann* ist unter uns, der ganz versessen auf diese Reliquie war. Dieser *Mann* ist Hammonds ›Frau‹! Als alle Gäste in Richtung Arbeitszimmer eilten, schloss er sich unbemerkt an und versteckte das Kreuz an seinem Körper. Denn er trägt ja nicht die übliche Herrenkleidung. Hammond hatte gespürt, wie sein ›Rock‹ sie streifte. Dieser ›Rock‹ war eine Soutane – die Rede ist von Father Jewell!«

Mr Bathurst fuhr herum und schüttelte einen anklagenden Finger in Richtung des Priesters, der bebend aufsprang, das Gesicht kreideweiß.

»Ich würde mich einer anderen Wortwahl befleißigen, Sir, wenn ich Sie wäre. Ich war nicht *versessen* auf das Kreuz, ich wollte es nicht für mich. Sir Eustace Vernon – denn so werde ich ihn weiterhin nennen – hatte es mir vor einigen Monaten gezeigt. Als ich fragte, wie er denn darangekommen sei, habe ich keine zufriedenstellende Antwort erhalten. Ich fand, dass ich meine Pflicht gegenüber meinem Gott und der heiligen Mutter Kirche versäumte, wenn ich das Kreuz nicht dorthin zurückbrächte, von wo es gekommen war. Daher wartete ich auf eine günstige Gelegenheit. Sie ergab sich an dem Abend, als Sir Eustace den Tod fand. Ich wusste, wo er die heilige Reliquie aufbewahrte, fand die Tür zum Arbeitszimmer offen vor und die Safeschlüssel auf dem Schreibtisch. Wollen Sie mich nun deswegen verhaften?« Er richtete seinen mageren Körper zu seiner vollen Höhe auf und musterte den Kreis seiner Zuhörer mit stolzer Verachtung. Mr Bathurst vermeinte, das Feuer der Inquisition in den Augen des Priesters lodern zu sehen. Er war mit der Heiligenlehre wohlvertraut und hatte mehr als einmal erlebt, wie dünn die Grenzlinie zwischen höchster Hingabe an Gott und Fanatismus war.

»Wo befindet sich das ›Chosrau-Kreuz‹ jetzt, Father Jewell?«, fragte er sanft.

»Wieder im Hause des Herrn, wo diese Ikonoklasten es gestohlen hatten. Ich habe es zurückgebracht – anonym.« Auf seinem Gesicht blühte ein leise triumphierendes Lächeln auf. »Erwartet man von mir, dass ich noch mehr sage? Dann gestatten Sie mir darauf hinzuweisen, dass Sie *meine* Frage noch nicht beantwortet haben. Soll ich verhaftet werden, weil ich ›gestohlen‹ habe, was zuvor bereits geraubt wurde? Der Himmel hat mir die Gelegenheit dazu eröffnet. Oder soll ich gar für den Mord an Sir Eustace Vernon verhaftet werden? Ist das vielleicht Ihre Absicht?« Einen Moment lang herrschte völlige Stille im Raum, eine Stille, die schließlich von der klaren Stimme Mr Bathursts unterbrochen wurde.

»Das ist durchaus nicht unsere Absicht, Father Jewell. Wenn wir jemanden verhaften, dann wollen wir keine Fehler machen. Das können wir uns nicht leisten. Nein, Sie können sicher sein, dass wir schon den Richtigen verhaften werden.«

Mit einer Geste bedeutete er Inspector Craig und dem Polizisten, dass die Zeit zum Handeln gekommen sei. Doch so schnell seine Handbewegung gewesen war, man hatte sie bereits vorausgeahnt. »Achtung!«, rief Mr Bathurst, doch leider zu spät. Sam McLaren hatte sich mit einer blitzschnellen Körperdrehung gegen die Gartentüren geworfen, die unter seinem Gewicht nachgaben. Fünf Händepaare suchten ihn zu packen, doch vergebens. Begleitet vom schrillen Schrei einer Frau verschwand Sam McLaren in der winterlichen Dunkelheit der Januarnacht.

KAPITEL 28

Der Erfolg stellt sich wieder ein

»Ist uns glatt entwischt«, murmelte Craig bedrückt, eine Stunde später. »Wird aber zum Glück nicht weit kommen. Wir werden ihn bald aufgespürt haben. Mr McLaren wird sich nicht lange der Freiheit erfreuen, schon sein Aussehen allein verrät ihn, meinen Sie nicht auch, Mr Bathurst?«

Anthony zuckte die Achseln. »Da wäre ich mir an Ihrer Stelle nicht so sicher, Inspector. Gleichwohl werde ich Sie mit allen meinen Kräften unterstützen.« Er wandte sich an Sir Austin. »Ich möchte sechs Ihrer besten Leute haben, Sir. Seien Sie versichert, dass Sam McLaren heute Nacht nicht verhaftet werden wird. Und auch morgen noch nicht«, fügte er trocken hinzu.

»Sie scheinen sich da sehr sicher zu sein, Mr Bathurst«, sagte Craig. »Warum sind Sie so davon überzeugt?«

»Sie unterschätzen seine Mittel und Fähigkeiten, Craig. Diese Leute, die ich haben will, Sir Austin … Geht das in Ordnung?«

»Sie können haben, wen immer Sie wollen, mein Junge. Hängen Sie sich sofort ans Telefon. Sie können gleich von hier aus telefonieren. Der Apparat befindet sich in der Halle.«

»Eine gute Idee, Sir. Aber vielleicht kommen Sie besser mit. Beamte spuren schneller, wenn die Anweisung direkt von Ihnen kommt.«

Der Polizeichef gab die Instruktionen, die Anthony ihm einsagte. »Rufen Sie mich sofort an, wenn etwas Wichtiges passiert. Vergessen Sie es ja nicht!«, schärfte er seinem Freund ein.

»Sie haben mir auch vorher schon einmal freie Hand gelassen, Sir«, erwiderte Mr Bathurst, »und ich habe Sie nicht enttäuscht. Das wird auch dieses Mal nicht der Fall sein. Craig ist natürlich nervös, aber wir halten jetzt das Blatt in der Hand. Ich werde unseren Mann ohne Probleme fangen – und das in absehbarer Zeit.«

»Craig haben Sie aber etwas anderes gesagt«, gab Sir Austin zurück.

»Ich hatte auch einen guten Grund dafür.«

Der Polizeichef starrte ihn fragend an. »Wie sieht unser nächster Schachzug aus?«, erkundigte er sich nach einer Weile.

»Wir wünschen den Gästen im Haus eine Gute Nacht und kehren nach London zurück. Ich werde das jedenfalls tun … denn auch dafür habe ich einen guten Grund.«

Während der Fahrt in dem Crossley mit den hellen Reifen war der Polizeichef merkwürdig schweigsam. Mr Bathurst saß am Steuer und schien nicht gewillt, weitere Mitteilungen zu machen.

»Sobald wir unseren Mann dingfest gemacht haben«, verkündete er, als sie sich zum Abschied die Hand gaben, »was Anfang nächster Woche der Fall sein sollte, werde ich Ihnen die Hauptfakten des Verbrechens vorstellen. Es war nämlich höchst interessant und alles andere als simpel.«

Mit diesem Versprechen musste sich Sir Austin notgedrungen zufriedengeben, doch lange sollte er sich nicht in Ungeduld verzehren – binnen vierundzwanzig Stunden war die Jagd eröffnet.

Mr Bathurst nahm die Nachricht mit Gleichmut entgegen, obwohl sie früher kam, als er erwartet hatte. Trotzdem steckte er vorsichtshalber einen Revolver ein. »Der Zug wird laut Fahrplan heute Abend um zehn Uhr zwanzig am Parkeston Quay einfahren. Whittaker stand hinter ihr in der Schlange an der Liverpool Street Station, als sie die Fahrkarte kaufte. Allem Anschein nach reist die Dame mit leichtem Gepäck und allein.« So lautete die Nachricht, auf die er bereits gewartet hatte.

Mr Bathurst schaute auf seine Uhr. Halb neun. Er hatte gerade noch Zeit, Sir Austin abzuholen und Harwich zu erreichen, bevor der Zug einlief. Die Distanz schätzte er auf siebzig Meilen. Eine ganz hübsche Strecke, aber sobald sie London hinter sich gelassen hatten, konnte der Crossley Boden gutmachen. Noch in Chelmsford hinkten sie der Zeit mächtig hinterher, doch auf der Strecke nach Colchester schaffte es der starke Wagen, die verlorene Zeit aufzuholen. Hatfield Peverel … Kelvedon … Colchester … Manningtree – der Crossley war nun auf Touren gekommen und schien sogar so etwas wie Jagdfieber zu entwickeln; der Motor brachte seine Höchstleistung. Als sie die letzte Kurve vor Harwich nahmen, warf Sir Austin einen Blick auf den Tachometer und bemerkte, dass das »Maschinchen glatt seine fünfundsechzig Meilen in der Stunde« geschafft habe.

»Wir sind gleich da, aber uns bleiben nur noch drei Minuten«, murmelte Anthony besorgt, als sie den Kai entlangliefen. »Der Fall hat für uns in einem Auto begonnen, und nun sind wir im selben Wagen hergekommen, um ihn abzuschließen.«

»Wann legt das Schiff ab, Bathurst?«, fragte Sir Austin.

»In einer Minute, Sir, soweit ich unterrichtet bin. Wahrscheinlich hoffen sie, morgen um zehn Uhr in Brüssel einzutreffen. Wie viele Leute haben Sie im Zug?«

»Drei ... um sicherzugehen. Glauben Sie denn, dass es Probleme geben könnte? Ein alter Mann wie McLaren kann doch schwerlich –«

»Der Zug fährt ein!«, fiel ihm Anthony ins Wort. »Kommen Sie – und seien Sie auf alles gefasst!«

Funken sprühend drosselte die Lokomotive ihr Tempo und fuhr binnen Sekunden langsam in den Bahnhof ein.

»Da sind meine Leute«, brummte Sir Austin, »und da ist ja auch das anmutige Vögelchen, das sie verfolgen.«

Anthony lächelte, zog dann aber Sir Austin in Deckung. Ruby Trentham ging in einem eleganten dunkelblauen Reisekostüm an ihnen vorbei. Die beiden sahen ihr nach, wie sie auf den Schiffsanleger zuschritt. »Selbst jetzt könnte es noch ... Vielleicht war ich ein wenig voreil–«

Mr Bathurst verstummte jäh, denn zu Ruby hatte sich ein Gentleman gesellt, der sie offensichtlich erwartet hatte. Die fünf Verfolger konnten nur seinen Rücken sehen. Der Polizeichef gab seinen Männern ein Zeichen. Vorsichtig kreisten diese das ahnungslose Pärchen ein. Plötzlich drehte sich der makellos gekleidete und bis zu den Fingerspitzen lässig-elegante Herr um, und sie erblickten sein Gesicht. Sir Austin keuchte vor Überraschung. Es war das Gesicht des toten Mannes von Dyke's Crossing! Der Mann hob seine rechte Hand, doch es war bereits zu spät.

Craig, der Anführer der drei Beschatter, handelte rasch und legte den Verdächtigen in Handschellen. Ruby Trentham schwankte auf ihren Füßen und schien einer Ohnmacht nahe.

»Was soll diese Untat?«, verlangte der vor Wut schäumende Gefangene zu wissen. »Wer sind Sie?«

Mr Bathurst trat vor. »Sie sind verhaftet, Charles Ramsay – oder Sir Eustace Vernon, falls Sie diesen Namen vorziehen –, verhaftet wegen Mordes an Rose Collins und Bradley Deane am Weihnachtsabend des vergangenen Jahres, und ich muss Sie warnen –«

Ramsays Stimme schwoll zu einem zornerfüllten Kreischen an. »Sie Teufel! Wenn Worte brennen könnten, dann würde ich das Lexikon der Hölle plündern … Ihre verdammte Cleverness ist unmenschlich … Sie …«

Craig drehte den Mann unsanft zu sich herum. »Das reicht jetzt, Ramsay. Seton, kümmern Sie sich bitte um die Dame, ja?«

Mr Bathurst schaute dem Verbrecher nach. »Ein reichlich unverlangtes Leumundszeugnis, Sir Austin«, murmelte er gelassen.

KAPITEL 29

Ein Telegramm für Mr Bathurst

»Ziehen Sie den Armlehnsessel ans Feuer, Sir Austin, und machen Sie es sich gemütlich. Dort liegen die Zigarren und rechts auf dem Tisch steht die Karaffe.« Sir Austin folgte der Einladung seines Gastgebers mit sichtlichem Behagen.

»Ich habe Ihnen ja bereits erzählt«, begann Mr Bathurst, »was sich in Vernon House abgespielt hat, nachdem Ramsay, der wusste, dass die beiden rachsüchtigen Page und Collins binnen Stundenfrist zu erwarten waren, seinen Verteidigungsmechanismus in Gang gesetzt hatte. Der Chauffeur Stevens war ja, wie Sie sich erinnern, zu Sam McLaren geschickt worden.

Zunächst möchte ich die Ereignisse in der Chronologie schildern, und dann werde ich versuchen, Ihnen meine Deduktion darzulegen, die mich schließlich in die Lage versetzte, das Rätsel zu lösen. Sie werden sie, das glaube ich zuversichtlich, höchst interessant finden.

Als Ramsay aus Portsea entlassen wurde, sagte er sich, dass er mit großer Klugheit zu Werke gehen müsse, um der Rachsucht seines ehemaligen Komplizen zu entkommen, denn dieser besaß einen jähzornigen Charakter. Und selbst *wenn* er es schaffte, würde sein Leben dennoch ein immerwährender Albtraum bleiben, von Zweifeln und Angst erfüllt. Daher beschloss er, nicht nur Collins' Rache zuvorzukommen, sondern sich der Bedrohung durch die beiden ein für allemal zu entledigen. Er wollte Page und Collins die Leiche Charles Ramsays präsentieren; sie sollten sie mit eigenen Augen sehen, sodass kein Zweifel mehr an seinem Tod bestehen konnte. Außerdem verfolgte Ramsay die Absicht, dass die beiden für den Mord an ihm gehängt würden. Er sah sich also nach einem möglichen Doppelgänger um, der seine Rolle spielen sollte. Denn Ramsay, mein lieber Sir Austin, war ein höchst scharfsinniger, wagemutiger Mann, der ein Ziel kühl und ohne Gefühle verfolgen konnte. Er vermochte weiter zu sehen als die meisten Menschen, und ihm war klar, dass er, wenn der Zeitpunkt für Ramsays ›Tod‹ nahte, einen Doppelgänger zur Hand haben musste, perfekt konfektioniert sozusagen und über jeden Verdacht erhaben, kurz: ein Mann, der ungestört seinem Beruf nachging und dessen Identität er bei Bedarf annehmen konnte. Zu diesem Zweck besorgte er sich die Dienste eines mittellosen Schauspielers namens Bradley Deane. Ramsay sprach bei einem Agenten vor, tischte ihm eine plausible Geschichte auf, hinterließ eine Fotografie von sich und fand schon bald den passenden Mann. Meine Vermutung geht dahin, dass Deane aufgetragen wurde, zu bestimmten Anlässen mit Ramsay die Rollen zu tauschen, aber ich bin sicher, dass der Schauspieler nie gewusst hat, was in Wahrheit dahintersteckte. Wenn Deane zu Ramsay werden sollte, wann immer dieser das wünschte, dann war es allerdings nötig, dass seine wahre Identität und Erscheinung unter einer ganz anderen Maske verborgen wurden.«

Sir Austin schnappte vor Überraschung nach Luft. »Ich fange an zu begreifen«, sagte er. »Aber reden Sie nur weiter, mein Junge. Nur weiter.«

»Deshalb verfiel Ramsay auf die Idee mit dem Kaffeestand in Mapleton und setzte Deane als ›Sam McLaren‹ hinein. Für einen Schauspieler, geübt in der Darstellung von Charakterrollen, eine nicht allzu schwierige Aufgabe. Eine rötlich-braune Perücke, eine Augenklappe, der gestutzte Schnauzbart absichtlich zerzaust – all das veränderte seine Erscheinung bis zur Unkenntlichkeit. Und er wurde für seine Dienste ja auch gut bezahlt. An Heiligabend kam er ins Arbeitszimmer von Vernon House, wie auch schon einige Male zuvor, um die Rolle von ›Sir Eustace Vernon‹ zu übernehmen. An diesem Abend jedoch traf er nicht als McLaren ein, sondern war schon fix und fertig für seine andere Rolle verkleidet. Ramsay hingegen war ›McLaren‹ – die Perücke und andere nötige Requisiten hatte er im Haus – und erwartete Deane bereits an den Gartentüren des Arbeitszimmers. Dann wurde nach Purvis geschickt, und als sie das Zimmer wieder verließ, trug sie ihren Tod in der Hand.«

»Wessen Stimme hat Palmer denn nun gehört?«

»Meiner Meinung nach Ramsays … in seiner Rolle als McLaren. Deane, so nehme ich an, hat Purvis den vergifteten Whisky gereicht – ohne natürlich zu wissen, was sich wirklich in dem Glas befand. Ich vermute, dass er Ramsays Stimme mit einigem Erfolg nachzuahmen wusste. Und das war auch möglicherweise Deanes letzte Handlung, denn unter irgendeinem Vorwand nötigte ihn Ramsay in den Schreibtischstuhl und schoss ihm mit Desmonds Revolver in den Hinterkopf. Er hat bestimmt keine Zeit verschwendet! Das war der Teil des Vertrags, mit dem Deane nicht gerechnet hatte. Der ›Abschiedsbrief‹ wurde vor ihn auf den Schreibtisch gelegt, ein dickes Bündel Banknoten in seine Hand gedrückt. Nun war die Bühne bereitet für die Genossen Page und Collins: Ramsay war tot! Vernon hatte Selbstmord begangen! Aber ›Sam McLaren‹ schaute, hinter der Portiere verborgen, dem Geschehen zu – denn ermordet worden war *Bradley Deane*!

Nach Eintreffen von Page und Collins lässt sich die Abfolge der Ereignisse leicht rekonstruieren. Ich habe es Ihnen ja neulich abends in Vernon House gesagt. Ramsay schaut zu, wie sie abziehen, steckt den roten Knallbonbon in Purvis' Jackett – und schreibt die Botschaft, die bei Deanes Leiche gefunden werden soll, noch ein zweites Mal, vermutlich mit der Absicht, die Polizei schon zu Beginn der Ermittlungen zu verwirren. Damit ist seine Arbeit aber noch nicht beendet. Er kann es nicht riskieren, dass die Leiche womöglich doch von Miss Ashley identifiziert wird: Sie nämlich würde vielleicht Unterschiede zwischen den beiden Männern entdecken, die andere nicht erkennen können. Ramsays teuflisches Hirn aber ersinnt einen Ausweg, um dieser Gefahr zuvorzukommen. Eine zerschundene Leiche auf den Bahngleisen, das ist die Lösung! Ramsay lässt nun die Safeschlüssel auf dem Schreibtisch liegen, damit Helen an ihr Erbe kommt, und schreibt dann vielleicht den zweiten Brief – oder schrieb ihn auch schon vorher. Dann schafft er Deanes Leiche mit dem Wagen zu Dyke's Crossing, damit sie dort ›überfahren‹ wird. Auf dem Weg dorthin versteckt er den Revolver in einem Baumstamm. Das war der Punkt, an dem Sie und ich, Sir Austin, in den Fall verwickelt worden sind: Dyke's Crossing.« Mr Bathurst hielt inne und zündete sich eine Zigarette an.

»Wenn man sich vorstellt, dass der alte Teufel danach seelenruhig aufs Polizeirevier gestiefelt ist und diese fantastische Geschichte von dem Angriff auf ihn verbreitet hat«, brummte der Polizeichef.

»Das war ein geschickter Schachzug von ihm, Sir. Er brachte Page und Collins ins Spiel, was ja von vornherein Ramsays Absicht gewesen war. Und dass er so betrübt tat in Bezug auf Sir Eustace Vernon und sein Versprechen – das war eine bewusste Irreführung. Ich hatte keinen Grund, seiner Geschichte keinen Glauben zu schenken, verstehen Sie?«

Sir Austin nickte. »Schlauer alter Fuchs!«

»Als ›McLaren‹ kehrt er in Deanes Unterkunft zurück. Seine Absicht war natürlich, diese Rolle so lange durchzuhalten, bis Ruby Trentham alle nötigen Vorbereitungen getroffen hatte, um sich mit ihm ins Ausland abzusetzen. Denn sie war eingeweiht und hasst ihren Mann vermutlich noch mehr als die meisten Ehefrauen.«

»Sie werden mir ja noch zum Zyniker, mein lieber Bathurst«, verkündete Sir Austin grinsend. Er schenkte sich einen steifen Whisky ein. »Nun lassen Sie mal Ihre Deduktionen hören. Ich weiß nämlich beim besten Willen nicht, wie Sie überhaupt den ersten Zipfel in die Hand bekamen.«

»Dazu wollte ich gerade kommen, Sir, und ich will bereitwillig eingestehen, dass ich beträchtliche Zeit im Dunkeln tappte. Tatsächlich war ich ungewöhnlich blind und verdiene eine ordentliche Tracht Prügel für meine Borniertheit. Ich werde Ihnen meine Interpretation des Falles Schritt für Schritt darlegen. Als wir das Automobil verlassen an Dyke's Crossing fanden, haben wir es, wie Sie sich erinnern werden, gründlich untersucht. Auf der hellbraunen Polsterung der Rückbank befand sich ein Blutfleck, aber im Fußraum vor dem Rücksitz war weder Schlamm noch Schotter oder Erde zu finden. Ich war mir sicher, dass in dem Wagen ein Körper liegend transportiert worden war, und kam schließlich darauf, dass der Mann, den wir auf den Gleisen gefunden hatten, schon vorher tot gewesen sein musste. Diese Vermutung erwies sich als richtig. Wir stellten fest, dass der Mann erschossen worden war. Dann gerieten wir in den Dunstkreis von Vernon House. Ich werde nicht alles wiederholen, was dort geschah, aber die beiden Briefe haben mich verwirrt.«

»Wieso?«, fragte Sir Austin.

»Warum sollte ein Mann *zwei* Briefe schreiben, wenn er Selbstmord begehen will? Würde da nicht *einer* reichen? Der Brief an Miss Ashley beispielsweise?«

Sir Austin wurde nachdenklich. »Ich sehe, was Sie meinen«, murmelte er.

»Und noch ein Umstand stützt meine Theorie«, fuhr Anthony fort. »Ramsay versteckte den Brief an Miss Ashley an einem Ort, wo sie ihn erst finden würde, wenn sie zu Bett ging – nämlich *in* ihrem Bett. Hätte sie den Brief vorher, am Abend noch, gefunden, dann hätte sie gewiss seine Pläne durchkreuzt. Daher gelangte ich zu dem Schluss, dass der Brief im Arbeitszimmer dazu bestimmt war, von jemandem gesehen zu werden. Aber warum? Und von wem? Die Sache wurde immer verzwickter. Man hätte sich vorstellen können, dass der Selbstmord nur vorgetäuscht werden sollte, aber ein Toter war ja vorhanden, und es war offenkundig der richtige! Hammonds Aussage entsprach der Wahrheit – sie wurde ja von mehreren Zeugen bestätigt –, stellte aber leider nur eine zusätzliche Verwicklung dar. Denn es war eine weitere Tat begangen worden: Das ›Chosrau-Kreuz‹ war gestohlen worden. Weiterhin gab es zwei zunächst unbedeutend erscheinende Punkte, die mir aber halfen, auf den richtigen Weg zu kommen. Erstens die Zigarrenasche an der Portiere. Craigs Erklärung, dass sie von Major Prendergasts Zigarre stamme, stellte mich nicht zufrieden. Das ist übrigens eine Deduktion, auf die ich wirklich stolz bin. Es befand sich nicht nur Asche am unteren Saum des Vorhangs, sondern es gab auch einen Fleck mitten darauf, und zwar auf der Seite der Bibliothek – mehr als ein Meter fünfzig über dem Boden. Da Major Prendergast den Vorhang beiseitegezogen hatte, als er den Nebenraum betrat – und der

Vorhang in dieser Position blieb, während Prendergast sich in dem Zimmer aufhielt –, konnte der Aschenfleck nicht von ihm stammen. Die Asche war fallen gelassen, oder korrekter: ›abgeschlagen‹ worden, als ein Zigarre rauchender Mann *hinter* der Portiere stand und entweder lauschte oder beobachtete.«

»Sehr gut, Bathurst! Ein höchst schlagender Beweis.« Sir Austin rieb sich anerkennend die Hände.

»›Wer war dieser Mann?‹ lautete die Frage, die ich mir sodann vorlegte. Und lange Zeit konnte ich keine Antwort finden. Dann ertappte ich mich dabei, dass ich über eine Merkwürdigkeit grübelte: Warum war McLaren, obwohl ihm ein Wagen entgegengeschickt worden war und er es nach eigenem Bekunden eilig hatte, nicht mit Stevens nach Vernon House gefahren? Finden Sie das nicht auch sonderbar? Und wieder erhob sich die Frage nach dem Warum. Irgendetwas war falsch an dieser ganzen Geschichte. Also dachte ich wieder an Vortäuschung. Aber was war hier fingiert worden, und wer sollte getäuscht werden? Ich kam einfach nicht weiter. Also habe ich erneut Helen Ashley aufgesucht und von ihr erfahren, dass ihr verstorbener Onkel kein Bankkonto gehabt habe. Das brachte mich nun wirklich ins Grübeln. Wenn man schnell verschwinden muss, wenn man eine neue Identität annehmen will … dann ist es doch praktisch, wenn man sein Geld sofort mitnehmen kann. Dieser Gedanke ließ mich nicht mehr los.

Während ich bei Miss Ashley weilte, habe ich außerdem die Hinweise auf Van Hoyt, Painswick und die Theateragentur gefunden. Der ersten Spur galt es einfach zu folgen, die zweite gab mir lediglich neue Rätsel auf, die dritte aber warf – obwohl ich es zu dem Zeitpunkt nicht erkannte – endlich das Licht der Erkenntnis in mein geistiges Dunkel. Was in aller Welt hatte ein Mann wie Sir Eustace Vernon mit der Bühne zu schaffen? Ein ›Repertoire‹ war erwähnt worden und drei Stücke sogar namentlich. Denken Sie doch einmal einen Moment über die Titel nach, Sir Austin.«

»Ich kann mich nicht entsinnen …«

»Ich werde Ihre Erinnerung auffrischen, Sir. Die Stücke heißen *Der einzige Weg*, *Die Postkutsche von Lyon* und *Der Gefangene von Zenda*. Was fällt Ihnen dazu ein?«

»Ich habe John Martin Harvey in *Der einzige Weg* gesehen und den armen Harry Irving in *Die Postkutsche von Lyon*. Ob nun Alexander in –«

»Darum geht es mir nicht, Sir. Was ist Ihrer Erinnerung nach allen drei Stücken *gemeinsam*?«

»Ich glaube, ich weiß jetzt, was Sie meinen, Bathurst. In allen kommt ein …«

»… Doppelgänger vor!«, rief Mr Bathurst triumphierend. »Darnay und Carton, Dubosc und Lesurques, der König von Ruritanien und Rudolf Rassendyll. Ich könnte mir vorstellen, dass üblicherweise *ein* Mann beide Rollen spielt, außer in *Zenda*, wo im ersten Akt beide Darsteller gleichzeitig auf der Bühne stehen. Ich glaube allerdings nicht, dass Ramsay das wusste. Damery jedenfalls lieferte ihm ein Double, weil Ramsay ihm vorgeschwindelt hatte, er wolle eines dieser Stücke aufführen und benötige einen Doppelgänger. Dieser Spur folgte ich, und sie führte mich zu Bradley Deane – ein Schauspieler, der plötzlich wie vom Erdboden verschluckt war. Ein Schauspieler, den drei Personen zweifelsfrei identifiziert haben, als ich ihnen eine Fotografie von ›Sir Eustace Vernon‹ zeigte!«

Sir Austin kicherte. »Großartig – wirklich großartig!«

Anthony schmunzelte. »Doch selbst da sah ich immer noch nicht klar. Wer war wer? Welche von den Personen, die noch am Leben waren, war der Mann, nach dem ich suchte? Es konnte nur einer sein, ging mir schließlich auf: ›Sam McLaren‹, der Inhaber des Kaffeestandes. Sein Erscheinungsbild konnte sich auch einem ›Make-up‹ verdanken, schon die mysteriöse und doch allzu auffällige Augenklappe war ein Indiz.

Dann geschah etwas, das mir bestätigte, dass ich nun tatsächlich auf der richtigen Spur sein musste. Helen Ashley erhielt von einem unbekannten Wohltäter eine große Menge Bargeld. Und ich hatte McLaren kurz zuvor erzählt – in Erwiderung auf *seine* Frage, wohlgemerkt! –, dass Miss Ashley äußerst knapp bei Kasse sei, weil ihr ein spezielles ›Erbstück‹ gestohlen worden sei. Alle anderen hatten davon bereits Kenntnis besessen, Sam McLaren jedoch nicht. Die Nachricht machte ihm Sorgen – er hat Miss Ashley wirklich gern –, und er ließ ihr das Geld zukommen.

Während der ganzen Zeit war ich jedoch unfähig, an den Kern der Geschichte zu gelangen. *Warum* war das alles geschehen? *Was* lag ihm zugrunde? Wer *war* Vernon? Erst als ich erfuhr, wofür die Painswick-Verbindung wirklich stand, kam ich der Wahrheit auf die Spur. Warum hatte sich Sir Eustace so sehr für die beiden Strafgefangenen interessiert? Wer waren *sie*? Ich schickte Craig nach Portsea, damit er es herausfände. Als er die beiden Männer ausfindig machte und ›aus Verdachtsgründen‹ festnahm, forschte ich in ihrer Vergangenheit und stolperte über den Namen ihres betrügerischen Komplizen: Ramsay. Sie können übrigens in der *Times* einen vorzüglichen Artikel über die Raubzüge der Bande finden. Ramsay, der König der Fassadenkletterer – Vernon, der wagemutige Retter unschuldiger Kinder. Es war ein und derselbe Mann.«

»Noch ein guter Schachzug, Bathurst«, lobte der Polizeichef. »Ich hätte niemals an eine solche Möglichkeit gedacht.«

»Jetzt blieb nur noch eines zu tun, Sir. Ich musste beweisen, dass McLaren Ramsay war und nicht Deane. Außerdem vermutete ich in Mrs Trentham seine Komplizin. Es ging mir nicht aus dem Kopf, dass zwischen ›Vernon‹ und der schönen Ruby allem Anschein nach eine starke Zuneigung bestand. Hatte ›Sir Eustace‹ doch Miss Ashley eigens angewiesen, Mrs Trentham beim Dinner neben ihn zu setzen. Ich hatte das unbedingte Gefühl, dass Ruby etwas wissen müsse, behielt sie im Auge und beschloss dann, sie einer Prüfung zu unterziehen. Ich suchte sie in der ehelichen Wohnung in Kensington auf und sorgte dafür, dass sie angerufen wurde, während ich bei ihr war. Die Nachricht lautete folgendermaßen: ›Bist du das? Hier spricht *Eustace*.‹ Ich behielt Mrs Trentham scharf im Auge, während sie mit dem unbekannten Anrufer sprach. Sie war erregt, aber nicht überrascht, auf keinen Fall überrascht. Mein Verbündeter am anderen Ende der Leitung fragte dann nach einem anderen Namen – nicht dem ihren –, so wie wir es besprochen hatten. Also schloss Ruby Trentham, dass der Name ›Eustace‹ lediglich aus Zufall gefallen, und der Anrufer falsch verbunden worden sei.« Sir Austin schenkte sich nach und reichte auch Mr Bathurst einen Whisky. »Danke, Sir. Für die übrigen Nachforschungen hatte ich es nicht mehr weit. Es ging jetzt darum zu beweisen, dass Sam der Mann war, den man für Vernon gehalten hatte. Ich suchte seine Wirtin auf, eine Mrs Croucher in der Mafeking Street in Mapleton. Sie fügte den letzten Beweissplitter hinzu. Ihr Mieter sei seit Kurzem wie ausgewechselt, sagte sie. Er sei einfach ›nicht mehr derselbe‹. Selbst Delikatessen wie Kutteln mit Zwiebeln möge er nicht mehr – ein Gericht, das ihm früher so gut geschmeckt hatte! Alles passte zu meiner Theorie. Dann lieferte sie mir den endgültigen Beweis. Deane, ihr ursprünglicher Mieter, hatte gesprächsweise das Wort ›Schatz‹ fallen lassen, mit dem Schauspieler gemeinhin den ›Zahltag‹ zu bezeichnen pflegen. Sie jedoch hatte McLaren missverstanden und gemeint, er spreche vom Schatzamt der Regierung. Als er schließlich auftauchte, unterzog ich ihn einem Test. ›Schatz‹ sagte ihm gar nichts – außer der normalen Bedeutung. Der Mann, mit dem ich sprach, war kein Schauspieler, der Jargon des Berufsstandes war ihm vollkommen unbekannt. Er war nicht Deane, er war ›Vernon‹, er war Ramsay, der ›Fassadenkletterer‹. Den Rest kennen Sie, Sir.«

Sir Austin nickte. »Ja. Dennoch scheint es mir, dass Ramsay, als er den tödlichen Schuss abgab, ein ziemliches Wagnis einging, dass dieser im Haus gehört werden konnte. Meinen Sie nicht auch, Bathurst?«

»In gewisser Weise vielleicht. Aber das Zimmer, in dem das Verbrechen stattfand, liegt am anderen Ende des Hauses. Und überdies war die Tür geschlossen, wie Sie sich erinnern. Und es wurde Musik gespielt. Auf jeden Fall hat niemand den Schuss gehört.«

»Was wäre wohl passiert, Bathurst, wenn irgendwer in das Arbeitszimmer hineinspaziert wäre, als das, was Sie ›die Maschinerie‹ nennen, in Gang gesetzt wurde?«

Anthony zuckte die Achseln. »Ramsay hatte die Zimmertür zum Korridor abgeschlossen und entriegelte sie nur für Purvis, als sie eintrat und als sie wieder ging. Das sollte das Risiko ja wohl einschränken, nicht wahr?«

»Ich schätze schon. Oh, nun muss ich aber los. Das haben Sie gut gemacht, mein Junge. Ich bin stolz auf Sie.« Sir Austin erhob sich. In diesem Augenblick klopfte es an der Tür. Mr Bathurst öffnete sie und nahm ein Telegramm entgegen. Schmunzelnd las er es durch und reichte es seinem Freund. »Wann haben Sie sie gesehen?«, fragte er.

Sir Austin las:

Ich habe alles darüber gehört. Noch einmal herzlichen Glückwunsch! Wann kommen Sie nach Dovaston Court? Bald?
PAULINE

Nun war die Reihe an dem Polizeichef, leise zu schmunzeln. »Gestern«, antwortete er auf Mr Bathursts Frage. Er warf ihm einen schlauen Blick zu. »Sir Matthew ist ein alter Mann, Bathurst. Ich glaube nicht, dass Sie allzu glücklich sind über seine Existenz.«

»Im Gegenteil, Sir! Ich bin zutiefst dankbar dafür, das kann ich Ihnen versichern.«

Sir Austin knurrte lediglich und warf einen sehnsüchtigen Blick auf die Karaffe.

Anthony folgte der Augenbewegung. Es steht einem Gastgeber gut zu Gesicht, seinen Gast sanft zu nötigen.

»Lassen Sie nur nichts übrig, Sir. Sie würden mich gewaltig enttäuschen.«

»Das würde ich mir natürlich niemals verzeihen, mein lieber Bathurst. Es wäre verdammt undankbar.«

Und Sir Austin strebte erneut dem Objekt seiner Begierde zu.

FSC
www.fsc.org
MIX
Papier aus verantwortungsvollen Quellen
FSC® C083411

September 2020
DuMont Buchverlag, Köln

Die englische Originalausgabe erschien 1929 unter dem Titel
›The Murders near Mapleton‹ bei J. Hamilton Ltd., London.

Übersetzung: Barbara Först
Umschlaggestaltung: Lübbeke Naumann Thoben, Köln
Umschlagabbildung: Haus © eyewave/istockimages;
Landschaft © exxorian/Getty Images
Satz: Fagott, Ffm
Gesetzt aus der Adobe Caslon
Druck und Verarbeitung: CPI books GmbH, Leck
Gedruckt auf säurefreiem und chlorfrei gebleichtem Papier
Printed in Germany
ISBN 978-3-8321-6557-4

www.dumont-buchverlag.de